陈奕恺 著

萝社奇遇记

中山大学出版社
SUN YAT-SEN UNIVERSITY PRESS
·广州·

版权所有　翻印必究

图书在版编目（CIP）数据

萝社奇遇记/陈奕恺著. ——广州：中山大学出版社，2019.11
ISBN 978-7-306-06690-9

Ⅰ. ①萝… Ⅱ. ①陈… Ⅲ. ①长篇小说—中国—当代
Ⅳ. ①I247.5

中国版本图书馆 CIP 数据核字（2019）第 196216 号

出 版 人：王天琪
策划编辑：张　蕊
责任编辑：张　蕊
封面设计：林绵华
插　　图：胡红梅
责任校对：袁双艳
责任技编：何雅涛
出版发行：中山大学出版社
电　　话：编辑部 020-84111997，84110283，84110779
　　　　　发行部 020-84111998，84111981，84111160
地　　址：广州市新港西路 135 号
邮　　编：510275　　传　真：020-84036565
网　　址：http://www.zsup.com.cn　E-mail: zdcbs@mail.sysu.edu.cn
印 刷 者：广州市友盛彩印有限公司
规　　格：787mm×1092mm　1/16　23.75 印张　250 千字
版次印次：2019 年 12 月第 1 版　2019 年 11 月第 2 次印刷
定　　价：58.00 元

如发现本书因印装质量影响阅读，请与出版社发行部联系调换

小陈的老陈故事

这是一个十岁小孩写的小说。他姓陈，小陈同学。可是他在小说里写的那个主要的人物叫老陈，而且全名是老陈啊明天。小陈同学很明白地告诉读者，这个老陈啊明天是和他有关系的，甚至可以认为就是他本人。故事里的那些事情又显然不是生活中的真小陈可能做的，可是作者的小陈却又分明表示可以把他们看成是一个人。于是这个小孩一开始就使用起了只有某些大人作家喜欢搞的错觉叙事，艺术扮酷，弄得蛮熟练。于是你便会想，他是十岁吗？

所以，我被邀请在这本书的前面写几句话，我注定不会栽进他这个故事的洞里，分析情节，分析结构，分析故事的是是非非。他这个故事犹如那个世界闻名的洞里童话，都是开始于一个洞的。世界闻名的那个是一个女孩子掉了进去，而这一个则是老陈自己爬了进去。凡是这样开始的故事，小说也好，童话也好，或者叫小说童话也好，接下来的一切都拱手交给想象力了，也就是作者拱手交给自己。他们都分明会对你说：看我是怎么编的！这一类写作的人，不会像写生活小说和老实散文的人那么"谦逊"和规矩。他们不是把世界的东西往脑子里存，化妆好再拿出来，而是把脑子里想的、编的东西化妆好拿出来给世界，给世界一个不存在。

很多文学都是给世界一个不存在。爱丽丝也是。我们要欣赏，而不是质疑和推翻。文学不是都需要讲存在的故事给你听的，更多的文学，尤其是小说和童话，都是讲不存在的故事给你听。但是，有的不存在你容易读得懂、听得明白，比如像《海的女儿》那样的。而有的不容易懂和明白，不容易和自己熟悉的生活挂上、链接。那么你就不要挂，不要链接，权当一个完完全全的故事听。听了就好了，比如，那个《爱丽丝漫游奇境记》就是这样，老陈的这个故事是不是属于这样，那么请各位自己阅读，自己认为，自己感想，我不分析。

我最感叹的是，当我十岁的时候，当我们很多很多的人十岁的时候，我们都在干什么，能够做什么。我们有能力把老师布置的作文写好吗？写得有一点儿老练，有一点儿想象性，有一点儿新异，有一点儿结构，有一点儿把人物的名字全起成这样离谱、滑稽可是又有些新鲜的灵光和艺术气，恰好符合这个年代的某些意味和审美？

十岁时的我几乎只会玩耍，只能把作业写好，只能像许多许多的那个时代的孩子一样，没有什么阅读，想象的能力甚至抵达不了屋顶和树梢，哪有老陈这个小说里那些想出来的地理位置、那些奇怪地址、那些这个、那些那个、那些很多很多……是啊，时代不一样，没有必要这样简单比较，可是不这样比较那又怎么办呢？只有比较了，我们才会产生由衷的意识：我们的后代，他们是值得我们欣赏的，小陈是他们当中特别值得我们欣赏的，他们真蓬勃，他们的心思、想象、思维的飞扬，抵达得真是很不近，我们要为他们的进化而感动。我们不要规定让他们每一天都等候我们教导。我们的教导不是总有那么大意义。在许多的地方，我们可以跟着他们走。自然，在很多地方，他们还是依靠着我们。

我还必然会想到，中国未来的文学，无论是分外现实的，还是分外虚拟和想象的，无论是传统意义上的童话和科幻，还是所谓的幻想文学，一定都不可能和从前和现在一样，中国文学史的未来面貌，将是现在的这些小孩们来写出。文学的基本理论也会被他们改变。他们这些人，是不会小心翼翼、客客气气的。因为他们是老陈啊明天、被子给、奶油小泡芙、看不到的、不抽到大天狗不改名、夜月皮丘、保卫怪物、音乐奶……文学里的人物有时只是人物，而有时是很可能暗示了、预兆着生活人物的某些神秘指向，每一代人都有自己的欲罢不能，他们有自己强大的牵导力，他们渐渐实现着新，改变着旧，生活和世界都在他们的脚底、手尖、语言、语气乃至呼吸间变得不可思议。

对这个十岁的小孩我还有一点儿了解：他的各门学科都很好。他读过很多书，儿童的书和非儿童的书，他读书的时候安静得像个木头人。他能用中国古典的文言熟练写作和讲话，他热爱公益活动，他还有非常好的饮食口味，等等。

他更多的时候依然是一个天真的小孩。

他是一个分外努力的儿童。

我们不要用天才这样的词夸奖他。他一定有很足的天分，但是一定不要称天才。

　　成长是有长度的，不要在一个还不长的里程里把未来的路全说尽。他将来可能当作家，他在书里已经称自己是作家。但是他也可能不会当作家。童年的时候不要望断天涯路。努力而天真地成长着，未来的路会优美而意外地出现。孩子们可以喜欢而佩服地阅读他的书，但是不要也都往他的路上走。一个人的道路不是任何一个别的人可以跟着的。漂亮的母鸡罗斯在走路，漂亮的狐狸也跟着她走，亦步亦趋，结果后面的那个漂亮狼狈透顶。祝贺这个叫小陈的老陈，祝福他的第一本书的耀眼出版，祝福他的明天。老陈啊明天！

梅子涵
儿童文学作家
上海师范大学教授、博士生导师

这不是序啊

第一次看陈奕恺同学的《萝社奇遇记》，虽然我俩年纪相差好几个他本人，我脑中却好似播放动画影片般，不费吹灰之力便排演完了整部故事。本书讲述了一个意外（并非意外）跌入异次元的地球人，在看似处处荒诞的异世界，与伙伴并肩战斗、经历碰撞和成长、保卫家园并守护同伴的故事。与世界上许多优秀的儿童文学一样，本书有着鲜明的画面感、极强的可读性和突出的想象力。但陈奕恺同学又和世界上其他优秀的儿童文学作家有些不同，因为他今年只有10岁。

10岁的小作者确实自有一番独特的奇思妙想。表弟起的外号、晚上最依赖的被子、亲戚家的玩具小炮都进入了他的创作中。且在书最早的"连载"阶段，班上的同学是最捧场的一线读者，小同伴们的热烈追捧验证了本书幻想架构的合理性，也反过来激发了小恺创作的思路和灵感，于是，《萝社奇遇记》诞生了。《萝社奇遇记》充满前沿有趣的元素，却不显累赘尴尬；故事高潮密集，却不失章法和节奏——即使对于一些更成熟的作者，后者也常常是个挑战。

初见小恺，他还是一个白白糯糯的小团子，一双黑葡萄似的眼睛亮如星辰。还在牙牙学语阶段，就和他那对儿童阅读发展研究着迷的妈妈一起浸润在儿童文学里。小恺的妈妈胡红梅老师是众多阅读教育项目的实践者和推动者，并以自己的孩子作为"试验蓝本"，从小就从各个方面培养小恺的阅读习惯，家中藏书上万册，覆盖主题之广博令人叹为观止。现今，小恺已是深圳市"优秀少先队员"，市级辩论赛、深圳市"小学生现场作文大赛"、深圳市主持演讲类比赛等最高奖项的常年获得者。他多年接受专业葫芦丝训练。他还是深圳市最小的注册义工，每周都到社区开展个人主导的公益活动——"小恺讲唐诗""小恺讲西游""小恺讲水浒"。写作方面，小恺9岁时已写出了较为完整的文言文作品，至今也是著有27万字的作者了。

我们见过很多年轻的语文好苗子，但以这么小的年龄，拥有如此丰富的知识储备，并在应用层面举重若轻、自然而然的作者，无论何时都令人惊喜，小恺是其中的佼佼者。从萝社对敌抗争中赫兹曲线、诱式次声波、氯铵钾性酸钠夸克波、钛化砂散弹等武器构想，到过关斩将时解密求根公式、因式分解、根式分解、三角函数等数理应用，无不体现出他的科学素养和知识储备。整个故事拥有田野、海洋、雪地、冰川、森林、高山、沙漠等地貌形态，每种地貌形态都对应了不同的种族生态；战斗场景覆盖全纬度，海陆空之外，还有地底和割裂空间等情节。此外有关国学、文学，甚至食品科学的小细节，都是字里行间的惊喜，大家可以发掘一下……虽然每个人对具体内容各有偏好，但通过本书热闹的表面，你会读出一位当代学子对文学、知识和科学最真诚的敬意。

但《萝社奇遇记》又不是一个仅有奇思妙想和知识炫技的快餐故事。事实上，书中随处可见作者的人文情怀，以及明确而坚定的价值观。如沙漠大战后，对老陈啊明天（本书主人公）心境的描写——一切险阻俱往矣，唯有胜利的豪情留在心间；浮铜园林恶战前，与同伴难得轻松地享受美食——虽知前路艰险，但坚定的步履不会停，所以总要乐观和积极；上一秒与敌仇深似海，下一秒却深知"罪不连坐，过不及幼"；后半段有角色遭遇背叛的诱惑，灵魂受到拷问和挣扎，但内心比脑子更快做出了正义选择；最后一战，明明万分不舍，萝社众人还是消耗自己保全了重要伙伴；而老陈啊明天，在认清内心后，也做出了"义"的决定……稍微深入本书，你就能感受到作者对家园、友情、人性的爱与诚，对人类本心的关注，对自我价值的追求，这一位中国少年的精神世界里，有对人生的动人见解。

值得一提的是，小恺的故事，并不仅仅着眼于当下300多页，也不是完成暑假作业似的敷衍。他对萝社世界的架构设计十分可观，内容丰富，角色鲜明，许多已出现的细节疑似伏笔，许多未解答的问题也都充满潜力。作者着眼于冒险故事，却不拘泥于打怪升级的情节，通过丰富绚烂的内容线索，铺开的是一幅少年英雄主义的画卷，是明确而纯良的世界之观。

想到此处，作为教育工作者，我为之动容并深感喜悦，不仅仅因为小作者的成就，更是因为，作者的成长充分支持了我们的教育哲学：不管我们为孩子供养什么，孩子都会成倍地回报给你和世界。这才是我们数十年来，以及更久的未来持续的信心、压力、光荣和梦想。

我想，对于所有喜爱阅读，尤其是喜欢看知识梗、悬疑和冒险的小同学，以及有志培养赤诚胸怀、灵活思维之学子的老师来说，本书都是可读性很强的作品，我祝贺小恺这部作品的出版，也期待《萝社奇遇记2》快些告诉我到底为什么怪物种不出萝卜。

邓蝴梅

广东省特级教师、正高级教师

深圳市凤凰山小学校长

作者的话

说句实话，写这个故事的开始阶段，我还真的没有想到，它会发展成为一个如此大的幻想框架。

毕竟，这本书和我以前的作品有很多不同之处。这是我的第一本"边想边写"的作品。大家看这本书时，感觉最怪异的应该是人物的名字吧。"老陈啊明天""被子给""奶油小泡芙"，这些人物名字听起来都怪怪的。其实，"老陈啊明天"这个名字，是源于我表弟两年前给我起的外号：老陈酸牛奶。我只引用了"老陈"这两个字，而"啊明天"呢，则表示永远对明天充满希望。"被子给"这个人物名字，也是同样的道理：在夜里，被子总会是一个重要的依靠。被子即代表守护者的形象。不过，在炎热的日子，被子就会变成一种负担。在那个时候，就应当轮到主人公奋勇向前了。

每一个人物，我都会给他（她、它）定一个主要的背景架构。每个人物名字的拟造也都是有意义的。除了各自的意义外，我还有一个奢望，就是不拘泥于"一成不变"的规则，打破"老套"的常规。

我将这个冒险故事分成了四条主线。第一条主线是第1到第20集讲的故事：保卫萝卜。故事的发源地——萝社遭遇了怪物的袭击，为了完成守护萝卜这个时代的使命，主角老陈啊明天和伙伴们一齐与怪物群岛的怪物们斗争。在写这一条主线的时候，我的笔速十分不稳定。有时比较快，一天可以写一集；有时又很慢，三天才可以完成一集。每当我自己回头来看这一条主线时，感觉有点儿无趣。可能是因为这条主线的故事笔法略显平平，不够精彩吧。至于老陈啊明天大炮的原型，是我表弟家的一个玩具大炮。

写到第19集的时候，我实在写不下去了。这时候我怎么办呢？我先是看了几本书，感觉有点儿想法了，但还是不够深刻。该怎么办？

我就——爬。

每个作家肯定都有自己的构思方式，而我的构思方式就是在地上乱爬。爬着爬着，第19集就被我爬了出来。至于第20集嘛，哈哈——就相当于初中生的数学科普读物吧。

接下来，我才认为故事进入了高潮。故事进入了第二条主线（第21—48集）：营救保卫怪物。自这条主线开始，萝社才迎来真正的挑战。保卫怪物被怪物劫走，萝社的一支追击分队驾着战斗机前去追击。萝社成员的阵亡也就此开始。第一个成员阵亡在第24集。越来越多的战斗让老陈啊明天的心志变得越来越坚强。对于我塑造的这些角色，我还是相当满意的。我也不忍心亲手让他（她、它）们从小说里退出，所以每次都要花点笔墨交代他（她、它）们的退场。

炸掉浮铜园林之后，老陈啊明天等众人追到黄沙基筑。在去黄沙基筑的征途中，我后期塑造的最强成员没心没肺也阵亡了。没了没心没肺，再加上怪物变得更加强大，萝社追击分队遇到了真正的大危机。还好，在第29集的最后"天降神兵"，终于打败了超强敌人——绷带猫。

第30—32集是去鼹鼠要塞的旅程。这一段征途看似平常，其实，这里隐藏了一个最终的秘密——最终之门。由于最终之门信息量太大，就不在此叙述了（其实是因为我不想告诉读者们）。冰峰涧谷的征程，每场战斗都十分激烈，但是也并没有给萝社带来过大的损失，反而让萝社成员们得到了进一步的进化。

真正给萝社造成重大打击的，是神林苔塔的压轴大

Boss——音乐奶。这只怪物，在第10集曾经出现过。萝社的成员在神林苔塔遇到了无法想象的大危机，更有无数伙伴阵亡于神林苔塔。老陈啊明天被吸取能量之后，一直都是他的伙伴在帮助他，保护他。终于，老陈啊明天的潜能爆发了，他在第48集一拳将音乐奶击垮。与此同时，老陈啊明天体内的毒素发作。伙伴们用感恩的力量激活传送门，老陈啊明天回归现实世界。后来，他在现实世界收到了米米的短信，决定再次返回萝社。这一段内容我写得比较缓慢，而且有些痛苦，不知为何。

全书的主角老陈啊明天，在故事的一开始有些胆小，不会顾及更广阔的事物，不过，在同伴对他的一次次激励之下，他的性格变得越来越坚强了，与怪物的一次次战斗，更成了他成长的垫脚石。全书中无数的细节，都体现出了他关注群体、舍己为人等美好品质，也正是这些优秀的品质，将老陈啊明天一步步推向巅峰。第48集中的大逆转和回归地球，也许就是对老陈啊明天成长的回馈吧。作为全书的主角，老陈啊明天正义、善良的光环是难以掩盖的。不过，让他的光环更加闪烁的，是他最重要的两个同伴。

被子给是老陈啊明天最重要的两个伙伴之一。他的身份在故事中尤其复杂，他的人物历程也是第一繁复的。他有时冷漠得让人害怕，有时又十分善解人意。被子给以一个守卫者的表面身份出现在故事中，而他的深层身份人们却难以知晓。他十分强大，同时也让老陈啊明天受益匪浅。被子给的神秘不单单流露于表面，而是直击人心的。同时，老陈啊明天对被子给的"半秒钟疑惑",也侧面表现了老陈啊明天的单纯。

奶油小泡芙是老陈啊明天的另一个重要伙伴。如果说老陈啊明天是神一般的太阳,被子给是有着无数"面具"的"阴险"人物,那奶油小泡芙就是一个难得的正常之人。它有无法避免的缺点,但也有不可否认的优点。奶油小泡芙有时过于捣蛋,还有些烦人,但是在队友遇到困难时,它又会义无反顾地去帮助自己的同伴。可以说,这三人的现实等级排行榜是这样的:被子给第三,老陈啊明天第二,而奶油小泡芙稳居其首。

三角形是世界上最稳定的平面结构,这三位正面人物的组合在故事中也是所向披靡的。如果按五行相生相克来看:

奶油小泡芙属稳练的土,老陈啊明天属阳刚的金,而被

子给属阴寒的水。土生金，金生水，土克水，三人就这样相互作用。在第48集中，三人就利用了十分完美的配合战术，大败最强分身怪芽芽。老陈啊明天的浩然正气、被子给的阴厉果断，以及奶油小泡芙的嬉皮稳练，这样的组合，是不会有邪恶势力不畏惧的。

没错，《萝社奇遇记》要体现的理念有很多种，其中一点就是这样的团队精神。如若没有老陈啊明天等三人的光辉形象，萝社的故事便无法继续。

整本书所讲的故事到此戛然而止。不过，虽然故事停止了，但故事背后还有很多未解答的问题：老陈啊明天是如何在两个时空间穿越的？萝社与怪物之间为何有如此深仇大恨？"昔日的广场，今日的刑场"有何神秘之处？老陈啊明天梦中的话暗示了什么？萝社远征队命运如何？保卫怪物会怎么样？怪物为什么要吃萝卜？被子给到底是什么人？萝社的历史是什么？最终之门里究竟暗藏着什么秘密？……

这些问题，我先留个悬念，读者朋友们自己去构思吧！（其实我本来想在此书中写入海洋神迹的战斗的，可是由于出版社催得太紧，所以来不及透露了，第48集的结局还是我临时构思的呢）

好吧，我只暗示一句话：所有的故事，都出自三个地方：海洋神迹、"昔日的广场，今日的刑场"、最终之门。

对了，还有一件关于插图的事要提一下。因为绘者的问题，奶油小泡芙和没心没肺的插图会有较大的出入（其他人物也有问题，但是误差比较小）。奶油小泡芙的真实人物图像：

是不是挺萌的？至于没心没肺，我也画不出来。小读者们可以根据故事里的描述，画出自己所想的没心没肺哦！

萝社的故事依然没有讲完，老陈啊明天的冒险也在继续。希望大家能把这个故事编下去，打开最终之门，探索更深处的秘密。如果有一天《萝社奇遇记2》面世了，小读者们一定要将其与自己的想象对比哦！

陈奕恺

2019 年 6 月 22 日

老陈啊明天

小读者们好!没错,我就是本书的主人公——帅气无敌气场强的老陈啊明天!

咳咳,扯歪了。虽然我是主角,但直到故事的最后,我都还没摸清这个奇妙的世界到底是怎么回事。小作者的脑洞可真大!好了,不多说了,大家一起来关注我在故事中的精彩表现吧!

音乐奶

嘿嘿,既然提到了老陈啊明天,那就不得不提到我这个大反派啦!我的名字早已在第9集、第10集中出现,在后来极长的一部分内容中又销声匿迹,直到第40集才卷土重来,对主角一派予以致命打击!

虽然我被设定成了大反派,但能成为主角成长的垫脚石,我不后悔!我只有一个请求:请小读者们不要讨厌我呀!

被子给

哼……

嗯……

凭……凭什么我的命运就要由宇宙来掌控！我要凭借自己的思想，在故事里尽力为小读者呈现一个不一样的我！作者，请批准！

（作者已同意，但还是多点真为好）

奶油小泡芙

小读者们好！我是萝社里的一个"小丑"，除了吃得多、跑得快、厨艺一流、战斗力强以外就是擅长搞笑哦！

没错，作为主角的挚友，重要的配角之一，没有点幽默细胞怎么行呢？当然啦，我也有一本正经的时候哦！希望我能给小读者们带来一阵阵狂笑，哈哈哈！

还有，关于我的插图，我有句话说。由于绘者的问题，我的形象变成了一个小胖墩，真气人！详情请看作者的话。

看不到的

由于隐形这一天生的"缺陷",我经常会被伙伴们无视。在整本书中,我的存在似乎可有可无。其实,我还是有过不少精彩表现的,小读者们千万不要因为我隐形而无视我呀!

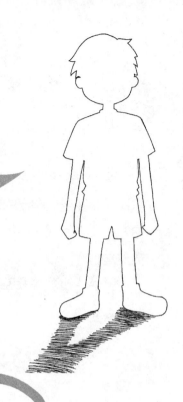

不抽到大天狗不改名

哈喽,大家好!我是萝社的海军指挥官——不抽到大天狗不改名!以后小伙伴们叫我"不改名"就行啦。

小读者们可千万别误解我的名字,我可不是天天在抽什么"大天狗"哦。虽然我在小说里出镜率并不高(在原稿设计中的结尾我是有很光辉的成就的,可惜作者已经拖稿了,所以把那一大段给删了),但大家也一定要记住我呀!

夜月皮丘

作者你说什么？老陈啊明天和被子给都没提到我？（作者：没有啊）唉，伤心！

小读者们好！我是夜月皮丘，先锋队成员兼萝社空军总司令。老陈啊明天和被子给都是我的队友。我的地位其实并没有大家想象中那么高：上有被子给压着，下还有老陈啊明天顶着，压力很大耶！算了，我就尽力担当起搭建他们"舞台"的责任吧！

保卫怪物

小读者们千万不要太在乎我的名字哦！我虽然叫保卫怪物，但我可不会去保卫怪物哦！

作为萝社里一位优秀的小发明家，我在幕后为萝社提供了无数抵御外敌的武器装备，可以说对萝社有大功劳！但我在第19集被怪物俘虏，让伙伴们为了救我花了那么多心思，真对不起。

可惜人如其名。到底发生了什么？这就请小读者们读完故事后大开脑洞啦！

没心没肺

（作者：前方高能！没心没肺极爱说"反话"，请小心阅读！）

！哦我注关多多里事故在得记家大，彩精当相是可现表的我但，懂难很能可话的说我。吧点优个一是算也这，强还芙泡小油奶比力动机的我！题问明发的物怪卫保是都这，了"话反"说爱太我是只，肺没心没是不并也，笨不并实其我道知要。肺没心没人器机皮铁是我！好们者读小位各

（翻译：各位小读者们好！我是铁皮机器人没心没肺。要知道我其实并不笨，也并不是没心没肺，只是我太爱说"反话"了，这都是保卫怪物的发明问题！我的机动力比奶油小泡芙还强，这也算是一个优点吧。我说的话可能很难懂，但我的表现可是相当精彩，大家记得在故事里多多关注我哦！）

攻略

姓名：攻略

性别：男

民族：萝社

出生日期：未知

好朋友：保卫怪物，老陈啊明天

爱好：摆弄魔术道具，撑着小蓝伞在天上飞

星座：什么是星座？

功绩：有必要知道吗？

最喜欢的食物：只要是奶油小泡芙做的都爱吃

性格：外向、活泼、重情义、顽皮

小丘比特

终于轮到我啦！可把我急坏了。作为萝社的社长，我好不容易才得到这最后的发言权。我想和小读者们说的就是：除了以上介绍的人物以外，《萝社奇遇记》中还有许多其他人物等待你去发现哦！希望我们的故事能给你带来快乐。

攻略因为肚子疼来不了了，所以临时放上了他的身份证（哈哈）。

好了，最后祝小读者们阅读愉快！

目录
CONTENTS

进入萝社

第1集　大炮穿越门 / 2
第2集　进入萝卜岛 / 4
第3集　初识先锋队 / 6
第4集　成员大聚集 / 10
第5集　开启新生活 / 18

怪物荡击

第6集　大脚怪登场 / 24
第7集　萝卜海之战 / 29
第8集　萝社大会议 / 36
第9集　丛林入侵者（一） / 39
第10集　丛林入侵者（二） / 43
第11集　地道大战（一） / 50
第12集　地道大战（二） / 53

第 13 集　大漠孤烟直 / 58

第 14 集　长河落日圆 / 63

第 15 集　双方大发展 / 69

第 16 集　萝卜岛降雪 / 75

第 17 集　正式迎敌 / 79

第 18 集　寒冰怪拦截 / 86

第 19 集　冰区马布角 / 90

第 20 集　冰域大密码 / 93

长涉追逐战

第 21 集　红灯机器人登场 / 104

第 22 集　全民飞机大战 / 109

第 23 集　大战总航队（一）/ 114

第 24 集　大战总航队（二）/ 120

第 25 集　进攻浮铜园林（一）/ 128

第 26 集　进攻浮铜园林（二）/ 132
第 27 集　千里走单骑 / 142
第 28 集　飞鸟千里不敢来 / 145
第 29 集　随风满地石乱走 / 149
第 30 集　初入要塞 / 163
第 31 集　地下·大迷宫 / 167
第 32 集　诛天破晓门 / 173
第 33 集　冰河时代 / 179
第 34 集　极地风暴区 / 184
第 35 集　雪峰涧谷大雪仗 / 197
第 36 集　冰峰涧谷大乱斗（一）/ 204
第 37 集　冰峰涧谷大乱斗（二）/ 211
第 38 集　冰峰涧谷大乱斗（三）/ 225
第 39 集　再战红灯机器人 / 245

第40集 保卫怪物、神林苔塔、线条信件 / 262

第41集 死亡之旅开始 / 267

第42集 恐怖的地下室 / 274

第43集 黑暗丛林夜 / 283

第44集 惊魂大捕杀 / 292

第45集 潜伏的死神 / 301

第46集 迷失的冤魂 / 309

第47集 阴森的猎场 / 322

第48集 终结的战役 / 331

王者归来 ▷

一切都是开始 / 342

进入萝社

萝社奇遇记

第1集　大炮穿越门

这个神秘的故事，是从一个第一次元的古城中开始的……

这一天，阳光明媚，一个10岁的少年小恺恺（这个名字在以后的故事中不常用，为方便起见，以后的故事中称他为"老陈啊明天"为好）正随着一个探险团，前往一座古城中探险。调皮的老陈啊明天不跟随队伍，反而自己向前继续行走。"啊？有个洞穴！"他走到一片树林里，发现了一个虚掩在草堆中的洞穴入口。好奇心满满的他立刻做出了选择——弓下腰，拨拉开土，慢慢地爬入了洞穴。

洞里很黑，老陈啊明天拿出木棒，用打火石点上火，再一步一步地向前行走。洞穴的两侧都是一些泥土雕塑，并没有什么稀奇的。突然，不知从哪里传来一声"嘎吱——"。老陈啊明天下意识地拔出腰间探险团发的小刀，做好防御准备："是谁？"没想到，这不动不要紧，一动，他脚下的地板一个180度大翻转，直接将他掀进了地板下面。

老陈啊明天坠落下去，摔了个大马趴。他揉了一下身上疼痛的地方，站起来继续向前走。火在跌落的过程中灭了，但是，前面的洞穴插有暗暗的火炬，看得清路。老陈啊明天继续向前行走。原来里面是一堆古代武器，他最热衷于这些了。道路的尽头是一台用铜铸造的大炮。

"咦？一个大炮？"老陈啊明天爬了进去，"看看里边有什么稀奇。"这一望，他竟在大炮"屏幕"中发现了一个大岛！岛上还有许许多多的人！老陈啊明天看呆了，一直盯着"屏幕"中的小人。

突然，一个小人一抬头，似乎发现了他。那个小人拔出一面镜子，对准老陈啊明天的眼睛！顿时，他只觉得头晕目眩，眼前一片花白，昏倒在铜炮里……

萝社奇遇记

第2集 进入萝卜岛

不知昏迷了多久,老陈啊明天睁开眼睛。他惊讶地发现,自己处在一个全白的世界,且正在不停地向下坠落!老陈啊明天担心自己会被摔死,便闭上眼睛,心里默念:"南无阿弥陀佛……保佑我不要摔伤……"但是,他向下一俯身,马上就意识到,自己连摔都摔不了了——下面是一个如米粒一般小的光隧道。他落得越来越快,光隧道也越来越大,一瞬间,老陈啊明天就跌入了光隧道里。他感到一阵撕扯,身体剧痛,不免再次昏倒……

身体忽然感到一阵舒适,老陈啊明天还没反应过来,眼前的颜色就从白色变成了各种颜色。没过多久,"砰"地一声,老陈啊明天撞到了一棵树的树干,他整个人就从树上慢慢地滑了下来。一个长得像卡通人一样、头上长着个小豆芽的小人一蹦一跳地跑过来,将老陈啊明天扶起来。老陈啊明天刚才被撞了一下,备感晕厥,迷迷糊糊的什么也看不清。那个豆芽人苦笑一声,掏出一瓶喷雾剂,向着老陈啊明天的脸一喷。老陈啊明天将头一晃,醒了。"嗯……你是谁啊?"老陈啊明天问道。那豆芽人回答:"我叫小丘比特,是这个地方的社长。这里叫作萝社,你……"老陈啊明天想起了一个游戏——"保卫萝卜",就插嘴道:"难道这里也有四个活蹦乱跳的萝卜?还有一堆炮塔?""嗯,没错,炮塔也是活蹦乱跳的呢!你是怎么知道的?"小丘比特十分惊讶地问道。老陈啊明天只是笑了笑,不再说话。

小丘比特带着老陈啊明天参观了一些地方。突然,老陈啊明天问小丘比特:"我是怎么进来的?""喏,这个,就是这个。"小丘比特搬来一面大镜子,吞吞吐吐地说道。老陈啊明天反正也不着急回去,就没追问下去。

小丘比特拿出了一个虚拟电脑,边查边道:"你呀,来到萝社,就先得有一个职位。现在萝社处于战争年代,有些危险,每个萝社成员必须有一个职位安身才行。我看看还有什么空缺的职位给你。"老陈啊明天在一旁站着,盯着虚拟屏幕上飞舞的代码。终于,小丘比特闭上虚拟眼睛,长嘘一声:"好了!终于给你找到了一个职位。走,和我一起去看看吧。"小丘比特将老陈啊明天带到一栋房子前:"就是这里了,你自己进去吧。"说完,他便一溜烟地跑没影了。老陈啊明天一抬头,见屋上赫然写着"先锋队总部"五个大字。突然,大门被打开了,一个男生走了出来。他看起来和老陈啊明天差不多大,但是神情冷峻,一点都不像10岁的男生。这不禁令老陈啊明天一颤:他到底是谁呀?

萝社奇遇记

第3集　初识先锋队

未等老陈啊明天开口，那少年就先抢着道："你是新来的吧！这里是先锋队的总部，我是先锋队的队长，叫被子给。这只是个外号，真名……还不能告诉你。"老陈啊明天认为这个外号太过好笑，不禁"噗嗤"笑了一声。被子给继续说："要想融入我们这个团队，你就得先了解里面的必要常识。来，先和我到总部里去观览一下吧。"说完，被子给调头走入总部。老陈啊明天不敢怠慢，也跟了进去。

总部的四周有很多紧急装置，这使老陈啊明天备感庄重。路途有些过于乏味，老陈啊明天就问了他一个问题："先锋队一共多少人呀？""加上你，有三个。"这个回答使老陈啊明天备感惊讶："啥？三个？那么少！"被子给没有接着回答，头也不回地继续走。老陈啊明天也不敢追问，就随着他继续走。

待走到三扇紧闭着的门前，他们俩停住了脚步。"夜月皮丘，出来吧！"被子给向里面喊话，"三号已经到了！"从第二扇门中传来一声清脆的女声："唉！来啦——"这令老陈啊明天一震："另一个成员竟然是女的？而且，夜月皮丘，这个外号多好听呀！不像我和被子给……"想到这里，他的脸不禁红了一下。

紧接着，第二扇门打开了，一个女生从门里跑了出来，老陈啊明天定睛一看：这个女生比被子给稍大一些，而且，她还挺漂亮的……想到这里，老陈啊明天的脸又红了一下。这个女生一出来，就连珠炮似的说开了："哎呀，你就是三号吧！社长已经使用虚拟屏幕通知我们了，这下三人组可算补全啦！哎，话说你的功力……""夜月皮丘！"被子给皱了皱眉头。"怎么了，队长？我说错什么了吗？"夜月皮丘吐了吐舌头，不再多嘴。被子给也不搭理老陈啊明天，对夜月皮丘道："要不要给他看成员名单？""好啊！"夜月皮丘冲到第二个门里，紧接着拿出一张纸来："嗨！你……你……""我叫老陈啊明天！""噢对！老陈啊明天，你来看一下这张表吧。"

老陈啊明天举起那张表，轻轻地读："被子给……夜月皮丘……小丘比特……萝卜们……炮塔们……猫猫……秋霜汽水……米米……小魔女……火巨龙……赵云……奶油小泡芙……没心没肺……保卫怪物……攻略……粉萝卜防伪……不抽到大天狗不改名……看不到的……"老陈啊明天放下表格："这些都是什么怪名字！""这些不是名字，这些是绰号，就像被子给一样。"夜月皮丘在一旁解释道。

突然，墙上的警铃亮起了红灯，并发出"哗哗"的声响。"有警报！"被子给和夜月皮丘冲进房里备好装备，紧接着如风一般奔跑出去。老陈啊明天根本看不见他们的影

萝社奇遇记

儿。"等等我啊！"老陈啊明天也跑出去。

跑出几十米，老陈啊明天发现一只淡紫色的山羊正追着一个胡萝卜跑，后面追着一个瓶子状的炮塔。那炮塔一直在开炮，可是羊的速度太快，炮弹打不着它。老陈啊明天想冲上去帮忙，却被夜月皮丘一把拦住。老陈啊明天不解。夜月皮丘道："就凭你这功力，就想去挑战'灰老羊'？你先练好了功夫，再来对付这些骚扰我们的怪物。现在，你先跟着老大学，他会教你这些解数的。""噢，原来这怪物叫作灰老羊呀！"老陈啊明天在心中记住。那只灰老羊张开大口，准备吃掉那个胡萝卜。却见被子给飞快地挽起弓箭，紧接着一支箭直挺有力地飞向灰老羊，直直插入了它的身体，灰老羊开始不停地流血，它愤怒地颤抖，发出"咩咩"的狂叫声，狠狠地冲向被子给。"小心啊——"老陈啊明天不禁叫

道，却听见一声悲惨的"咩"叫，再一看，那灰老羊已经无一口气了，阵亡在被子给的斧下。而被子给依然保持着挥斧的姿势。

　　杀怪杀得如此干净利落，这使老陈啊明天目瞪口呆。"看到了吧？老大会的还不止这些呢，他的θ星108门武艺可是样样精通。你要能做到老大的一半，就几乎无人能敌了！"夜月皮丘回头，悄悄对老陈啊明天说。老陈啊明天心想："哈！54门武功？我能学好一门就很不错了！108门？开玩笑吧！"

　　夜月皮丘的手机响了，里面传来一阵急促的声音："喂，是先锋队的夜月皮丘吗？这边是秋霜汽水，正在萝卜田。我们这边被怪物攻击了，赶快派人来救援呀！"

　　夜月皮丘一挂断电话，脸色就变了："这回我们可中计了！它们派了一只怪物来引诱我们，主部队就到别的地方搞破坏去了！"

　　为了不让老陈啊明天在速度上拖后腿，被子给提出将他装在麻袋里，让被子给背着他跑，这得到了大家的一致同意。被子给包扎好麻袋，准备出发时，老陈啊明天问了被子给一个问题："需不需要我看看怪物的名单呢？"被子给先是一惊，然后又恢复了冷峻的神情，回答道："怪物名单不用记，在屡次的战斗中，你自然会熟悉它们的。"说完，被子给将麻袋一掀，背到背上，就和夜月皮丘上路了。

萝社奇遇记

第4集 成员大聚集

老陈啊明天在麻袋里感觉到了一种神奇的能量。袋子一直在上方飘着，不曾落下来过，看来麻袋和自己的重量对被子给未产生丝毫影响。老陈啊明天刚想完，麻袋就"嘭"一声落地了，将他摔了个大屁蹲儿。被子给敏捷地拆开麻袋，道："好了，到啦！"老陈啊明天从袋子中钻出，一眼便见到了一片辽阔的萝卜田。再定睛一看，里面竟闯入了一大堆只有一只眼、长得像手掌一样的小怪物正在追赶一个白白胖胖的、手上拿着两根棒棒糖的白萝卜。"救命呀！"那只胖萝卜喊道。老陈啊明天立刻明白，这就是"保卫萝卜"中的胖萝卜阿呆。在一旁，一个身上挂着一些汽水罐的女生正和一大群长得像红烧茄子一样的怪物搏斗。另一处，一群黄黄的、长得像鸟一般的小怪物正从地里拔出萝卜，狼吞虎咽地啃吃着。更加令人气愤的是，它们只是啃吃掉半个萝卜，剩下的一半直接扔掉，白白浪费了！

夜月皮丘大叫一声，拔出利剑，一跳过去，便一剑削掉了一只怪物的八只爪。"多谢啦，大姐。"那个身上有着汽水罐的女生向后退开几步，拿出一个通讯器，向里面不知输入了什么,然后拔一下衣服上的丝线,她背上两个瓶口垂直向下的汽水罐就开始喷出超强烈的二氧化碳气体,使那个女生因受到反作用力而升向高空。她又在自己的衣服口袋中按了一下,两个可乐瓶就开始晃动,使她向前飞走。

被子给回头对老陈啊明天说道:"她就是秋霜汽水。""噢!好酷炫啊!"老陈啊明天看呆了,连连称赞。"感觉你二姐的剑术如何呀?"被子给悄悄问老陈啊明天。见他呆呆的,没有回答,被子给摇了摇头,神速地挽起弓,一箭射向那一群黄鸟

般的家伙。"看我来个串'黄黄鸟'!"这一箭射得好,一下射穿了好几只黄黄鸟的身体,使它们倒在地上。

夜月皮丘将剑一晃,闪出几道剑影,接着一脚将最后一个红色的怪物踢开,举剑冲向一群手掌状的怪物。老陈啊明天问被子给:"这几种怪物叫什么?""刚才那种红红的怪物叫红卷卷,左边那群手掌状的怪物叫小手掌,那些鸟一样的怪物叫黄黄鸟。""这些怪物只是想吃萝卜,为什么要伤害

我们呢？""因为我们的职责就是守护萝卜。正因为这个，这些怪物才会攻击我们的。"

远处的一群黄黄鸟鸣叫着，飞速冲向老陈啊明天。他只见眼前闪过一道寒光，再一看，眼前的一波黄黄鸟已变得血肉模糊，而被子给手中拿着一柄锋利的斧。"你们这边都不使用火器的吗？"老陈啊明天问被子给。"也用，只不过一般不用。"被子给回答道。

天上响起了"轰隆隆"的巨响，紧接着，一个巨型火箭降落了下来，落地时轻轻的，好像担心踏坏了萝卜田。从火箭里跳出了许许多多炮塔和三个萝卜。"哈啰，夜月皮丘，被子给！最近怪物的扫荡越来越频繁，可把你们累坏了吧！"那个大火箭在将所有炮塔释放出来后缩小，对着远处眺望，"啊，怪物被你们清理光了？那我可算是白来了！"火箭正想走，被被子给一把拉住："先在这儿守着！这些小喽啰肯定不会善罢甘休的。说不定等会儿会有更多的怪物来袭击。你在这儿等一下，攻它们个出其不意。"火箭一想，也有道理，于是它回头道："炮塔兄弟们，你们也在这里守着吧。水晶，你在树上藏着，给大家充能。我和飞机在前面打头阵，你们在后面守住萝卜们！"

天空中似乎有一抹蓝色闪过，紧接着，从四面八方冲来了一大堆像蜗牛一样的怪物，只是少了壳。"哎哟喂，鼻涕虫呀！"老陈啊明天叫起来，他平时最讨厌这类软体动物了。"那些不是鼻涕虫，它们是无壳蜗！"夜月皮丘拔出剑，"火箭，准备迎战！""好嘞！"火箭飞上天空，向着怪物们发射火箭炮。"啊噢！哎呀呀！痛死了！噢哧！"前面的一群无壳蜗被炸得大声呼叫，无法前进。被子给指挥道："魔法球、多重箭，你们带着一波炮塔攻击两翼。飞机，你也带着一队炮塔攻击后方的怪物，让火箭守住前方。马上进行！"一瞬间，电闪雷鸣，炮弹、毒矢、冰弹四处乱飞。虽然阵势不太对，至少慢慢击退了这一波攻击。

突然，从天上飞下几团鬼气。瓶子炮发觉有危险，赶紧对准一团一团的鬼气发炮。这时大家才发现，天上飞着一群像幽灵一样的怪物，正在向下不停地喷射着浓浓鬼气。"不好！是飞行小幽！"被子给递给老陈啊明天一个大炮，"虽然平时不使用热兵器，但今天真的是迫不得已了。拿这个轰炸前面的怪物！"老陈啊明天接过大炮，尝试着按了一下按钮。"轰"一声，一颗炸弹在怪物群中炸开，它们退却了。"火箭，你去攻击那些飞行小幽！"被子给指挥道。

从四面八方又冲来了两种怪物，一种只有一只眼睛，长得就像一个绿果冻；另一种全身黄色，像鸡一样，手上拿着把大型叉子，身上围了一条餐巾。"绿丁儿和蛋黄鸡！怎么那么多？"夜月皮丘说道。她虚晃一剑，避开绿丁儿，一剑刺向一只蛋黄鸡。没想到这一下，反倒引来了更多的蛋黄鸡。夜月皮丘的剑术再高明，也抵挡不了大波的蛋黄鸡，炮塔们发射的子弹，全部被蛋黄鸡的叉子挡住。

正当这危急一刻，山上传来一阵大叫："本泡芙来也！"接着，从山坡上滚下一个大"肉包子"，一路撞倒大波的怪物。前面耸起一块大石，那个"肉包子"躲闪不及，直接

萝社奇遇记

撞在了尖石上。石头被撞断，那个大"肉包子"被弹上了天，一路将飞行小幽给撞了下来。接着，那个大"肉包子"落了下来，撞到了一棵大树。大树被撞成两截，那个"肉包子"向着萝卜们的地方滚去，一路撞飞了许多绿丁儿和蛋黄鸡。一直滚到老陈啊明天面前，才直立起来。老陈啊明天仔细端详着它：白白的，长得活像一只大肉包子，它的手和脚都是圆圆的。"我是奶油小泡芙，也是萝社成员！"那个"肉包子"大声地自我介绍。被子给刚击败46只蛋黄鸡和67只绿丁儿，咕哝道："为什么援兵还没有到呢？"一句话的时间，奶油小泡芙已经击退了十几只小绿丁儿。老陈啊明天暗想：这也是一个强大的萝社成员。

这些绿丁儿的弹跳力极佳，几下蹦跳就到了炮塔的火力范围之外，风扇朝着绿丁儿吹出麻醉药，暂时将它们迷晕。突然，天上落下一个蓝色的、像没充气的气球一样的东西。一触及怪物，便瞬间炸开，散出粉尘一般的东西，紧接着，又落下来几个这样的东西，也同样撒出了粉尘。老陈啊明天抬头望去，看见一个男孩飞在空中，手里拿着一把正在飞速旋转的蓝伞。更神奇的一幕发生了：地上的粉尘马上变成了一个个蓝气球，每个蓝气球还带了一根绳子，每根绳子都悄悄绑住了一只怪物。蓝气球飞上天空，那些怪物竟然也跟着气球一起飞上了天空。那个男生将身子一甩，将蓝伞一收，一脚踏到一只绿丁儿的气球上，气球破掉，那只绿丁儿从高空落下去，摔了个半死不活。他就这样逐个收拾着那些气球上的怪物，一个个地踏上去，将那些怪物一个个地摔下来。

待踩爆最后一个气球,他就将小蓝伞一撑,缓慢地降落下来。"哈啰,你好呀,老陈啊明天!我是攻略,平日就喜欢捣弄这些玩意儿。这只是我平时发明中的一项而已。小小玩意,不足为怪!平日可能喜欢耍酷,请见谅!"说罢,攻略就将蓝伞对准怪物,一伸一缩,只见伞尖处喷出几股大气流,将前方的一队蛋黄鸡吹飞。攻略再次将伞的转速调大,伞上生起了刀刃,一砍,直接砍断了一只绿丁儿。

天上"轰隆隆"飞来一架巨型飞艇。老陈啊明天定睛一望:上面印着"米米号"三个大字。2秒后,从飞艇上跳下来一只皮卡丘(也许是皮卡丘)。一扶地板,它便站起来了。"夜月皮丘,我来啦!粉萝卜,我们童话四人组来了!让它们尝尝我的厉害吧!十万伏特!"皮卡丘抽出双手,对准一群绿丁儿。它的手开始迸出闪电,5秒之后,竟射出一股能量超强的电流!保守估计,要比魔法球的电流强几百倍!一串超级电流飞过去,将一大队连在一起的绿丁儿给电成了布丁灰。那只皮卡丘接着向蛋黄鸡射出一束电流。蛋黄鸡居然用叉子抵挡。要知道,蛋黄鸡的叉子可是导电的哎!于是,"嗞啦嗞啦嗞啦",一队蛋黄鸡被电成了烧鸡。"哈哈!夜月皮丘姐,本猫猫这几招还算好吧!"猫猫得意道。

"哎呀,飞艇上的下不来哎!"炮塔手电筒似乎意识到了什么,对准"米米号"发射光束。接着,从光束中滑下来三个女生。老陈啊明天眺望着,有一个他还记得,就是召唤援兵的秋霜汽水。还有两个,一个背上背着一口大袋子,体形较小;另一个头戴女巫帽,身披斗篷,手持一根魔法

萝社奇遇记

棍，活像个"现代版"的小女巫。"她们又是谁？"他想道。那个背袋子的女生迅速地从大袋子中取出一个小袋子，将小袋子快速地扔向秋霜汽水。秋霜汽水点点头："谢谢啦，米米！"说罢，她就将小袋解开，将袋里的粉末倒进她手持着的可乐瓶里边，再将盖子拧紧，使劲地摇晃，接着便打开盖子。只听见"砰"一声响，瓶内的可乐夹带着粉末一齐冲飞出来。那些小怪物一碰到这种粉末溶剂，便立刻缩小，缩得越来越小，直到如蚂蚁一般大小为止。秋霜汽水又抽出一个可乐瓶，向着绿丁儿发射腐蚀性超强的碳酸溶液。这些液体直接将绿丁儿和蛋黄鸡们给腐蚀掉了。在一旁，那个小女巫正在和一群蛋黄鸡搏斗。"哈哩卟啦吧，飞起来吧！"她将魔法棒一晃，法杖亮起一束光束，将前方的一波蛋黄鸡送上半空。"现在，哈哩卟啦吧，转起来！"一瞬间，那群倒霉的蛋黄鸡飞速旋转起来，连餐巾、叉子什么的也落在地上。"攻击魔法，魔力冲击蛋！"几个大型光球朝着蛋黄鸡们飞去，将它们炸了个跟跄。"最后一招，冥海气功：消你能量！"蛋黄鸡们的内力突然消失，它们如废物般颓坐在地上。被子给见此情景，对老陈啊明天道："小魔女就是运用了这招冥海吸收术，才练就了今日强大的魔法能量。也就是说，她凭着消你能量这一招，通过将他人的内力吸入修池，来增长自己的能量。"老陈啊明天听着，似懂非懂。

攻略本来正和怪物们玩耍一般地斗争着。突然，他猛地举起伞，一道大风刮起，将周围的怪物卷散。接着，他按下伞柄上的按钮，从伞柄中快速喷出一个大的未充气的蓝气球。攻略一脚踏下大气球,气球竟顷刻间充满气,变成一个巨大的蓝气球。攻略踏着它,慢慢地飞起来,边飞边喊:"米米,谢谢你的帧粒魔粉!"待气球上升到一定高度时,他用伞尖将气球充气口戳出一个小孔,气球立刻开始无规律地快速乱飞,而他却毫不紧张,双脚挺立在气球上,没有任何动作。待气球飞到怪物群中时,"轰"一声,马上爆炸,洒出一大堆粉。米米看到后皱起了眉头,因为那是专克帧粒魔粉的干方魔粉。而攻略,在气球落地的那一瞬间,就撑起小蓝伞,飞上了天空。他向下喊道:"好了,今天宰怪物宰够啦!保卫怪物兄弟,你配合得很好,出来收个尾吧!"从小蓝伞的伞柄里分泌出一个小球,这个小球又变成大球,与小蓝伞一齐飘向天空。从大球里钻出另一个男生,拿着超级轰炸机,射出了一颗炮弹……

终于将怪物们从萝卜田击退了,大家疲惫不堪。天色渐渐暗淡下来,老陈啊明天、被子给、夜月皮丘三人一齐走向萝社的内部。

萝社奇遇记

第5集　开启新生活

"九、十……十三、十四……怎么还有七个人没来哪?"老陈啊明天捧着萝社成员表,一路边走边看边"点名"。被子给回答:"还不是他们几个偷闲犯懒,连萝卜们被包围了都不来帮忙。哼,非让我们来顶住不可。""哎,今天我怎么没看见你开炮?"夜月皮丘用胳膊肘捅捅老陈啊明天,悄悄问他。老陈啊明天一拍脑门:"哎呀!今天光看成员们的作战方式,忘记发炮了……"

三人到达先锋队总部,天色也非常暗了。"都二十六点了?这也太晚了吧!"老陈啊明天吃惊地看着时钟,他已经有点儿明白θ星的时间系统了。"是呀,现在先进休息室吧。"他们又走到了那三扇门前。被子给持着一张纸道:"今天嘛……我站上半夜的岗,明天站午夜的岗,夜月皮丘站下半夜的岗。好,你们两个先休息吧,有事我会来叫的。"老陈啊明天突然意识到了一个严重的问题,他忙问被子给:"那……那……我就不回地球了吗?"被子给苦笑一声道:"哎……回不去了。""啊!为什么?"这句话如同炸弹一样炸在老陈啊明天的头顶上,使他瘫坐在地上。"因为……"被子给刚说完两个字,就停了下来,转头眺望远方。夜月皮丘一看气氛不太对,赶紧安慰老陈啊明天道:"不要气馁,小丘比特社长也是为了抵御怪物的攻击才收你入门的呀!你就当这是个惊险夏令营吧。"

……

"哐……哐……哐!"老陈啊明天被吵醒,看见夜月皮丘正在敲锣,边敲边喊:"起床啦!起床啦!太阳晒屁股啦!叮叮起床啦!"原来,老陈啊明天没撑住,在后半夜睡着了。他一翻被子,咕哝道:"不行!都还没睡醒。晚起床会怎样呢?"刚说完,夜月皮丘一踏踏板,整个床一下子就立起来,将老陈啊明天甩飞了。"啊呀呀!"他一下子飞出去,一头撞到了柱子上。夜月皮丘笑道:"这就是晚起床的后果!"老陈啊明天爬起来,"哎哟哟"不停哼唧。原来,他的整个脸被撞红了。"你这么懒,就不怕怪物来袭击吗?"夜月皮丘赶紧冲上去,扶起老陈啊明天。"哎哟哟……哎哟哟……"老陈啊明天继续哼唧。夜月皮丘仔细一看,原来他被撞出鼻血来了。

"你看你,多懒啊!人家被子给负三点就起床工作了。"夜月皮丘看着可怜兮兮的老陈啊明天,往他脸上敷药,不禁责备道。老陈啊明天边"哎哟哟"边道:"我……哎哟!太、太激动……啊噢吃吃!睡、睡、睡不……啊哎!噢!呦!不着呀。"夜月皮丘简直哭笑不得,只得坐着给老陈啊明天敷药。

终于敷好药了,老陈啊明天跟着夜月皮丘走出医务所。

萝社奇遇记

正好到午餐时间,老陈啊明天走入食堂。"怎么全是萝卜?"老陈啊明天看着眼前清一色的萝卜,惊呆了。一个上午没见的被子给走过来,见他一脸愁容,问道:"怎么了?萝社嘛,当然只吃萝卜了。是不是萝卜很辣?"说完,还调皮地眨了眨眼睛,意思是"我已经看穿你在想什么了,别再装啦!"老陈啊明天平时也并不讨厌萝卜,只好将就着吃起来。

下午到了,被子给休息了一下,带着老陈啊明天认识了整个萝卜岛。走了很久,连太阳都打着哈欠下岗了,他们俩还一直走着。直到老陈啊明天走到一村民楼时,抬头看了看

大钟:"哎呀呀,怎么都那么晚了?从这儿回去得花点儿时间吧?""这个倒还不用!有麻袋大法呀!"被子给在附近的店里买了个大袋子,让老陈啊明天缩在里面,再次风一般地冲回萝社(基地里有三个住房,被子给住1号房,夜月皮丘住2号房,老陈啊明天住3号房)。直到躺在床上,老陈啊明天的肚子才叫起来,这时他才意识到,自己还没吃晚餐呢!

这样生活了三天(一些时间用来打小怪),老陈啊明天也习惯了。突然,在第四天,一个大Boss"光临"了萝卜岛。到底发生了什么呀?

怪物荡击

萝社奇遇记

第6集 大脚怪登场

"叮铃……叮铃……叮铃"基地的警铃再次响起。现在才四点钟，老陈啊明天还卧在床上。突然，他感到自己的背上一下子什么都没接触到，似乎飞起来了一般。随后，他感觉自己降落到了一个袋子里，接着就被一个人托着袋子到处跑。"不是吧！绑架？"老陈啊明天大愕。他睁开眼一看，眼前黑乎乎的什么也看不见，却闻到了一股麻袋的味道。老陈啊明天这才明白：是被子给。"但是又要去干啥呢？"他心中充满疑问。

很快，老陈啊明天就被踢出了麻袋。"哦，你醒啦？"被子给看着老陈啊明天愤怒的脸，开心道。老陈啊明天揉揉眼睛，仔细一望：所有的炮塔都出动了，只见眼前电闪雷鸣，炮弹激光乱飞，却不见怪物。"啊？该不会是……"被子给将大炮推给他，"这个对手很强，你握好，只要发觉有危险，你立即开火！"说罢，他掏出一柄大斧，"今天，就算不能完全制服它，也得将它赶出萝社，不能让它继续破坏这里！"夜月皮丘嘟囔一声："最近放哨岗位上的人有多松懈呀？"说完，她便飞身闪入一棵树的树冠中。"你们在这里等着。一有情况，马上通知我！"老陈啊明天和被子给的通讯器中传来夜月皮丘的声音。

从炮塔阵的滚滚浓雾之中缓缓走出一只怪物。它除了眼睛以外其他地方都是紫色的，且只有一只眼、两只大脚。"大脚怪?!"老陈啊明天差点没叫出声来。大脚怪可真算是厉害，在炮塔的火力圈内居然能毫发无损地走出来，可见其强大。"可恶的怪物！我要灭了你。"魔法球愤怒地闪现出电光，跃到大脚怪面前准备电击它。没想到它还没喷射闪电，就被大脚怪一脚踹飞了。"小样儿，敢来送死！"大脚怪得意道。魔法球的镜片似乎被踹碎了一块，倒在地上动弹不得。突然，五支利箭一齐向大脚怪飞来。不用说，肯定是多重箭放的。只见大脚怪腾空而起，头在下脚在上，两只粗腿如螺旋翼般飞舞着。半秒内，五支利箭全部折断。

大脚怪双脚一抖，竟跳起了"大脚体操"。只见它的两只大脚时而缓，时而遄，时而旋，时而浮，时而跃，时而飞，一下子便踢倒了不少炮塔兄弟。此时，从草丛中跳出一只"皮卡丘"。老陈啊明天一看："噢，是猫猫。"猫猫跳出来，一句话也不说，就向大脚怪发射"十万伏特"。没想到，大脚怪将身子飞旋起来，两只大脚也旋转着，竟将这股超强的电流给分解开了。它越转离猫猫越近。猫猫刚意识

萝社奇遇记

到，准备逃跑的时候，大脚怪一脚飞踢过来，将猫猫给踢出去好远。大脚怪一脚蹬上去，用脚踩住猫猫。随即便是一场超级猛烈的脚雨，每一脚都精准地踏到猫猫身上。最后一脚，大脚怪一蹬猫猫的肚皮，跳了下来。

"天呀！这一脚给我，真的会被它踢骨折的啊！"老陈啊明天惊恐地想。

大脚怪突然感觉到了一阵强大的吸力。它抬头一望，发现一个男生一只手撑着把小蓝伞，背上还背着两柄小蓝伞。它还没开口，就被吸上了天。老陈啊明天抬头一望，开心道："攻略，你来啦……"攻略另一只手持着一个解体的大气球囊，当把大脚怪吸进去时，气球皮则自动缝合。老陈啊明天断定，那里面准是有帧粒魔粉。接着，攻略将气球皮塞入蓝伞，将背上的另一把蓝伞抽出来，在塞入大脚怪的蓝伞上点火，再扔下去，随后撑起另一把蓝伞。那柄伞着了大火，落向地面。伞在落地时突然炸开，散出一堆粉末。攻略一看见这些粉末，顿时脸色发白。原来这就是"千方魔粉"。大脚怪从伞的残骸中走出，脸被气得发紫（其实根本看不出来，因为它本来就是紫色的）。它双脚一蹬，飞快跃向攻略的蓝伞。攻略正想逃跑，大脚怪已经一脚踢向伞架。蓝伞马上散架，攻略连抽出第三把伞的时间都没有，就重重地从天上摔到了地上，昏过去了。

右边传来一阵"咕噜噜"的声音，老陈啊明天更加握紧了大铜炮。一秒后，一个大"肉包子"急速滚来。"哈，是奶油小泡芙。"奶油小泡芙一下子撞在了大脚怪身上。这一下的力度足够大，将大脚怪撞了个趔趄。但奶油小泡芙也被反弹出了几十米，重重跌倒。还好它的镜片没有被撞到，不然它就完了。

被子给一看大脚怪差点儿摔倒，便举起大斧，一下子劈过去。大脚怪差点儿没反应过来，一脚还回去，将大斧踢开。就这样，他俩打上了，拼了几十回合，却依旧分不出胜负来。老陈啊明大看呆了：武功这么强的被子给也不能战胜大脚怪，那它的功力真不知道高到哪里去了。老陈啊明天突然想起了什么，他向通讯器中发了一个信号，紧接着，一道剑影从树冠中飞出来，想必这就是夜月皮丘了。只见被子给和夜月皮丘一起去打脚脚（大脚怪），却也只能勉强扯个平手。这不，被子给一斧下去，正好砍伤了大脚怪。它又气又恼，一个高飞脚将被子给踢了个360度大转体。

老陈啊明天也不甘示弱（从进入萝社开始，他就几乎没勇敢过一次，今天想一展身手），双手按在发射按钮上，大喊一声："夜月丘皮、被子给，快快闪开。"话音未落，他的手掌已经用力压在了按钮上。"轰"一炮飞向大脚怪。炮弹竟然被一脚踢开了。大脚怪愤怒地冲向老陈啊明天。他"啊呀"一声，急中生智，冲向晕倒的攻略，从他背上抽出第三把蓝伞，迅速撑开。"旋转、旋转……"他焦急地寻找程序按钮，"啊，找到了！"老陈啊明天将伞的转速和喷射力调到最大，快速飞上了天。他还完全不熟练，只能在天上笨拙地飞行。

萝社奇遇记

  大脚怪怒吼一声："难缠的家伙！"只见它双腿一蹬，便跳了起来，准备一脚踢到他头上。老陈啊明天将探险队发的刺刀拔出来，向大脚怪扔去，却被大脚怪一脚踢碎。不过这一脚，也大大减少了大脚怪腾空的气力，只要老陈啊明天赶快架着伞逃跑，就可以逃过一劫。突然，一朵朵乌云疯狂地冲了过来，瞬间下起了雨。哈，这回蓝伞可是帮老陈啊明天躲了一下雨，将雨点儿们全都扑开了。"嘿，老陈啊明天，快飞走！"下面传来夜月皮丘的声音。老陈啊明天一惊，赶紧撑伞笨拙地缓缓飞走。

  原来，被子给在下方立了一个高飞式带动舰炮。而夜月皮丘在后面，准备拔断引线。"我不想拿这个轰你，但是你有错在先——发射！"夜月皮丘猛地拔断引线，舰炮朝着准备坠落的大脚怪飞去。这时，天空中一道闪电劈来，正好击中大脚怪。虽说它不怕电，但这也确实削弱了它在空中的动能，从而使它本可以轻松踢开的三个推动舰炮炮弹击中了它。"啊啊啊！"它随着三个舰炮向前飞行，直飞到萝卜海上方，"轰"一声，炮弹炸开了，大脚怪扑进了海里。

  老陈啊明天架着伞从天上缓缓降落，说道："这下可把它们的首领干掉啦！""不可能，大脚怪不会因为这点伤害就完蛋的，以后依然会有更艰巨的挑战等着我们。"被子给眺望着大脚怪飞出的方向，轻轻地说道。在很远的地方，一处红灯突然挣扎着发出红光来。

  谁也没发现，在遥远的海上，一条鲸鱼的尾巴拍打着水面，海上立刻掀起轩然大波！

第7集 萝卜海之战

老陈啊明天一觉醒来,发现依然是黑夜。他看了看表,推断出现在是后半夜刚开始不久。"今天前半夜是我值班,中半夜是被子给,所以现在应该是夜月皮丘在值班。"老陈啊明天突然有股冲动:到他们俩的房间里去看一下!

夜月皮丘的房门虚掩着,老陈啊明天一推就开了。他在里面乱走了几圈,才发现:这个房里并没有什么特别之处,除了萝社成员的必备武器,就是一大堆女孩子的生活用品和装饰品。老陈啊明天不禁苦笑一声:"这家伙,连生活在战争如此频繁的萝社,还是改不了女生的本性。不像我,作为一个穿越者……"想到这儿,他灵机一动,跑回自己的3号房,像钻入进入萝社的大炮一样钻入自己的大炮,结果除了头被炮口撞出了一个包外什么也没发生。老陈啊明天很知趣,讪讪地走入被子给的房间。

因为怕将被子给吵醒,老陈啊明天才闪进去几秒就夹着一个本子跑了出来(他明知偷拿别人东西不道德,还是没忍住好奇心)。本子上写着:被子给日事记录本。老陈啊明天翻到今天,上面的第一条便是:训练新人老陈啊明天。他

萝社奇遇记

的神经马上绷紧：要训练我什么呢？

……

夜月皮丘拿着锣打开老陈啊明天房间的门，看见他已经醒了，先是一惊，之后再将锣放下，和颜道："总算早起了一次呀……被子给和不抽到大天狗不改名在外面等着你呢，我们走吧。""嗯，谁是不抽到大天狗不改名？"老陈啊明天心里充满疑惑，但随后马上明白了，"原来就是萝社成员表里最神奇的那个名字呀！嘿嘿，他是不是天天在抽大天狗……"才想完，老陈啊明天不禁笑出了声。夜月皮丘疑惑地看着他，问道："你笑什么？"

一出基地，老陈啊明天便看见被子给领着一位年龄稍大一点的男生站在门口。那位男生先发话："你好，老陈啊明天。我是不抽到大天狗不改名，很高兴认识你！""因为我负责萝社陆军，夜月皮丘负责萝社空军，所以你只能负责萝社海军了。这位是你的指导员：不抽到大天狗不改名。现在是他引导你，以后，就会变成你指挥他了噢！"被子给在一旁解释。"现在，我带你去萝卜港出一趟海吧。"不抽到大天狗不改名说道。

终于到达萝卜港了。老陈啊明天小心翼翼地踏上了"萝卜7号"大船，朝着陆地说"拜拜"。这次出海的成员有：

萝社成员：老陈啊明天、不抽到大天狗不改名。

炮塔：瓶子炮、炸弹星、鱼刺、冰锥、回旋镖、多重箭、便便。

才航行 2 萝卜时,掌舵的老陈啊明天已经有点儿无聊了,瓶子炮和便便在备船上悠闲地钓着鱼,唯有不抽到大天狗不改名依然精神抖擞地指挥着。突然,海面上扬起了一大块一大块的泡沫,接着,从一个泡沫旋涡中喷出一条巨型水柱,落入另一坨泡沫中,造成了很大的晃动。越来越多的泡沫开始喷射水柱,船晃动起来,瓶子炮和便便赶紧爬上丝缆,登回大船。"哎呀!不改名,船要沉了!"老陈啊明天吓得一把抱住船上的木杆。他实在太慌张,省略了不抽到大天狗不改名名字的大半部分。不抽到大天狗不改名依然心平气和:"别担心,这是'鲨鱼沫'现象,一会儿就会停息。主要是看掌舵手是否可以辨别出方向。如果你现在做不到,那就让我来吧!"老陈啊明天想起了地球上的一本诗集《沙与沫》:"哈哈,鲨鱼沫,沙与沫,这还挺像的嘛!哈哈……"才想完,老陈啊明天不禁笑了一声。不抽到大天狗不改名疑惑地看着他,问道:"你笑什么?"

"不需要换岗,这次掌舵全让我来!"老陈啊明天在疯狂的鲨鱼沫之中,冲向舵盘,继续操控着大船。"哎呀,很好!看不出来你还挺勇敢的嘛!而且掌舵都不用我教了。"不抽到大天狗不改名用赞赏的目光看着老陈啊明天。过了将近 5 萝卜分钟,鲨鱼沫依然持续在喷,而且越喷越猛,完全不是船可以承受得了的。不抽到大天狗不改名急忙抽出指南针:"一般鲨鱼沫是不会打那么久的啊……"突然,一股猛烈的喷浪拍打到了船上!船开始疯狂倾斜。"救命!救命呀!"瓶子炮没有扶稳,一下子滑倒,一路滚到了船的边

萝社奇遇记

缘,就要掉下去了。老陈啊明天一着急,松开舵盘就去救瓶子炮。这下好了,船没有掌舵手,马上失去了方向。当不抽到大天狗不改名意识到这一点,冲向舵盘时,船突然神秘进水。等到不抽到大天狗不改名握住舵盘时,船板破了个不大不小的洞。接着,一大团海草从洞里钻了进来。气氛紧张起来。炮塔们个个做好了攻击的准备(瓶子炮除外,它还在被救援呢)。那团海草舒展开来,变成一个像水草一样的一只眼的怪物。与此同时,从船的边上也爬上了许多这样的海草,还有一些像田螺一样的橙色的怪物。这可将老陈啊明天吓到了,拉着瓶子炮跑到不抽到大天狗不改名旁边。

从洞里钻出的那棵海草明显是海草队长，因为它的体积比周围的海草大了一圈。"哈哈哈！章博士算得好，算到今天会有12级鲨鱼沫，又知道你们要出海练习，特地派我们半路伏击你们。瞧瞧，终于被我们逮到啦！"海草队长邪恶地仰头大笑，"现在，全体卷心海草和小辫儿们，听我卷心海草部队长命令：进攻！"霎时间，一大队卷心海草和小辫儿们就一拥而上，将炮塔们团团围住。炮塔们也开始反击，欲将这一团团水生怪物打回去。尽管鱼刺和冰锥带头打得猛，也没能挡住多如飞蝗的怪物们。这两种水生怪物比陆地怪物似乎厉害些：卷心海草能卷成一团抵抗攻击，而小辫儿可以疯狂旋转成龙卷风形，吸收伤害。过了不久，船就几乎被小怪物们占领了。

不抽到大天狗不改名在和卷心海草领队搏斗。海草领队将身子旋转起来，周围的海草如鞭子般疯狂乱舞。不改名手中持着海军令刀，在海草的攻击范围内轻盈地闪避着。但他依然被抽中两鞭，身上留下两条深深的印子。海草领队迅速伸出一条海草，欲将不改名卷住。他立刻做出反应，躲开了，还用海军令刀砍断了这条海草。海草领队急甩出两鞭，才击开不改名，不改名虚晃一刀，一刀砍去，刀竟被海草领队一鞭抽飞。不改名一看不好，正欲俯身拾刀，却被一鞭中肚，"哎哟"一声，失了点气力。一旁的老陈啊明天更惨，两条腿和一只手被卷心海草缠住，另一棵卷心海草正在抽他。

老陈啊明天大声问不改名："还有什么办法能击退这群

萝社奇遇记

怪物呢?""办法倒是有一个,只不过会两败俱伤!""什么办法?""我记得内舱有一卷高爆炸烈性炸药和一盒火柴,只要你进入内舱,将炸药取出引爆,我们和炮塔们再跳船,不就成了吗?""你说得简单!你先看看现在的处境,谁能去取炸药呀?啊!你能说出这种话,先把这棵抽我的卷心海草干掉!哎哟!"老陈啊明天骂不绝口。

突然,又一波鲨鱼沫击打到了船上,顿时一阵混乱,攻击老陈啊明天的几个怪物也被冲散了。"明天,你快趁乱冲进底舱,将炸药取出来!"不改名大喊,"瓶子炮、炸弹星,你们掩护明天;鱼刺、冰锥,你们去打被冲散的怪物;多重箭、回旋镖、便便,你们到底舱去接应明天!""好嘞!我炸弹星的一流水平终于要展现啦!"瓶子炮、炸弹星和老陈啊明天合力击倒了守在缆绳处的5只小辫儿,顺绳滑入了底舱。

底舱真大呀,看来直接找炸药是不可能了。老陈啊明天和两炮塔突感一阵刺骨的寒冷:原来水已经齐腰深了。从远处传来便便的声音:"瓶子炮在吗?炸药和火柴在这儿!""便便,你游过来吧!"炸弹星喊道。要不是老萝卜给了便便一个怪味收藏器,现在大家肯定要吐了。

炸药取出了,老陈啊明天将它引燃,大家一起跳船。突然,一棵小卷心海草缠住了老陈啊明天的腿!他"啊呀"一声,也顾不得那么多了,带着这棵卷心海草跳下了船。此时,一条巨大的鲸鱼的尾在海面上掀起一股巨浪。那条鲸鱼的目标也是船,只见它猛地拍向船身,正好与炸弹同步!突然，又一阵鲨鱼沫拍打到船身上，也与炸弹同步！炸弹爆炸了，将鱼尾掀起的浪和鲨鱼沫全都炸得四处飞溅，船也被炸弹和鱼尾摧毁得几乎一干二净。

老陈啊明天他们在这场大混乱中怎么样了呢？

炮塔们最幸运，一艘小救生船被炸弹的气浪掀飞，正好飞到正在奋力游泳的炮塔们身边。不改名也还好，从船上跳入海里时在水下发现了炮塔们的小船，在水下躲避着鲨鱼沫潜泳过去。最惨的要属老陈啊明天了，他在翻滚的泡沫中拼命游泳，登上船身的一块碎片。他还没来得及欢呼，只见一阵巨浪袭来，"扑轰隆咋"几声，船身碎片和老陈啊明天一下子被扑打到了海里。

"嗯……老陈啊明天呢？"多重箭突然问道。话音刚落，大家马上意识到一个严重的问题，顿时一片沉寂。不改名耸耸肩，道："啊噢！看来得让攻略来救援了。"

萝社奇遇记

第8集　萝社大会议

老陈啊明天不停地咳水,他手持一张萝社地图,向前缓缓地走着。被子给和夜月皮丘让他自己走去萝社大会场,因为他常咳嗽,在袋子里摇动可能会呕吐(同时也是为了锻炼一下他)。

到达大会堂了,老陈啊明天看见守在门口的萝社卫兵们,他向萝社卫兵出示自己的萝社证件,然后进入大门。里面有数条走廊,房间也特别多。老陈啊明天好不容易才找到开会的大房间。一打开门,他就被眼前的景象吓得目瞪口呆。直到2萝卜分钟后,他才结结巴巴地说道:"报……报到……"顿时引起了哄堂大笑,让老陈啊明天无比尴尬。

他看见还有3个位置,又不太好选择。老陈啊明天迟疑了一下,随即走向攻略旁边的空位。攻略先吃了一惊,随后便像上次蛋黄鸡大战时一样笑眯眯地向他问好。"嘟、嘟嘟嘟嘟、嘟——嘟嘟嘟、嘟——嘟嘟——嘟嘟嘟嘟嘟——嘟嘟嘟嘟——嘟、嘟嘟、嘟嘟嘟嘟嘟……"小丘比特从副席上站了起来,吹起了一种奇怪的号角。这个调子似乎对大家有一种吸引力,使所有萝社成员(连老陈啊明天也是)都看着小丘比特。"这首歌是萝卜岛的岛歌。"攻略悄悄告诉老陈啊明天。"哦——"老陈啊明天继续出神地盯着小丘比特。一首曲子吹完,小丘比特放下号角,高声道:"请大家安静!下面是岛主老萝卜阿达的发言时间!"说完,他就坐下了。

老萝卜阿达将话筒拿来,咳了一声,便说道:"下面,我们先来点名!"接着好笑的事发生了,本来点名的顺序是:老陈啊明天、被子给、奶油小泡芙……结果老萝卜阿达咳嗽的老毛病偏偏犯了,念成了:"老陈啊……咳!明天……咳!被子……咳!给、奶油小泡芙……咳!"结果大家就理解成了:"老陈啊,明天被子给奶油小泡芙。"顿时会场里一片哄堂大笑,这让老萝卜阿达很尴尬。

"咳咳!我们认真点。大家来统计一下,这个萝卜月,除了被子给的雪山遇险、夜月皮丘的空中惊险和老陈啊明天的海上遭袭外,我们萝社已经被攻打过几次了?已经有十七次了!所以,大家有没有想过,这是因为什么?下面,我来提出三点。"老萝卜滔滔不绝地说道,"第一,边哨岗位上的人过于松懈!粉萝卜防伪、没心没肺,你们两个要当心点了!不要再给怪物偷袭的机会,加强边哨通知能力和防御力!没心没肺,特别是你!咦,没心没肺呢?没心没肺绝对是忘来了!唉,没心没肺真是没心没肺!第二,侦察岗位上的人不够专心!攻略、看不到的,我知道你们俩战斗实力高,平时爱在主战的阵营上混,但你们俩终究是侦察兵!侦察兵就要有个侦察兵的态度!攻略擅长

萝社奇遇记

空中侦察，而看不到的是天生的隐身人，萝社没有谁比你俩当侦察兵更合适了！"这话说得攻略脸上一阵红一阵白。老萝卜阿达继续说："第三，主力部队战斗力弱！保卫怪物，我知道你平时爱玩高精尖超能量武器，和攻略爱使用特殊魔术用品一样。但是，你要将研究出来的武器介绍给大家，这样才能让我们有更强的战斗力！还有，我也要给先锋队提几个建议。被子给实力强，可以和大脚怪拼个不相上下，但是在其他环境下，特别是在水性环境下，他的平均战斗力会大大降低。夜月皮丘剑术不错，也会打空战，不过不擅长超高科技物品。老陈啊明天是新成员，希望他能把海上战斗力提升到最高。针对这些缺点，我有个小法子：在萝卜岛外围加一层激光网。萝卜岛人民进出无碍，但这个对怪物有巨大的伤害，这样就彻底解决了边哨和主力守城的问题。可是，实现这个工程要一段很长的时间。在这段时间内，希望大家按我说的去做，消灭怪物，保卫萝社，保护我们的安全。好，小丘比特奏《萝卜之歌》，散会。"

第9集 丛林入侵者（一）

"那么，我们应该如何做到老萝卜说的几点呢？"在先锋队基地的小食堂中，老陈啊明天喝下一口萝卜汤，突然问道。被子给本来在大吃炒萝卜丝，被老陈啊明天这么一问，愣是把一大口萝卜丝卡在了食管里。他晃了晃头，回答道："我嘛，得在多种环境下适应作战情况。夜月皮丘则要将高科技武器了解得更透彻。而你，就是要将各种海上战斗技术练得炉火纯青，还要放大胆子——就像你在对付大脚怪和在海上被袭时一样！"夜月皮丘此时刚吃完一碗萝卜羹，擦擦嘴道："一起进行似乎不太现实吧！让被子给天天跟着攻略？让我天天跟着保卫怪物？让老陈啊明天天天跟着不抽到大天狗不改名？一个比一个不靠谱呀！"被子给正想反击什么，突然，通讯器里传来一阵声音："报告……咔咔蹦！这边是保卫……咔、嚓咔。怪物。警报器……嗞咔！受到入侵，响不……嗞咔啦咔咔！通讯器也要断……啪！"声音停止了。"还好我这里有个信号追踪器，能查出信号的发源地！"被子给打开机器，却一下子蒙了："信号发源地居然有三个！看来，我们三个得分头行动了。""被子给去萝卜

萝社奇遇记

城地区，我到前防基地去，老陈啊明天就去萝卜山上的萝卜林。带上你的萝社地图！现在开始行动！"夜月皮丘拍桌道。说罢，她便飞速蹿了出去。被子给快速地吞掉最后一口炒萝卜丝，也蹿了出去。老陈啊明天走到房间里，准备推着大铜炮走。他突然灵机一动，将手插到大炮下方，嘿，整个大炮就附到他的手臂上了！还可以自由取下。这真是一件神奇的事！

他才刚跑起来，就发现在萝卜岛上快速跑步并不困难。但是要想做到被子给和夜月皮丘的健步如飞，还是要花不少工夫的。萝卜林的草木非常繁茂，老陈啊明天右手持炮，左手持小刀，一点一点地向里开路。当他来到一棵大树旁时，一条大蛇从树上飞下，缠住了老陈啊明天！他被吓了一大跳，慌乱之中，老陈啊明天左手持刀对准那蛇乱捅一气。这可激怒了那条蛇，它张开大嘴，吐出舌头，就欲吃掉老陈啊明天。老陈啊明天大为惶恐，奋力挣扎，终于在蛇的大嘴逼近他时，将右手挣扎出来，对准蛇的大嘴就是一炮！这条蛇马上被炸得血浆飞溅，倒在地上，而老陈啊明天也被近距离炮弹的爆炸给震出了十几萝卜米。"哎呀！萝卜林那么危险，怎么都不提前跟我说一声呀？"老陈啊明天从地上爬起，咕哝道。他接着向前开路。在两棵巨树之间，有一层厚厚的藤蔓。老陈啊明天刚要用小刀划开藤蔓，却见对面不远处冲来一只羊，毛是紫色的，一坨一坨的，都卷起来了。老陈啊明天大惊："这……这是灰老羊？！"他连忙向灰老羊开炮。这灰老羊狡猾得很，仗着自己速度快，左一躲，右一躲,两炮就都打空了。老陈啊明天还没来得及开第三炮,就被灰老羊的两只大角顶倒,摔了个跟跄。他忍着疼痛,向着灰老羊挥刀,没想到被它躲开。它"咩咩"叫了几声,就准备对准老陈啊明天再撞一下。老陈啊明天反应突然加快,对准灰老羊就是一炮!那只灰老羊还没反应过来,就已经被炮弹给炸飞了。

"啊……看来我这里才是真正的信号发射点!得告诉他们两个。"老陈啊明天刚举起通讯器,却又放下了,"算了,他俩总会发现不对而来我这里的。我还是通知一下其他人吧,以免大失面子。"说罢,他便打开通讯器,准备

通知奶油小泡芙和攻略,结果通讯器里发出一大波沙哑忙音。"哎呀,忘记信号被中断了。"老陈啊明天转过头来,竟发现了一只体积较大、立方体状、身体橙色、有大嘴巴的怪物!那只怪物张开大口,就来吃老陈啊明天。"怎么这些怪物都喜欢吃人啊?我不是萝卜!"老陈啊明天慌乱地将小刀扔入它口中,小刀竟被这怪物"咔嚓"一口咬了个稀巴

萝社奇遇记

烂。它又张开大口，向老陈啊明天冲来。他向这只怪物的口中发射了一颗炮弹，正中它的口腔。炮弹在它的嘴里爆炸了，但那怪物居然没有死！那只怪物从嘴中吐出好大一口爆炸产生的烟气，继续向老陈啊明天扑来。老陈啊明天一急，对准它的嘴巴连开了三炮。这三炮居然还没炸死它，倒是炸弹产生的烟气温度太高，直接将它的气管给烧断了。

老陈啊明天意识到这里不适合久留，刚要离开时，耳边突然传来一阵悦耳的音乐。老陈啊明天诧异地望向四周，却没有发现任何生命体。这音乐的旋律越来越诡异，但又越来越悦耳，带来的催眠效果也越来越强。这段音乐突然以 HZ 曲线演奏，老陈啊明天的神智越来越模糊。"不好！是诱式次声波！"老陈啊明天还没反应过来，就眼前一黑，失去了知觉。

这是音乐奶搞的鬼。

此时，被子给和夜月皮丘也发现了老陈啊明天那里才是真正的信号点。他们及时通知了萝社的其他成员们。一场战斗，即将在萝卜林打响。

第10集　丛林入侵者（二）

在老陈啊明天晕倒的同时，萝社成员们也从四面八方赶来。

奶油小泡芙最先滚到萝卜林前。它一抬头，就发现了两条青青的蛇。其中一条在进林的路上趴着，而另一条则冲向奶油小泡芙。"哈哈，蛇肉羹不错哟！"奶油小泡芙对准这条蛇发射出一束氯铵钾性酸钠夸克波，正中蛇的七寸，蛇直接被击成两截。奶油小泡芙一挺身子，整个儿缩成一个大球，就向萝卜林里滚去，在路上的那条蛇被它肥硕的身体给压扁了。奶油小泡芙继续向前滚，一路上撞到了不少藤蔓，以至于大坨大坨的藤蔓被卷到了他的身体上，形成一个植物保护层。一条蛇正在前路埋伏着，看见奶油小泡芙，便一下子扑上去卷住他。没想到看上去是这蛇卷住了奶油小泡芙，实际上是奶油小泡芙卷着它一起向前滚。滚呀滚呀，终于，奶油小泡芙压到了隐藏在草丛中的信号干扰器。"哗"一声，干扰器被压碎了。奶油小泡芙立起身来，将身上的所有东西抖了下来，嘀咕道："我刚才压到什么了？"

在萝卜林的另一头，一辆摩托车飞驰而来。到达萝卜林

萝社奇遇记

时，骑车的人猛一刹车，从摩托车上跃下来。他将摩托车头盔摘下，露出全身的铠甲。"我——火巨龙来啦！让那些怪物尝尝我的厉害。"火巨龙拔出火龙剑，向萝卜林里走去。他走到一段路中间时，一只有两个翅膀、头上有只角的蓝色独眼怪物，正怪叫着向他冲来。"嘿，一只蓝妹子！"火巨龙侧身一躲，再一剑砍下去。这柄带火的剑瞬间切断了这只蓝妹子的角。火巨龙一把抓住这只要逃跑的蓝妹子，用火龙剑将它五马分尸。火巨龙故作惋惜地耸耸肩："这怪物就这点实力来战斗，战斗力也太 low 了，打不过瘾啊！"才说完，从东南西北四个方位各蹿出一条青蛇。"天哪，四条细歪歪！"他立刻进入战斗状态。火巨龙也挺厉害的，拿着把火龙剑转了一圈，就烧断了三条细歪歪。第四条显然是个小领队，它恶狠狠地向火巨龙咬了一口。火巨龙的铠甲愣是被咬出了一个小孔。他大怒，挥舞火剑，在空气中划出了"去死"两个字。细歪歪领队见火气逼人，备感惊讶。此时，火巨龙跃入火气中，一剑刺向细歪歪领队的头部！它惨叫一声，头部冒烟，一歪脖子，倒下了。"这怪……也太弱了，还是不太过瘾耶！再来个牛点的来给我过过瘾！"火巨龙哼着歌走向萝卜林深处。

　　老陈啊明天缓慢睁开眼睛，发现自己被一大堆藤蔓给紧紧绑在了树上。他刚想动一动，就发现两只蓝妹子的大角正对着他的喉咙，吓得他动也不敢动了。老陈啊明天看见不远处有一个奶瓶状的怪物，头上戴着一副星星耳机，正卧在一个植物椅上听音乐呢。那只奶瓶怪物似乎注意到老陈啊明天清醒了,睁开眼笑道:"呵呵,老陈啊明天,你可算是中了我音乐奶的道儿啦!真没想到,那群水生的怪物都没打过你,现在你竟轻轻松松被我抓到啦!虽然你是新来的,但隐患可大了,不如把你……"音乐奶按了一下耳机的音乐遥感器,老陈啊明天的耳边就涌来一阵低沉而恐怖的音乐,伴随着磨刀声与尖叫声,他不禁猛地打了个寒噤。音乐奶笑着道:"这下明白了吧,你得做好心理准备,今天晚上要带你回神林苔塔行刑!"老陈啊明天心里咯噔一声,默念道:"神啊,让朋友们快来救救我吧!"

萝社成员们(包括没心没肺,因为攻略和奶油小泡芙给他安上了人工心和人工肺)纷纷赶来,包围了萝卜林。小丘比特头上的豆芽飞速旋转起来,使他浮在半空。他拔出号角,吹起《萝卜之歌》。

"嘟、嘟嘟嘟嘟、嘟——嘟嘟嘟、嘟——嘟嘟——嘟嘟嘟嘟嘟——嘟嘟嘟嘟——嘟、嘟嘟、嘟嘟嘟嘟嘟嘟……"吹完后,小丘比特拔出大话筒,对准萝卜林内喊道:"里面的怪物们,你们已经被包围啦!赶快投降!"突然,大家的耳朵里同时响起几声刺耳的狂笑,接着是音乐奶的声音:"投降?哈哈哈!我让你们投降还差不多。别忘了,你们有个小朋友可是在我这儿呢……现在已经是黄昏了,你们那个小朋友的命可只剩6萝卜时了啊!哈哈——""可恶!大家——上!"小丘比特被气得七窍生烟,大发雷霆,一声令道。

大家冲到萝卜林内,却被一大群大嘴巴怪物拦住了。在

> 萝社奇遇记

树冠中,也有很多蜜蜂似的怪物盘旋着。"大食怪?黄蜜蜂?该不会神林苔塔的怪物全都来了吧!"小丘比特警惕地望向四周。还好,并没有发现更多的怪物。直到这时大家才发现:老陈啊明天被一大坨植物绑在一棵树上,两只蓝妹子用尖角顶住他的喉咙,一只黄蜜蜂也用毒针对准他的额角。而音乐奶,则在防护圈内悠闲地看着大家,还用耳机听歌呢。"怪物们,不许动!"从小山坡上传来两个声音。被子给抬头一望,原来是火巨龙和奶油小泡芙。"喂,奶油小泡芙——"从一棵树上爬下来一只火红的螃蟹,它举起一块好吃的零食,"看看我手里拿着什么?"奶油小泡芙定睛一看:哇,是一块超好吃的小零食。那螃蟹继续笑着道:"奶油小泡芙,只要你下来,并乖乖听从我的三个命令,我不仅把这块食物送给你,还会送你很多的食物!你看好不好啊?""奶油小泡芙,你可别上蟹老板的当!它这可是三无食品!里面有防腐剂、膨化剂、香味剂……"米米着急地大声喊道。经米米这一开头,大家也七嘴八舌地嚷起来:"奶油小泡芙,别信那个骗子!""奶油小泡芙,别太馋!""奶油小泡芙,你吃了我就绝食!"

......

见奶油小泡芙还是没有下来,音乐奶便发出一种奶香味,使食物更加浓香。奶油小泡芙开始动了,一步、两步……它竟一下子滚下了山坡,直接撞飞那一层的大食怪,还将蟹老板给压成了"蟹平板"。大家本以为它会说:"这点小玩意也想诱惑我。"没想到,奶油小泡芙居然说道:

"哼,这种零食才不是最好吃的萝卜甜汁夹心糖呢。不是好吃的,我统统看不上眼!"小伙伴们都惊呆了。

"蟹平板"慢慢撑起身子,变回了蟹老板。它恨恨地说了一声:"好,咱们后会有期!"音乐奶拣起遥控器,按了一个按键,大家的耳朵里便响起了20000Hz的高频铃声,极为刺耳。攻略掏出一副耳机,套在耳朵上,大声道:"大家赶紧戴上耳机!不能让怪物抓走老陈啊明天,堵截它们!保卫怪物、赵云、奶油小泡芙、没心没肺,快开火!"顿时,各种武器四处乱飞,把怪物们打得嗷嗷乱叫。

蟹老板在混乱之中挨了好几下赵云的激光球,又被奶油小泡芙的氯铵钾性酸钠夸克波轰了一下,有点儿晕眩。它晃晃悠悠地行了几步,便毫无目标地一钳下去,似乎要将敌人钳断。但它这一下,正好剪断了缠绕着老陈啊明天的藤蔓,

萝社奇遇记

使老陈啊明天摆脱了束缚。老陈啊明天检查了一下,发现炮还在手里,便爬上树,站在树顶对准怪物们乱轰一气。"哈哈,我要把你们炸成粉末!"老陈啊明天被绑的气还没出够,他大喊着,出炮力度更猛了。这时,他在炮火中隐约瞧见了音乐奶,心中那股火就涌上来了。他拿着炮筒对准音乐奶,开始轰炸。音乐奶刚反应过来,它的周围已经被炸开了花。音乐奶刚想逃,就有两炮飞出来,一炮炸中了音乐奶的耳机,一炮炸中了音乐奶的脸。耳机倒还没什么,这脸上挨了一炮,可将它炸得狠狠地撞在树干上。小魔女又一冲击波射来,将音乐奶打得几乎动弹不得。

小丘比特用豆芽飞在半空,看着战斗场面。"这样打下去也不行,"他想,"萝社那边已经没有什么防护了,老萝卜的保护罩又没有研制好。就怕等会儿怪物从四面八方赶来,那些弱弱的萝社士兵先不论,我自己一个再加上炮塔们也未必抵挡得住。深夜快到了,得速战速决。"于是,他用扩音器大喊道:"成员们!听着,我收集枯叶枯草,你们派人挖个防火带,咱们让它们葬身火海!"说完,他便引起狂风,吹动枯草,大家也挖好了防火带。哈哈,怪物们都被围在火线之内了。小丘比特抽出一盒火柴,点燃了其中几根,再扔入火线内。火线里过了几秒,便燃起了熊熊大火,助燃了整个火线圈。怪物们在火焰里被烧得够呛,蟹老板都快成烤螃蟹了。见怪物还是不死,保卫怪物从他放在树旁的一个袋子里拿出一个机器,对准火线内疯狂喷射数条虽成实体但极炽烈的火焰。土地马上大幅燃烧起来。他刚准备朝怪物喷射火焰，却发现怪物们离奇消失了。

"怎么回事？"夜月皮丘不知从哪儿掏出一罐全超高效灭火器，慢慢将火喷灭。"咦，怪物哪儿去了？"老陈啊明天四处张望。"嗯……我也不太清楚。"被子给进入火线内，查看土地。老陈啊明天一拍脑门："它们准是被烧成灰了！""不是，这地上没有任何灰烬，说明怪物们已经逃跑。它们又不会上天，所以肯定是挖地道逃走了！快追！"说罢，被子给便领着老陈啊明天，在火线内挖起了地道。

萝社奇遇记

第11集 地道大战（一）

被子给和老陈啊明天在火线内挖了个一米多深的坑，倒真掉进了一个地道里。"被子给，你有火柴吗？地道里面很黑，我担心受不住。""我当然有火柴了，不过，你还是自己点着吧！如果你像我，早已适应黑暗的环境，就不需要火柴了。"老陈啊明天擦亮了火柴，两人一齐向地道内部行走。

行到一处，老陈啊明天发现前面的路被封死了。"这是个死胡同！这下怎么办？""你看周围的壁有没有什么开凿的痕迹，如果没有，那就是上方或下方。上面有我们的兵，所以它们可能是向下走了。"还是被子给有经验，说干就干。"等等，老陈啊明天！"被子给将他背上的那个大袋子解下来，从里面拿出两把外形类似火枪的枪和一个发射器，"喏，这些都是保卫怪物交给我的。他把他发明的所有武器都送给了先锋队。这两把是爆烈枪，可以连发，弹药威力巨大，三四弹就可毁了一座坚固的堡垒。这个是激光集射器，像你的大炮一样可以装备在腕上。它集中激光喷射一点，可对那个区域造成毁灭性的破坏。这两个都是保卫怪物的发明。还有两个，一个是火焰集中器，使用方法和激光集射器一样，只不过换成了烈焰的集中喷射。还有一个等离子枪，能量超强。其实，萝社绝大部分武器都是保卫怪物发明的。老陈啊明天，你拿一把爆烈枪，向下挖。你别瞪我，我知道在地下不能开火，但这是怪物，要真斗不过还可以来个同归于尽。"

"咚"一声，老陈啊明天和被子给摔落到了一个更宽阔的地道里。火柴的火被压灭了，老陈啊明天还没点亮火柴，就听见"砰——"一声，眼前一亮，远处传来了一声惨叫。老陈啊明天赶紧擦亮火柴，发现是被子给开了一下爆烈枪。他再看击中点，发现一只被炸得肉块飞溅的蓝妹子，碎片还冒着烟气。"这个爆烈枪好厉害，一开火，枪口冒出红色弹气，打中敌人也冒出红色弹气，强！它们跑不远，老陈啊明天，我们顺着这只蓝妹子的逃跑路线追！"被子给握紧爆烈枪，一字一顿道。

老陈啊明天和被子给走到洞穴的尽头，发现了一个向下的洞，还有三只长得有点儿像大食怪，只不过颜色是红色的怪物。被子给立刻暴怒："可恶的鼹鼠兜，居然打地道！老陈啊明天，开火！"说罢，他便举起爆烈枪，向前猛烈开火。老陈啊明天不习惯用枪，只能用大炮轰击。才儿下，三只鼹鼠兜就被消灭了。

他们俩跳到洞穴更深处。"看来蟹老板它们就是从这里撤离的了！沿着这条洞加速冲过去，就可以将这批怪物消灭了！"被子给颇有信心地喊道。"额……被子给，先看看前面的'洞穴'吧。"老陈啊明天捅了捅被子给,无奈地说。被子给一看,也呆了:光是前面的洞就有十几个入口,里面杂乱的通道更是无法想象。"走进这个大迷宫里是会迷路的!被子给,你有毛线团吗?""怎么可能有,我又不是猫!""如果猫猫在就好了……""少废话,先想想怎么办吧!"突然,被子给的对讲机里传来一阵声音:"喂,是被子给吗?这边是通讯员秋霜汽水。萝卜们和个别炮塔在各种地方失踪,每个失踪点都出现一个大洞,洞极深。请……"未等秋霜汽水说完,被子给就咬牙切齿道:"哇呀呀——这边是被子给,我和老陈啊明天正在地道内。请告诉我各地点的大概方位。炸弹星和火箭没被抓住吧?让它们赶紧来萝卜林方才着火的地方,从里边的洞爬进去,一直下两层的路,来接应我们!完毕。"说罢,他便收起了对讲机,对老陈啊明天道:"时间不多了,现在是凌晨1点,必须要在黎明4点前完成任务!时间紧迫,走!"说罢,他便带着老陈啊明天,向迷宫里面探索。

第12集 地道大战（二）

没过几分钟，炸弹星和火箭就赶到了迷宫，真是神速。它们俩也算是幸运，刚进入迷宫不久，就碰上了老陈啊明天和被子给。"被子给！我们到了，有什么任务吗？"火箭热情地喊道。被子给赶紧比出一个"嘘"的手势道："嘘——别出太大声！不然会惊动那些怪物。大家跟着老陈啊明天，小心行事！"老陈啊明天听到这话，可着实被吓了一大跳。"我……我行吗？"老陈啊明天小声问，"我在地球连个游戏迷宫都走不出去……""别担心，这不还有我在吗？"被子给拍着老陈啊明天的肩膀，笑道。

鼹鼠兜挖的地道真是厉害，极为复杂不说，竟还处处布满了机关。炸弹星刚走到一个凸得不明显的土上，从洞顶就落下好几块尖利的小石头，直朝炸弹星刺来。还好火箭和被子给眼疾手快，一齐将石头击毁。还有一次，28只鼹鼠兜分别从十字路口的四个方向包围了他们。被子给一看形势道："我们正好有4个，那每个人都负责消灭7只鼹鼠兜。嗯，不算多，对付得了！"于是，他猛地抬起爆烈枪，向着左边就是一枪，正好命中一只鼹鼠兜。被子给大喊："每人

萝社奇遇记

负责一个方位，尽力向前突围！"大家马上默契地分配好任务：被子给负责左边，老陈啊明天负责右边，火箭专攻前面，而炸弹星突破后面。被子给那边没问题，"砰砰砰"几发爆裂弹就结束了战斗。火箭和炸弹星实力也不错，一个"噌噌"发火箭炮，一个"咻咻"射出星星弹，也很快搞定了怪物。老陈啊明天就稍微坎坷一些：因为不习惯使用爆烈枪，只能用大炮进行攻击，而大炮的战斗力又稍弱，打了好一段时间，他的身体也被鼹鼠兜咬伤了好几处。老陈啊明天"哎哟哟"地叫着，跟着被子给继续走迷宫。

走到一处，里边有三条路，居然都是死胡同。炸弹星想往回走，结果"轰隆"一声，原本进来的那条路被封死了！"这下咱们甭想出去了。"被子给耸耸肩。老陈啊明天摸了摸火柴盒："火柴也用光了，我看不见。""未必！我们再看看这三个死胡同，看看有什么特殊的。"炸弹星刚说完，就变成了一种身显荧光蓝的星星。"炸弹星"亮起星光，照亮了小洞。火箭惊讶地叫："哇，炸弹星，你变成'未来星'啦！也可以称为'QQ星'。干吗不变成'地狱星'呢？"未来星笑着说："不错，我确实想变成地狱星。不过，变成未来星已经够了，何必耗费那么多星能呢？"未来星还未说完，被子给他们已经分别走向三个胡同。

老陈啊明天站到了胡同的死角处，突然，他感觉脚下一空。紧接着，就整个儿摔落了下去。过了十几秒，老陈啊明天的屁股落地了。底下一片黑，老陈啊明天过了好久才发现火箭和被子给也从其他两个口掉了下来。"好暗啊。"此时，一缕缕星光透了进来，洞室里立刻明亮起来，原来是未来星跳了下来。老陈啊明天问："被子给，下一步做什么？"被子给抬起手腕，看了一下萝卜表，马上激动起来："现在已经3点半了！离目标时间还有半个小时，得马上采取行动了。大家马上沿着这条道快速直走！"说干就干，大家马上以20米/秒的萝社速度狂奔（萝社速度非常快）。正所谓"路狭而长"，就算用百米世界冠军的速度的两倍，也花了15分钟才到了路的尽头。

　　这条小路的尽头，是两扇巨大的、坚硬的门状巨岩。"哈，我来听听这里面是不是空心的。"未来星走近巨岩，仔细听着，"咦？嗯……声音小，但我还能听清！有小怪物的声音，还有……萝卜的声音，还有音调熟悉的'呜呜'声。呀，看来怪物们就在里边。"未来星摊开两触，"我来炸开这个门。"被子给连忙拦住它："先别……"晚了，未来星已经发射出了几发星星弹，炸掉了外面的一层岩石。这时大家才发现，原来石门里还镶着金属。"金属？鼹鼠兜的建筑水平还真不赖！"未来星身体闪烁，射出一束星光，将里面的金属也炸开一个大口。"走，我们冲进去！"被子给领头，从口里冲了进去，火箭和未来星随后，快速飞进里面。"等……等等我呀！"老陈啊明天一急，连滚带爬地跟了上去。

　　老陈啊明天追到门里，马上大吃一惊：瓶子炮、太阳花、磁铁……有好几个炮塔兄弟都被绑在了洞壁上，嘴里塞着抹布，动弹不得。老陈啊明天见状，赶紧去帮忙松绑，一

萝社奇遇记

边解绳还一边关注着后方的战况。哇,那可叫一个激烈呀!火箭在上方盘旋,向下发射着强大的火箭炮;未来星站在火圈内,专向怪物多的地方猛打猛冲;被子给最凶,持着爆烈枪,向着怪物群连发数枪,爆破力极强。尽管如此,还是有很多怪物逼向在怪物群中躲避的萝卜们。"未来星,把胡萝卜它们护送出来!老陈啊明天,先停手,帮忙把这群怪物逼到墙角里去!我给它们亮绝招!"不到3萝卜分钟,大家就把所有小怪物(包括从丛林里逃出来的)给逼到了墙角。被子给一看表:哟,已经凌晨3点52分了,没有过瘾的时间了。于是,他抬起左手,用激光集射器对准怪物群,开始扫射。

霎时间,就像是高爆弹爆炸了一般,怪物群开始爆炸。里面的超级振动波和爆炸的激光火焰一波强似一波。突然,从怪物群里飞出一个喷剂瓶子,它被老陈啊明天一把接住。"这是什么?"老陈啊明天把它翻来覆去地看,竟然发现一张音乐奶的小照片。"噢,原来这瓶子是音乐奶的!有什么效果吗?"老陈啊明天试着向自己喷了一下,瞬间感到头晕眼花、四肢无力、身体瘫软,几乎动弹不得。老陈啊明天暗惊:"原来这种水带有剧毒!我该怎么办?"突然,炮声停止了,被子给走了过来:"老陈啊明天,怪物们可能通过秘密通道逃跑了,我们没发现。咦,你怎么了?"被子给发现了那个音乐奶的喷剂,拿起来一看,脸色骤变:"天啊!这……这是虚废毒药!只要被这个给溅到,就会全身瘫软。如果在一个小时内没有喷上清水,就会变成废物。老陈啊明天还有时间,炮塔们是3点时喷的,现在是3点51分了!呀,怎么办……""我有水!"一个声音将大家吓了一跳,转身一看,竟然是胡萝卜。"我本来在萝卜田给萝卜浇水,结果脚下出现了一个坑,我就被鼹鼠兜给拽下来了。喏,就是这个桶。"胡萝卜将桶提过来,"虽然洒了很多,但应该还够用!""哇,真是不幸中的万幸!"未来星长吁了一口气。被子给将水洒在老陈啊明天和神器战士们的身体上,他们都恢复了体力。

  战斗结束,未来星也变回了炸弹星。"但是我们怎么回去呢?""放心吧!我在被子给他们来的路线上撒了点儿火粉,沿着火粉走就行啦!""话说,激光集射器也太牛了……""哈!我有一个想法。明天让攻略他们把这个地道改装成地下基地,岂不妙哉?""对,真妙!咦,被子给,你居然会……文言词?!"老陈啊明天的心里突然冒出了一个大胆的猜想,但这想法瞬间便消散了……

萝社奇遇记

第13集 大漠孤烟直

老陈啊明天望着洞外的烈日，撇撇嘴道："哼，看来今天是甭想睡觉了。""啊，我得上去值班了！"太阳花似乎想起了什么，匆忙向天空飞去。老陈啊明天跑到树荫下，悄悄数道："丛林、深海、天空。嗯……看来，只剩沙漠和雪原类怪物未出动过了！"老陈啊明天扑向被子给，"萝卜岛上有沙漠吗？"被子给疑惑地看着他："你不是看过地图嘛，有个萝卜漠呀！难道……你知道了什么？"顿时，两人的脸色都黯然下来。"呃——这里发生了什么？"磁铁不知所措地看着老陈啊明天和被子给。

突然，被子给的通讯器警铃响了。被子给接通："喂，这边是被子给。什么？又有怪物闯进来了？""是的。本来这边的城角出现不明仙人掌、干蜗牛、红色茄子、木乃伊等东西，我刚要下去查看，这些东西竟然就都活动了起来。从远处还飞来了好多灵魂猫，这些怪物直接打破了那一块的边防……"对讲机里传来粉萝卜防伪的声音。"嗯，明白！是灵魂猫它们吧？你让秋霜汽水派几个援兵到萝卜漠去，我和明天跟他们集合！完毕。""明白！"说完，粉萝卜防伪就挂了通讯。"嘻！看来你又休息不成了。"老陈啊明天朝被子给做了个鬼脸。被子给满脸不悦："少废话！你还不是要去！你不要爆烈枪就给我，我还想要呢！"说罢，被子给一把从老陈啊明天手中抢过爆烈枪。

过了不久，他们就到了萝卜漠，到时正好是早上8点。老陈啊明天"哎哟哎哟"地从戈壁滩上爬来，终于赶上了站着不动的被子给。只见被子给念叨着："终于到了呀！唉，大漠孤烟直，省得我此世……"被子给突然意识到了什么，转头一望，发现老陈啊明天正直直地盯着他。双方顿时一阵尴尬。"什么？大漠孤烟直？外星的被子给居然会中国的古诗？该不会……"老陈啊明天在黎明时的想法匆匆地回归，但又马上匆匆离去了……

老陈啊明天一看，援兵们已经到了。呵呵，援兵竟然是还在匆忙地向嘴里不知道塞些什么的奶油小泡芙、满脸堆笑的夜月皮丘，以及一些炮塔兄弟。"嗨，老陈啊明天！终于见面啦！"从空气里传来一阵声音。"你……你是谁呀？"老陈啊明天被吓得向后跳一步，但又马上平静下来。"我就是'看不到的'，你不认识我吗？"那坨"空气"似乎有些许不快。"好了，废话不多说，大家一起跟着我！"被子给发出了集结令。

老陈啊明天走到一处，早已又累又渴。是呀，从上一天5点进萝卜林后被绑，一直到现在的早上9点，他可是一刻未停歇，更别说喝水了。他是如此饥渴，以至于连眼前的事物也看得模模糊糊。"哎呀，明天，你踩到流沙坑里啦！"

萝社奇遇记

奶油小泡芙和夜月皮丘赶紧连拉带拽地把老陈啊明天拖出来。这时奶油小泡芙才发现，流沙坑底有一只无壳蜗，正张开大嘴等待美食光临呢。奶油小泡芙生气地喊："可恶的小怪物，不许你吃我的朋友！"说罢，它便缩成一个大球，冲着流沙坑里滚去。虽然那只无壳蜗被压成了"无壳饼"，但奶油小泡芙也滚进了沙子底下的无底洞（它自己撞出来的），不见了踪影。被子给耸耸肩："哎，算了。就让它在地下冷静一下吧，它会自己出来的。"

在一旁，夜月皮丘他们也开始了对老陈啊明天的抢救行动。"老陈啊明天晕倒一定是因为缺水了，快给他补水！"夜月皮丘一转头，发现了一些仙人掌，"便便，帮忙抱个仙人掌来，仙人掌体内有水分！""是！"便便冲向一株全身带刺的仙人掌，刚想触摸它，那株仙人掌竟动了起来，一个带刺的巴掌把便便拍出老远。便便忍住痛，站起身来，大喊："是仙人掌！那些大红茄子应该就是红卷卷了！大家做好准备！"果不其然，近处的一大批仙人掌马上运动起来，地上的一波"大茄子"也把"根须"从沙子里拔出。"果然是怪物！"炮塔们刚要动手，却被夜月皮丘拦住："大家别急，这次就让我来吧！"夜月皮丘把腰中的剑一抽，寒光一闪，便冲进了怪物群中。只见无数道剑影在怪物群中飞舞，才一会儿，一道寒影从怪物群中劈出——夜月皮丘出来了。也在那一时，所有的怪物都倒地了。"好了，收拾完毕！"夜月皮丘大吁一口气。炮塔们全都一脸黑线。"夜月皮丘，老萝卜不是让你多用现代化武器吗？"毒针打破沉默。"当然有用啦！用的就是这把离子枪。"夜月皮丘从怀里掏出一把小枪，拎住一株仙人掌，用剑将它剖开，将里面的液体喂给老陈啊明天。便便和魔法球对视了一眼，露出无奈的神情："希望老陈啊明天知道真相后不会吐血身亡！"

……

行到一处，老陈啊明天不知被什么东西绊了一下。他低头一看，是一小块蓝色的布，上面还带着两个铁角。老陈啊明天正好奇呢，被子给冲到前面就来了一枪，打爆了那块蓝布。"天哪，那是只独角布！这些沙漠怪物，潜伏能力倒还行！"被子给说道。从地下突然蹿出来两条长着三只眼的粉色大头蛇，直向老陈啊明天扑来。老陈啊明天慌忙一脚踢去，踢飞了一条蛇，另一条继续冲向老陈啊明天。"唰啦"一声，那条蛇被魔法球的电流击中了。旁边的毒针开始发射毒液，便便投掷便便弹，很快消灭了一条蛇。另一条被踢飞的蛇，似乎在被一双无形的手暴揍。不用说，肯定是看不到的。便便擦了擦汗："哎呀，怎么三眼蛇也在？该不会所有的沙漠怪物都来了吧！"老陈啊明天依然蒙圈："什么是三眼蛇？有没有四脚蛇？"便便大呼："我倒！"

老陈啊明天走到一处，发现了一个巨型沙坑，坑中全是巨型仙人掌，有些还高得伸到了坑外面，不禁感叹其壮观。毒针他们随后赶到，也惊叹起来："哇！萝卜漠原来还有这种东西！"正在这时，一只尖利的不明犄角从老陈啊明天脚下钻出，狠狠地绊了他一下。他的身子突然一倾，便要落入那仙人掌大坑里。在一旁一直没说话的船锚炸弹此时冲了上

萝社奇遇记

来，抛出一条锚，道："明天，快抓住这条锚！"老陈啊明天在后背刚碰到仙人掌的那一刹那接住了锚，被船锚炸弹拉了上来。被子给一把抓住那个角，向上猛地一拽，拽出来一只头上长着一只尖角的半球形绿色独眼小怪物。"啊，可恶的独角青青！最恨你们这些潜伏怪！"被子给咆哮着，把这只不停挣扎的小怪物甩出去，在半空中一枪把它崩了。

手电筒发射出明亮的光束，将光束向前一指："嗨，来看看前面是什么。"老陈啊明天凑过去一看："是……一个个屋子，还满是怪物。"在手电筒旁边的空气里传来个声音："那——是萝卜岛的沙漠战地房！"被子给攥紧拳头："不能让怪物占领战斗中休区，得将它们赶出去！大家快走！"

第 14 集　长河落日圆

"啪!"老陈啊明天的脸被一个带刺的巴掌狠狠打了一下,整个身体向后倾倒。从沙中钻出一个大尖角,正好对准老陈啊明天向后倒的背部。老陈啊明天用右手一下子就抓住了那只角。他狠狠地用力,来了个后空翻,翻到一个战区房的门檐上,然后举起右手,"嗵嗵嗵"连开了三炮,一炮炸到了独角青青的角,将那只虽坚硬但又脆弱的角轰断,还有两炮炸到了那只仙人掌,虽然没怎么伤到它,却让它身上的刺掉下不少。他赶紧逃到战区房里,在墙角直喘气。有5只独角布闯入了战区房,和老陈啊明天打斗起来。

老陈啊明天几乎是从战区房里爬了出来。闯入战房的5只独角布外加6条三眼蛇、4只红卷卷、3只无壳蜗,将他咬得遍体鳞伤。一出门,他就发现了正和4只无壳蜗战斗的便便。而在空中有一只大眼珠占满了整个圆身体,长着一对绿翅膀的怪物,它似乎在用眼珠聚焦能量,瞄准便便呢。"便便,小心——"老陈啊明天急得大喊,便便反应过来,抬头向上望时,已经晚了,那条虚的聚焦线已然成为一条能量巨大的强光束,击打在便便的身体上,便便顿时浆液四

萝社奇遇记

溅,倒在地上不省人事。那只怪物冷笑一声,将光束开始聚集到老陈啊明天的脑袋上。"妈呀,这些怪物打的都是要害!"他心里想。老陈啊明天正要抬炮,却发现身体有点儿不受自己控制了。他发疯似的控制自己的意识,对着天空开了一炮。说来也巧,这一炮正好轰到了那只怪物的翅膀,使它坠落下来。

"喂,是老陈啊明天吗?这里是被子给。我们已经占领了大部分战区房,但是它们的最后一个防空洞我们还是打不进去,请求支援。完毕。"从通讯器里传来被子给的声音。"嗯,好的。"老陈啊明天虚弱地回答,并强忍着臭味,将便便也抬了过去。

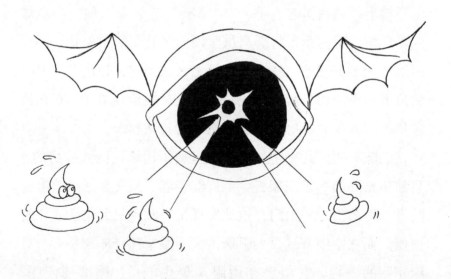

还未到防空洞,老陈啊明天已经听到了里边"啊——""噢——"的声音。他跑近一看:炮塔兄弟们正向防空洞里开火,但是每冲进去一个,就被一阵更加密集的炮火给打回

来了。也难怪，手电筒的威力在夜晚才达到最大，船锚炸弹更习惯打水战，而毒针比较喜欢潮湿阴冷的环境，光靠魔法球也很难打出个名堂。老陈啊明天正着急呢，突然灵机一动，喊道："毒针，防空洞里潮湿阴冷得很呢！手电筒，防空洞里可黑了！船锚炸弹，别忘了洞里可是有水源的哦！"此话一出，顿时士气大增，所有的炮塔开始兴奋地开火，成员们也团团轰击起来。不一会儿，防空洞的前防怪物就被击败了。"上，迎头痛击他们！"老陈啊明天喊道。

　　果然，防空洞里潮湿阴冷又黑暗，还有水源。虽然炮塔们在这样的环境下最为兴奋，但这三个条件对于老陈啊明天来说可并不好。一个绿色的大球向着老陈啊明天滚来。他慌忙开炮，炮弹却对这只怪物完全无效。这个怪物一下子撞到老陈啊明天身上，他一下子被撞飞，狠狠地扑到了墙上。老陈啊明天闷哼一声。一道猛烈的激光从侧面射过来，正击中这个大蛋。它破碎的蛋体开始快速拼凑起来，虽然拼出来的还是个蛋形，但是多了一张凶恶的脸，两侧还伸出两只机械手，手上持着连发枪。被子给见激光集射器对它作用不大，便改用爆烈枪对着那个蛋连发数枪。虽然它被炸得蛋壳碎片四溅，但还是能向被子给反击。被子给闪开攻击，并对着那个蛋继续开火。过了一会儿，那个蛋才被消灭。"呼，好险！那是只狂球蛋！"被子给擦了一把汗。

　　老陈啊明天缓缓行入一间防炮室里，在墙角靠着，打算喘喘气。突然，一只浮在上方顶着两只恶魔角、头上有个天使光环、一手持着夺魂叉的眼嘴发荧绿光、身体深黑的圆滚

萝社奇遇记

滚的怪物穿墙进来了。对，就是穿墙进来的！那只怪物是灵魂猫，它举起夺魂叉，就要向老陈啊明天刺来。老陈啊明天慌忙躲开，顺带着开了一炮。说来也真奇，这一炮打中灵魂猫后，竟从它的身体里穿了出去，炸到了墙上。老陈啊明天可傻眼了，正当灵魂猫举起夺魂叉再次刺来时，从大炮里传来了一种奇异的能量，使身负重伤的老陈啊明天直立起来！"哇，这种感觉……"老陈啊明天突感力量倍增！他一拳挥去，打中了灵魂猫的眼睛。它痛得将手缩了回去。老陈啊明天不知哪里来的力量，挥舞着右拳一通乱打，将这只灵魂猫打得绿血横流。突然，这只灵魂猫不见了。老陈啊明天才纳闷一秒不到，它就从老陈啊明天背靠的岩壁中穿了出来，一叉刺中老陈啊明天的肩膀。"天，天哪……"老陈啊明天惊恐地看着一种白色的气体从他身体中缓缓流失。突然，他拳头上的力量大增，不知从哪里来的杀意使他狠狠一甩，摆脱了这支夺魂叉。虽然肩上感到剧烈的疼痛，但老陈啊明天一点也不在乎。随即，他一个凶猛的拳头打出去，正好击中灵魂猫脑袋上的那块斑。这一拳竟将它打出了几十萝卜公里（因为灵魂猫可以穿墙，所以可以被打得超远）。这只灵魂猫也许已经头破血流了吧。"这股力量是从大炮里传出来的吗？"老陈啊明天惊愕地看着手上的炮筒。

　　老陈啊明天从防炮间里跑了出来，看到满地的小怪物残骸。看来，怪物应该所剩无几了。他跑向不远处一个杀声震天的地方。原来，防空洞的最深层被大 Boss 木乃娃占领了。它带领一大群怪物对被子给他们进行了大包围，使他们无法给这个战中区重新插上萝卜岛的大旗。老陈啊明天一望,着急了,向着怪物群开了几炮。这几下倒也没炸出个名堂,还引来了23株仙人掌的包抄。"嗖"一声,老陈啊明天俯身从仙人掌中冲了出来,身体上布满尖刺。他继续向前冲,在怪物的包围圈中快速穿梭,终于和被子给他们会合了。"嗨,目前战况还好吗?"老陈啊明天边开炮边问道。"不怎么样,我们已经杀了很久了,就是突围不出去!"手电筒边射光线边喊。"咦!手电筒,你不是有光梯吗?你射出光束,让一个成员跳上去,再移动光束,不就能让他出去了?"老陈啊明天问道。"没你想的那么简单!这样一来,在那段时间内,就等于少了两个成员,威力会大大降低!"还是手电筒思维缜密。

正当大家乱打乱冲时,从地下冲出来一个圆滚滚的大球,将那一大片怪物撞飞了。"哈,奶油小泡芙从地下上来了!被子给说的不错,他真的自己出来了!"夜月皮丘很开心。奶油小泡芙腾地一下站起,对着怪物群发射氯胺钾性酸钠夸克波,击飞了不少怪物。奶油小泡芙又缩成一个大球,开始绕着怪物圈旋转,撞飞了不少小怪物。被子给他们看好时机,从包围圈里杀了出来。这时,从防空洞的洞壁传来两个声音:"大家先停止,让我们俩来!"被子给一看,竟是太阳花和保卫怪物。太阳花飞上防空洞顶,亮起强烈的日光。保卫怪物持起一个喷射器,那就是火力集中器。他们俩一起开火,火焰瞬间烧红了黄沙,将木乃娃烧得大喊大叫。"我一开始就知道木乃娃怕火,没想到怕成这样!"保卫怪

萝社奇遇记

物兴奋道。

不一会儿，木乃娃的屁股就着了火，哇哇大叫着逃走了。老陈啊明天也走在返回萝社的路上。瞧，那战斗留下的残骸，那胜利后在城上飞舞的大旗，那夕阳的余晖，那远处的亮河，那遥远的炊烟。是啊，大漠孤烟直，长河落日圆！

第15集 双方大发展

经过先锋队三人和保卫怪物七天七夜的努力研究,终于——

"哈哈!老陈啊明天、被子给、夜月皮丘,快来看哪!这种能量块终于完成了!"保卫怪物在他的秘密实验室里欢呼。被子给放下一大堆烧杯和试管,夜月皮丘停下研究漫天数据的手,老陈啊明天也甩开日日夜夜不停打磨坚硬金属的大锤。三人一齐奔到保卫怪物的实验室。只见保卫怪物手中持着一块发出耀眼蓝光的金属块。"这就是能量块!也多亏你们三个的付出,才让我快速研制出了它!"保卫怪物将这块金属扔到一个连通装置里。它通过了无数的高压药瓶,最后落入一根管子里。从那上方伸出一只持着一大壶液氢的机械手,通过一个小管向里面疯狂注入液氢。"砰"的一声,伴随着一声炸响和一大股氢液的喷出,那块金属被发射了出来,正好冲击到一个巨型水池中的木头玩具船上,那只船因为冲击带来的力量而快速向前开去。"嗵"一声,船碰壁了,而那块金属因为惯性而继续向前滚,落入一条管子里。"咦,这个管子通向哪里?"老陈啊明天奇怪地问。"那条管

萝社奇遇记

道通向高压熔炉！"保卫怪物得意地说，并将一个容器放在一条从天花板垂下来的管道的下方。"能量块液体将从这个管道流出来，这种高压熔炉不会改变能量块的任何性质。我旁边那条管道是通往冷凝器的，它会将这一坨能量块液体凝固成一大堆小型的能量块固体。然后，再将这些小碎片放入膨化机中，将它们全部膨化成像原能量块一样大小的块状体，最后在块状体里边注入能量。"保卫怪物胸有成竹地做完了所有的生产步骤，将这成千上万的能量块塞进一个极为密封的大袋子里，将它提起来："明天，被子给，咱们去试试这东西的效果！"

"天哪！这，这个真的是给我的吗？"水晶看着保卫怪物手上的这块能量块，激动地问。"当然是真的，我要给你们增强战斗力嘛！在老萝卜阿达和小丘比特研制好外部屏障前，要好好地守住萝卜岛。对了，你不是把所有炮塔都带过来了吗？"保卫怪物话音未落，从周围的树丛中就蹦出了所有炮塔兄弟。"大家好呀！今天，我要试验一下这种能量块的威力。大家跟我来！"保卫怪物一招手，所有炮塔以及好奇的老陈啊明天都跟了上去（被子给不知什么时候跑走了）。

到了一个空旷的地方，保卫怪物停下了脚步："好，到啦。看，那些就是传说中的不破之物：宇宙硒打造的100个大脚怪模型。今天，有了能量块，就来看看你们能不能突破这个极限。"说完，他将第一个能量块递给水晶："来，水晶。你先给大家充充能量吧。"水晶接过它，将能量块安在自己额头上的闪电纹中，射出强大的能量闪电。顿时，所有的炮塔都充满了能量，比平时的水晶能量要强上几千倍！"瓶子炮，你先来。"瓶子炮接过能量块，深吸一口气，随即射出雨滴般密集的炮弹。而且，这种炮弹在击中大脚怪模型时产生了大爆炸，不像以往，炮弹击中目标后没有什么明显效果。"这，这真的是我发射的？"瓶子炮惊讶地看着大脚怪模型。

"下一个到我。"炸弹星自告奋勇地走上去，领了一块能量块。它蓄好能量，射出一道能量超强的星光，居然直接击碎了一个大脚怪模型。别说是炮塔们了，连保卫怪物这位发明者也被惊得目瞪口呆。随即，一阵热烈的掌声响起。

最后轮到太阳花。它鼓足勇气，飞到半空，射出一道道超高温的热线。Oh My God，太阳花竟然把剩余的大脚怪模型全部升华了！这场面，连太阳花自己都被吓住了。过了一会儿，保卫怪物才打破沉默："好，好呀！看来，这种能量块能产生巨大的能量。有了它，我们就不用怕武器的强度问题了！再送你们每炮塔一块，我和老陈啊明天先走了！"说完，他便带着老陈啊明天走向萝社。

"咦，我们接下来去干什么？"老陈啊明天在路上好奇地问。"当然是将这些能量块分配到各个人的武器里呀！当然，这玩意儿对冷兵器是无效的。这里面不止几千块能量块，一共有85321块能量块呢。冷凝器会自动显示的。这个袋子可以将多出容量的物体暂时性隐藏，在需要时就会出现。以萝卜岛多年抗争怪物的历史，现在全岛的热兵器绝对

萝社奇遇记

不止100000套,这些能量块还远远不够呢。下一批再继续生产。"保卫怪物滔滔不绝。"那……你背的大袋子里装的是什么?"老陈啊明天发现了另一个袋子。"嗯……呃……告诉你吧。今天正好是攻略的生日,他最近总是抱怨没有更好玩的'魔术'道具,所以,我特意搬了一大袋魔术用品,让他改装一下。本来打算我陪攻略过生日的,听说你跟攻略的关系也不错,要不今天晚上,你也跟我去攻略家吧。现在还早,我们先去把这些能量块分发完!"保卫怪物一拎袋子,"明天,走啰。""好!嘻,看来你和攻略是铁哥们儿啊。""那倒是真的。由于我们都喜欢发明,我和攻略总是互帮互助,最后就变成了这样的友谊。""哈哈……"

所有能量块分发完毕,已经是下午了。老陈啊明天丧气地走进房里,狠狠踢了一下床:"其他人都有能量块,单单我的大炮没有!"突然,他的心中闪过一个想法。老陈啊明天坏笑着朝被子给的房间走去。出来之后,他手中多了一堆工具,一个火力集中器和一把离子枪。他走回自己的房间,关上门,开始用工具拆解这两个有能量块的武器。老陈啊明天取出了两块能量块,将它们都放在大炮炮匣中:"这下,我的武器举世无双了!"接下来,他便开始尝试将这两个武器组装回去。离子枪好办,将离子匣塞回去,还能用。这火力集中器可就难搞了……"唉,算了。还是将这把离子枪还给被子给,这堆零件,就留给我练习修理能力吧……"

在θ星的另一半球,怪物群岛也发生了一件事。

"咚咚咚咚——"几百只长得像手套的黄色独眼怪物排成了一个方阵,打着鼓走了上来,一齐喊道:"大脚怪驾到!"只见四只铁皮怪(雪原牌、丛林牌、天际牌、沙漠牌)分别站在方阵里的四个点旁。在最中间,有一台超级豪华的十五层大轿。轿下面有一百多只头上顶着一片叶子、长着一双大眼的四脚蓝色豆状小怪物抬着轿子。大轿第十五层上站着一大圈像印章一样的怪物,第十四层有一大圈灵魂猫,第十三层……第二层有两只铁质钢琴般的大型怪物。在大轿的最高层,有一个豪华的宝座,宝座两边各有一只全身钢甲的狂球蛋。而坐在座位上的,正是戴着怪物王冠的大脚怪。

这里是怪物群岛中冰雪冷岛上的堡垒:冰峰涧谷。一瞬间,从大城堡中跑出来一些怪物主将和一大群小怪物,它们磕头喊道:"大脚怪第二怪物王朝国王,万岁、万岁、万万岁!"正在闭目养神的大脚怪醒了,站起身来,大声喊道:"冰峰涧谷的怪物们!你们知道,为什么我专门要来巡视你们吗?告诉你们,其他地方的怪物们全部都出去扫荡过萝卜

萝社奇遇记

岛，而你们呢？啊？"一只手上持着一把冰叉、全身寒冰的无脚怪物战战兢兢地说："我、我们……因为在萝卜岛找不到有雪的地方……还有……我记得我们击败过一次被子给小队……""住嘴，寒冰怪！还有你，圣诞雪球教主！你也是，北极老大！对呀，萝卜岛没有雪域，你们就不会施法制造吗？亏得你们这里的怪物最多，战斗力又最强，我还特意把第三钟爱的大将红灯机器人交给你们，你们就是这样回报我的？嗯？连鼹鼠要塞都派鼹鼠兜去折腾了一下萝社，就你们从来没有出击过！要是在这三个月内，我没看见你们有任何进展的话，我就把红灯机器人收回来！"说完，大脚怪气哼哼地命令："走！"

寒冰怪站起身来，对其他怪物们说："大家快行动！得先联系上章博士和蟹老板，让它们给我们提供支援。在两天内立刻开始行动！"一个阴谋，在冰峰涧谷传开。

话说在θ星的另一边，萝社已夜深人静，而在两天之后，一场极为艰苦的战斗将在萝卜岛展开……

第16集　萝卜岛降雪

"嘟……嘟……好冷……"老陈啊明天全身披着棉衣，但依然感到十分寒冷。被子给在一旁的一块冰上坐着，不知在思考些啥。看看他，比老陈啊明天穿得还夸张。"明大，先走吧！我们去看看其他人怎么样了。"被子给站起身来，招呼老陈啊明天赶路。老陈啊明天偶尔听见被子给在嘀咕："不对呀，这都是降雪第二天了……萝卜岛本来是不会下雪的呀……"

老陈啊明天首先来到攻略家，发现侦察队总部门前已经被从上方落下的冰刺堵住了，里面传来攻略的声音："救命啊，我要出去！"老陈啊明天为难道："我没带大炮，炸不开冰刺。你可以用魔术道具轰出来呀。""是噢。"一个小丑盒子从门里飞出来，冰刺被炸裂，攻略撑着伞走了出来。"这两天也太冷了，还好这把伞能抗寒流。明天，被子给呢？"攻略将伞调到旋转模式，在空中道。"你说什么？我听不见！"老陈啊明天对着降雪的天空喊。

老陈啊明天向总部走去，才刚到，就发现坐在台阶上思考的被子给："嗨，老兄！有想出什么来吗？"老陈啊明天

萝社奇遇记

跑过去，问被子给。"嗯……呃……老陈啊明天，上次从鼹鼠地道出来之后，你在一旁说了些什么？""哦——还剩沙漠、雪域。""没错，这就是证据！""啊！什么证据？""沙漠怪物已经突击过，下一个，就应该是雪域怪物了！因为它们嫌萝卜岛没有降雪地区，干脆施法让整个萝卜岛冷起来。昨天只是缓一缓，今天恐怕就要出击了！"被子给分析得头头是道，"先把武器拿上，我去叫其他成员，你去找炮塔们，通知它们做好战斗准备！""好嘞！"

老陈啊明天推开炮塔宿舍的大门，发现这些炮塔们个个裹在棉睡袋里，正呼呼大睡呢。"喂——起床啦！"老陈啊明天举着闹钟大喊。所有炮塔翻了个身，继续睡。"不行，得先把它们的老大叫醒。"老陈啊明天走到火箭身边，发现火箭裹着更厚的肯德基袋,还烤着火炉,睡得更夸张。老陈啊明天灵机一动,将避寒的窗帘全部拉开。"好冷啊!"炮塔们全被冻醒了。老陈啊明天见有效了,就将窗帘拉了回去。没想到,窗帘一拉上,炮塔们就又呼呼大睡起来。"你们这样怎么办啊?"老陈啊明天痛苦道。"等我们再睡一会儿,呼呼呼……"炮塔们接着睡觉。

老陈啊明天丧气地从炮塔宿舍里走出来,遇上正跑来的被子给。"明天!那些成员,除了攻略、保卫怪物和夜月皮丘,其他都不肯来。你那边呢?"被子给道。"唉,别提了!这些炮塔更衰,一个都没起床。唉!……"老陈啊明天摇摇头,叹了口气。被子给攥了一下拳:"看来,只有我们俩能抵抗怪物了!""是五个好不好……"

不一会儿,攻略就撑着伞飞来:"被子给,不好了!怪物已经大规模入境安营,打听到似乎还有蟹老板在背后做战略后援。只有我们五个抵抗,看来萝社真的有危险了!""说什么呢?只要有将在,必不让怪物度前防!明天,你马上先去边境看看情况!别以为我不知道你偷了两个能量块(奸笑)。"唔,看来被子给真的不好惹,居然知道老陈啊明天偷能量块的事情。可怜的老陈啊明天被被子给一脚踹到了边岗。

老陈啊明天潜入已经挂满冰霜的草丛中,用萝卜望远镜观察:OMG,怪物们已经在边哨墙外安好了营寨,正在营帐里休息呢。老陈啊明天再仔细一看:天哪,光是怪物营帐就看不着边了,再加上围住萝社的所有怪物,那该有多少

萝社奇遇记

呀！"但使萝社老陈在，不教怪物度前防！"老陈啊明天咬着牙说出了他自己编的诗句，"老陈百战带铜炮，不破冰河终不还！"说罢，他便闭上眼睛，操起大炮，然后——往回跑了。

老陈啊明天跑遍大半个萝卜岛，愣是没有看到被子给。他拿起对讲机联络被子给："喂？喂——喂！喂——喂？喂——"老陈啊明天愤怒地把对讲机摔到地上。终于，从对讲机里传来了声音："喂……这边是被子……哗哗……开始攻……嘟哗嘟哗哗……在……战略堡……一……前面的城……咔！"对讲机的声音中断了。老陈啊明天呆在原地："什么?！怪物已经出击了?！"

第17集　正式迎敌

"呼……呼……呼……"老陈啊明天喘着气跑到了一个战略堡垒，但是被子给不在这里。他回想被子给说的话："在……战略堡……一……"老陈啊明天一看这个战略堡垒的名字：战略堡垒三。老陈啊明天懊恼不已，狠狠地踩了一下冰面。其实呀，这个地方原来是战略堡垒的引水渠。这下被老陈啊明天一踩，冰面马上破裂，老陈啊明天跌入冰冷的水中。

老陈啊明天好不容易才从刺骨的冰水中爬出来，被冻得浑身发抖。老陈啊明天正颤抖着呢，就传来一阵阵声音，他立刻忘了寒冷，冲向前方。只见保卫怪物举着一台激光集射器，对着一大群怪物开火。激光集射器固然厉害，可惜寡不敌众。冲上来的小怪物太多了，保卫怪物方才轰走一堆，另一堆又冲了上来。老陈啊明天大吼一声，举起大炮，冲着怪物群开炮。这时，老陈啊明天才发现，自从萝卜岛被冰雪覆盖之后，他的战斗野心就涌上来了。这个充了两块能量块的大炮的威力果然不一般，一个弹药就击飞了一大圈的小怪物。尽管如此，还是有不少怪物绕着弯冲锋，都快要冲入战

萝社奇遇记

略堡垒了。老陈啊明天冲到保卫怪物身边,向着战略堡垒的门口疯狂开火。"你为什么会在这儿?"老陈啊明天问道。"我……因为只有五个人,所以被子给打算每人负责一个方向,你机动作战,相机行事。这回,冰峰涧谷的怪物可是群体性暴动,不知道还能撑多久……"正说着,老陈啊明天的一个炮弹炸到了门附近,强大的气浪将一波小怪物掀了个底朝天。"呀,明天,干得不错,看不出来你那么厉害嘛!咦?你今天这大炮的威力也太大了吧?没有能量块一般做不到这么牛呀?但是我好像没给你能量块呀?"保卫怪物这不说还好,一说就惹得老陈啊明天发飙了:"你还有脸说!"

更多的小怪物从不同方向涌了过来,看起来很有阵式。"偶买糕、手套宝、哈士企、液化水、双头花生……不是吧,怎么那么多怪物都来了?"保卫怪物边用激光扫射边

问,"看来,这回北极老大可是下了血本了。"此时,一串炮弹从近处射来,"轰轰轰轰"地炸飞了不少小怪物。哈,老陈啊明天立刻猜到是谁了:炮塔们来支援了!"明天,我们不应该丢下你们!""明天,让我们一起战斗吧!"……如此之多的能量炮塔,不多时就将外层的怪物们打得落花流水。它们丢盔弃甲地逃走了。"炮塔们,战略堡垒里还有不少怪物呢!"老陈啊明天提醒道。"哈哈,我早就知道啦!我这有一招妙计,能让里面的怪物灰飞烟灭!保卫怪物、老陈啊明天,你们先走,我来帮你们搞定!"火箭哈哈大笑道。

现在,故事分成了几条分支。我们先从炮塔们看起吧。

火箭和所有炮塔如此这般地商量了一下,就开始行动了。首先,炸弹星、飞机、章鱼和冰锥进入战略堡垒,遇见怪物就打,直到找到它们的总部为止。这时,章鱼对炮塔们比了一个手势,它们四个就象征性地轰击小怪物。这群怪物无一例外地向更方便逃跑的后门跑。便便驻守在后门,它听到了脚步声,就开始散发出超强力臭气。怪物们受不了,就向前门跑去。剩余的所有炮塔都埋伏在前门,等到怪物一出来,就猛烈地开火,直至将所有怪物消灭为止。计划顺利完成了!"为什么我融化不了冰雪?"太阳花努力放出超高温光线,但是无济于事。"绝对是怪物施法造成的结果!"火箭怒道。这时,从对讲机里传过来一阵声音。火箭听到后,脸色大变:"不好,萝社有危险!大家快撤回萝社!"

接着,是被子给的分支。

萝社奇遇记

　　被子给给老陈啊明天发送完语音之后，就爬上了战略堡垒一的最顶端，对着下方猛烈开火，炸开了好大一圈冰面，使一部分怪物不敢再靠近。但是还是有一些怪物，要么飞，要么游，向战略堡垒靠近。被子给大喊一声，拿起遥控器，按下"1"键，这个战略堡垒便浮起一层保护罩，将战略堡垒给包了起来。被子给从战略堡垒的顶端跳了下来，落入了冰面下的冰水里。这时从水中竟蹿出来一条强大的火舌，将渡水而过的怪物烤得竟有融化的趋势。被子给从水中跳出来，对着怪物群用火力集中器喷火。这些早已适应了冰川生活的怪物，被超高温的烈焰一烧，都全身瘫软，无法动弹。然而，被子给身上棉衣也都湿透了，他冷得直哆嗦。就算是用在冰水中都能以超强状态喷火的火力集中器取暖，依然觉得很冷。于是，被子给打算先回萝社，披上一套棉衣再去其他地方防守。

　　下面，一起来看看老陈啊明天发生了什么。

　　保卫怪物和老陈啊明天跑到了萝卜岛的边防处。"嗯？保卫怪物，你来这里干什么？"老陈啊明天不解地看着保卫怪物。"哈哈，明天，你看外面！"保卫怪物笑哈哈地指向了边境外面。"哦，你的意思是……"老陈啊明天立马就会意了。

　　保卫怪物抽出一台火力集中器，对着怪物们的小帐篷开火。顿时，怪物的驻守区化为了一片火海。老陈啊明天冲入大火中，正好一头撞上一只双头花生。"喂，你是谁？"那只双头花生凶恶地喊道，然后打开花生壳，将两发花生弹打到了老陈啊明天的头顶上。老陈啊明天火冒三丈,一炮轰过去,将这只双头花生击飞。

老陈啊明天在火中找到这群怪物的粮草库,正欲一把火把它烧掉,忽见里面竟有冰激凌、雪糕团等好吃的,老陈啊明天馋得直流口水。再转念一想,这些粮食烧了也怪可惜的,干脆搬回萝社吧。呃,还要叫上保卫怪物来帮忙呢。还好有冰雪来帮忙,火已经停了。怪物们的营帐基本被烧成灰了。老陈啊明天用通讯器将保卫怪物叫来,安排道:"这样吧。这些粮车都特别轻,可以一个人拖两辆。这里一共有一百多辆粮车。我每到一个粮仓或战车库就插个路标,顺便一路烧过去。我们先拉四车粮食回萝社,看看有没有人肯来帮忙。"保卫怪物完全支持老陈啊明天,他们俩走回萝社。

最后讲讲萝社发生了什么。

奶油小泡芙在床上大打呼噜,没有一点儿要起床的意思。突然,几发花生弹射了过来,将它房子的门打破了。奶油小泡芙翻了个身,接着睡。从门外跳入了几只怪物,逼近了奶油小泡芙。其中一只有四条软腿的淡蓝色秃头怪物冲了上来,举起一把麻醉针喷枪,向着奶油小泡芙吹去一根麻醉针。"啊噢——"针击中了奶油小泡芙的镜片,它被刺醒了。它看着眼前这些不知所措的怪物们,勃然大怒,向着怪物们连发夸克波,将它们强行轰出去。

除了老陈啊明天他们五个(他们本来就不在萝社,炮塔除外),还有奶油小泡芙、没心没肺、机器人(不怕麻醉)、看不到的(怪物根本发现不了他的行踪)外,其他人

萝社奇遇记

（包括萝卜）全部被麻醉针刺昏，被怪物们塞到了大黑麻袋里面。此时，老陈啊明天和被子给正好从两个不同方位进入了萝社，都遇到了几群抬着布袋的小怪物，便从两个方向在萝社大门堵截住了怪物。其他的炮塔和攻略他们也纷纷赶回萝社，和老陈啊明天他们一起剿灭被堵在萝社内的大群怪物。虽然负伤累累，但是大家毫不在意。"打呀！围堵它们。"被子给还挺在意战术。很快，怪物们跑入一个屋子，在里边疯狂对外进行攻击，大家根本就攻打不进去。"哈哈，大家可别怕！让我来！"攻略乘着蓝伞飞上天，向着那屋子的烟囱投放了一根魔术棒。那屋子顿时冒出滚滚浓烟，里面的怪物声消失了。老陈啊明天捂着鼻子冲进里面，然后在房里大声喊："怪物们都被麻醉啦！"说完他就"啊"一声，晕倒在里面了。大家一起盯着攻略看。"噢，哈哈，刚才那个是麻醉气体。"攻略不好意思地挠挠头。

老陈啊明天被扔进猫猫诊所进行抢救。从大布袋里倒出来的猫猫也管不了那么多了，直接搬出一桶冷水，倒扣在老陈啊明天头上。"啊——"老陈啊明天被冻醒了。"老陈啊明天，你终于醒了！被子给他们已经走了5萝卜分钟了，你还不快跟上！我也要赶去呢。"猫猫火急火燎道。"啥？天哪，你能马上把我送到那里吗？"老陈啊明天也很着急。"好，那你别嫌疼哦！"猫猫坏笑着，将老陈啊明天带出诊所，再射出一束推动电波。"啊"一声，老陈啊明天被击出了老远。

在漫长的飞行后，老陈啊明天坠了下来。快了，又快了，快着陆了……"啪唧"一声，老陈啊明天坠落到了地面。咦？这地面怎么软绵绵的啊？老陈啊明天低头一看，自己竟然落在了被子给的背上。"什么东西？"被子给猛一挺身，将老陈啊明天甩开。"砰"一声，老陈啊明天的脸撞在一块冰上。被子给总算发现了落在自己身上的"不明飞行物"是什么。"老陈啊明天，你怎么来的？""是猫猫把我炸来的……有什么大事吗？""保卫怪物使用了探测器，发现这次冰雪大危机的主源来自萝卜城郊区。现在大家正在赶往那里，准备集体毁坏它。你来得正好，一起走吧！"

萝社奇遇记

第18集　寒冰怪拦截

　　老陈啊明天和被子给疾跑着，行到一座带有高空山洞的大山前。"那个……你有带登山镐吗，被子给？""登山镐是什么？""就是登冰山需要用的工具呀！""萝社的人根本就不需要那种东西，都是用手攀援的。你看猫猫，爬得多好！"老陈啊明天没有办法，只好照做。

　　他们俩还没开始爬，就听见"啊"一声，一个东西从冰山上落了下来，头栽到了雪里。老陈啊明天赶紧将他扶起来，居然是火巨龙。"你怎么会掉下来？"被子给疑惑不解。"别……提了，山洞……里是寒冰怪，它在和……大家搏斗。又没……有路绕……"火巨龙有气无力道。此时，从冰崖上又掉下来了两个人，一个是保卫怪物，另一个是夜月皮丘。"好吧，看来我只能把你甩上去了。在上面等我，我马上就来！"说完，被子给就抓起老陈啊明天的手，使劲地将他甩了上去。这下的力度够大，直接将老陈啊明天甩到了冰峰上。

　　老陈啊明天侧耳一听，底下的山洞里传来了厮打声和叫骂声。又过了一会儿，奶油小泡芙也被扔了出来。老陈啊明天心中恼火，跳到另一头的洞口，对准洞里疯狂开火。"轰轰轰"几下，浓烟散去，寒冰怪正怒视着他。他心想不好，正欲躲开，寒冰怪已晃动寒冰叉，浓烟立刻涌到了老陈啊明天的眼前。在视线模糊之际，几发冰球打中了他的肚子。老陈啊明天"哎哟"一声，滚下了冰崖。被子给正好爬上冰山，看见这一幕，大喊："明天，你快走，一直向前！最好别停！我来搞定这个家伙！"寒冰怪听见声音，转头扑向被子给，二话不说就打了起来。

  被子给这次破天荒地没带爆烈枪，只带了一个火力集中器和一把斧头。论起近战，被子给跟大脚怪都能打个平局，更别说是寒冰怪了。不一会儿，寒冰怪就败下阵来。可是，它居然耍起了阴招：寒冰怪一挥冰叉，被子给便被大圈大圈的冰固定住了。待被子给翻身出来时，寒冰怪又舞出一条冰龙，疯狂攻击被子给。老陈啊明天站了起来，正想向前跑，但又隐隐感到被子给的处境不妙。他毅然转身，对着冰山洞中疯狂开火。寒冰怪正指挥冰龙打得起劲，身后就飞来了好几十发能量炮弹。"轰轰轰"几十声，那些冰全部被摧毁，寒冰怪也被炸得够呛。"这小子，从一开始的懵懵懂懂变成现在的极为仗义，可谓妙哉，颇有我的风范。"被子给心中暗喜。

  老陈啊明天爬上冰山，配合被子给夹击寒冰怪。"呀啊！"寒冰怪怒吼几声，扑向被子给。刚交上手不久，又猛地转身，举着冰叉刺向老陈啊明天。老陈啊明天也不知是哪里来的力量，不使炮，挥着拳和寒冰怪战了起来。这拳法可

萝社奇遇记

谓生猛，寒冰怪简直触之不得。有一拳重重锤在寒冰怪的冰叉上，使其武器脱手。正当寒冰怪发愣的一刹那，被子给大喝一声，冲了上来，狠狠地给寒冰怪使了个绊子，使它跌下冰山。老陈啊明天和被子给对视一笑，互相击掌："哦耶！"

此时，寒冰怪已快速攀上了冰山，它正准备偷袭被子给。突然，一大群机械鸽子从天而降，开始疯狂啄食寒冰怪。老陈啊明天抬头一望：攻略撑着他的蓝伞飞着，另一只手持着一把魔术棒，在他身前有一顶飞翔的魔术帽，里面正不停地飞出机械鸽子。"嘿，小畜牲们！让开！"寒冰怪不停地呵斥、驱赶鸽子，但是鸽子们依然不罢休。寒冰怪渐渐体力不支了。"去吧！"攻略一甩魔术棒、魔术帽，来了个180度大转体，吸回了鸽子们。此时，冰山开始摇晃，越晃越厉害，极有倒下的趋势。原来，是奶油小泡芙他们在冰山底下动手脚，想让冰山倒塌。在最后的关头，被子给拽着老陈啊明天，从冰山上跳了下去……

"咦，怎么一点也不疼？"老陈啊明天低头一看：自己又坐在了被子给的背上。他赶紧从被子给身上爬下来。站起的两人发现了从冰山残骸中爬出的寒冰怪。"可恶的家伙！我要把你们……"寒冰怪还没吼完，就听见冰山残骸下传来一声怒吼："你敢！"话音刚落，一支带火的剑尖破冰而出，火巨龙扑了出来。"哼！"寒冰怪一看不妙，想换个方向逃走。"别想逃！"在寒冰怪逃走的方向上，几道剑影避开冰层，只见夜月皮丘钻了出来。"哎呀，不好！"在寒冰怪还没反应过来的时候，保卫怪物和奶油小泡芙也从另外两个方位破冰而出了。老陈啊明天哈哈大笑。寒冰怪傻眼了，只能认输。愤怒的雪碧将它大卸八块，向冰山扔去。

在冰山残骸上，一堆冰块开始拼接，寒冰怪居然又复活了。"可恶！被子给，你们等着瞧！"说完，它便举起一块冰，对着那块冰不知道说了些什么。

萝社奇遇记

第19集　冰区马布角

"啊!"老陈啊明天发现了郊区冰山,正要冲上去,却被一种无形的力量弹回来了。"怎么回事?"被子给一样冲上去,结果也被弹了回来。"呃,这么奇怪?我再试试。"被子给举起火力集中器,喷了出去。说来也怪,这团烈焰一碰到那个无形墙,竟然被反射了回来。被子给慌忙闪开:"天哪,这是怎么回事?火不是虚形物体吗?""看来,这是一种神秘力量形成的'墙'!"老陈啊明天没有射出炮弹,他可不想"引炮上身"。两人发了愁。"嘿!干吗呢?"奶油小泡芙快速滚了过来,撞向了老陈啊明天。老陈啊明天被撞飞了。奶油小泡芙撞到了虚形墙上,被弹出了很远。而老陈啊明天穿过了"墙"。

老陈啊明天居然穿过了这堵"墙"!这说明这堵"墙"的边界就在上方!被子给尝试着跳上去,每一次都被重重地弹了回来。"奶油小泡芙,撞我一下!"奶油小泡芙同样将被子给抛向高空,无奈还是被"墙"弹了下来。"该不会只有老陈啊明天的那条缝才管用吧?那得试到猴年马月呀!"被子给急得直跺脚。

在郊区冰山上，有两双眼睛注视着他们。

"嘿……哈士企小队长，你怎么看？"一只怪物转头问另一只正在用望远镜侦察的怪物。"哼，那个人只是幸运，其他人是不可能进来的。现在，派兵将那个人给拦下来！"哈士企小队长邪恶地笑着。突然，它发现被子给正在刨雪！"他是怎么发现虚形墙的弱点的呢？"哈士企小队长慌忙转身，"快，通知大军拦住他们！"另一只怪物拦住了它："嘿嘿，先别急！这回，让我来……哈哈！"

被子给刨开了洞，夜月皮丘等人从洞里钻了出来。"兄弟，干啥呢！"被子给走向不知呆望着什么的老陈啊明天。他自己一望，也几乎呆了：无数只小怪物围住了大冰山，就像幕布一样。"我和火巨龙先在外面挡着！你们先走！"奶油小泡芙滚了过去，开始对外层的怪物进行攻击，并招呼着大家。火巨龙和奶油小泡芙引开了怪物，老陈啊明天他们趁机潜入冰山。

刚进入巨型冰穴不久，又涌上来了一大群手套宝和哈士企，它们张牙舞爪地堵住了前方的路。"嘿，终于有我一展身手的时候啦！"夜月皮丘拔出长剑，"你们先走，我来拖延时间！"话音刚落，只见一道剑影闪过，怪物群内顿时一阵骚乱，甚至有怪物不分彼此，开始自相残杀，夜月皮丘一兴奋，打得越来越猛。老陈啊明天他们趁乱潜入了内部。

"呃……攻略呢？"老陈啊明天向上方看去，发现不见了攻略。"应该是在外面挡怪物了。别理他，我们继续走。"被子给招呼大家继续走，而老陈啊明天依然有点儿不安：越

萝社奇遇记

来越多的人给"过滤"掉了，现在只剩自己、被子给和保卫怪物三个了，会不会有什么陷阱呢？

此时，冰山上方，哈士企小队长和神秘怪物正在用监视器观察着。"哈哈哈！＊＊＊＊（此处为神秘怪物名字）！你这个'冰川筛'计策可真妙！"哈士企小队长哈哈大笑。"只剩下老陈啊明天、被子给、保卫怪物这三个讨厌鬼，事就好办多了。接下来，再筛掉他们一个，就不信这些负责保卫萝卜的小子还能取胜！哈哈哈哈……"

"嘿，大家快来。这里有六个水坑！"保卫怪物招呼着大家来看。眼前有六个水色不同的水坑，旁边分别写着①②③④⑤⑥。每个水坑旁还有标识，①：②是入口；②：这里不是入口；③：②不是入口；④：③不是入口；⑤：这里是入口；⑥：④不是入口。在这六个水坑前有一个冰告示牌：在这六句话里，只有一句是谎话。有三个真入口，只有二个口有效，但每个口只能进入一个人。"嘿，我知道了！"被子给叫起来，"所以，入口应该是①口、⑤口和⑥口！保卫怪物，你留在这里，我和明天先走了！""这点知识，我也知道！"老陈啊明天不甘道。

说罢，被子给便跳入了①号水坑，老陈啊明天随即跳进了⑤号水坑。保卫怪物正要往回走，突然脚下一滑，跌入了⑥号水坑。紧接着，从里面传来一声惨叫！

第 20 集　冰域大密码

"咕咕噜……咕噜噜……"这个小水坑还蛮深的,老陈啊明天本来做好了游泳的准备,没想到水坑还有点儿深度,使他有点儿措手不及。还好,老陈啊明天沉到了水坑底,拾起一把锤子。看周围竟没有任何出口,他便开始使劲用锤子砸下面的冰层。

"乒!乓!乒!乓!"终于,冰层被击碎了,老陈啊明天一屁股摔到了一条长长的冰滑梯上面,滑了下去。这条滑梯的轨迹也好怪异,弯弯曲曲的,还望不到头。在滑行中,老陈啊明天隐约看见了一个冰制告示牌,上面似乎刻着:扁豆滑梯。"扁豆?什么意思?"老陈啊明天的疑惑还没解除,渐渐加快的速度已经把那疑惑甩开了。

突然,老陈啊明天的屁股脱离了冰滑梯,开始在空中"飞行"。这时,他看见前方有面大冰墙,上面刻着:把你撞成扁豆呀。"呀,原来扁豆滑梯就是要把自己撞成扁豆呀!救命——"老陈啊明天刚喊出来,忽然想起自己在地球的时候,在学校练成的一招"铁头功",便深吸一口气,尽力将头对准冰面。"乒乒乒乒"几声,冰墙竟被一头撞出了

萝社奇遇记

一个大口子,老陈啊明天一头栽了下去,掉在一个两边各被一条冰线支撑着的冰球的上面。"哎呀。啊——"他用手在头上摸了摸,头出血了,有点儿头晕。老陈啊明天忍着头晕,一点一点向着不远处的冰门爬去。

"哟,发生了什么?"老陈啊明天站起身来,冲向正坐在大冰门旁边的被子给。"这……这种门不太一样,是属于密码门种的坚冰系。想开门得输入密码,要是输入错了,机关就会启动,神也奈何不了!"被子给有些苦恼,"感觉这个密码在哪里见过,但一时半会儿又想不起来……""我来看看。"老陈啊明天走近一看,只见上面写着:请证明二次方程求根公式 $x = \dfrac{-b \pm \sqrt{b^2 - 4ac}}{2a}$。"呃,这个呀。首先,二次方程的一般式为 $ax^2 + bx + c = 0 (a \neq 0)$。然后,将这个式子配方,一切就解决了。但是,怎么配呢?"老陈啊明天也陷入了苦恼。

"噢,我想起来了!"被子给一跃而起,"首先,将二次项系数化一,得到 $x^2 + \dfrac{b}{a}x + \dfrac{c}{a} = 0$。然后,将 $\dfrac{c}{a}$ 移到等号右侧,得到 $x^2 + \dfrac{b}{a}x = -\dfrac{c}{a}$。$\dfrac{b}{a}$ 一半的平方是 $\dfrac{b^2}{4a^2}$,所以等号左右两侧各须加上一个 $\dfrac{b^2}{4a^2}$,得到 $x^2 + \dfrac{b}{a}x + \dfrac{b^2}{4a^2} = \dfrac{b^2}{4a^2} - \dfrac{c}{a}$。等号右边的式子可以通分为 $\dfrac{b^2 - 4ac}{4a^2}$,而等号左边可以变成 $\left(x + \dfrac{b}{2a}\right)^2$,即 $\left(x + \dfrac{b}{2a}\right)^2 = \dfrac{b^2 - 4ac}{4a^2}$。等号两边可以同时开

方,得到 $x + \dfrac{b}{2a} = \pm \dfrac{\sqrt{b^2 - 4ac}}{2a}$。最后,将这个式子再化简,得到 $x = \dfrac{-b \pm \sqrt{b^2 - 4ac}}{2a}$。哈,密码得证,只需要把过程打上去就好啦!"被子给刚要开始打字,老陈啊明天就一脸黑线地拦住了他:"……根号怎么打呀?""是噢,要不口述吧!"被子给噼哩啪啦地念出了一串过程,冰门打开了,两人欢天喜地地进了门。

向前没走多远,立刻就出现了第二扇门,上面写着,请分解以下式子:(1) $x^2 + 5x + 6$;(2) $4x^2 - 8x + 4$;(3) $a^2 + b^2 + c^2 + 2ab + 2bc + 2ac + 3a + 3b + 3c + 2$;(4) $xy + x + y + 1$。"被子给,前面两题我来,后面两题你来,怎么样?"嘿,老陈啊明天还蛮狡猾。被子给露出一个无奈的表情:"好吧,你可要带好头哦!""好的!第一题简单,利用十字相乘法,有互相对应,可得 $(x + 2)(x + 3)$。第二题,先提个 4 出来,得到 $4(x^2 - 2x + 1)$。哇,这是个完全平方式,可以再分解成 $4(x - 1)^2$。哈哈,现在到你了!"老陈啊明天一脸得意。

"好呀,你故意为难我。第三题,哈,我看破它的真相了!前面那串式子 $a^2 + b^2 + c^2 + 2ab + 2bc + 2ac$ 就是 $(a + b + c)^2$,而 $3a + 3b + 3c$ 也就是 $3(a + b + c)$。原式就变成了 $(a + b + c)^2 + 3(a + b + c) + 2$。运用十字相乘法,得到结果 $(a + b + c + 1)(a + b + c + 2)$。第四题,用分组分解法还是十字分解法,这还是个问题。用分组分解法的话,不妨

先提出 x，得到 $x(y+1)+y+1$，再提 $y+1$，得 $(x+1)(y+1)$。用十字分解法的话，也得到 $(x+1)(y+1)$。算了，两种方法都要吧！"被子给将所有答案输入了答案框，门再次被开启。

又前进了不久，他们来到了第三扇门前。这扇巨门上面也有四个问题： (1) 分解 $\sqrt{5+2\sqrt{6}}$； (2) 分解 $\sqrt{12+8\sqrt{2}}$； (3) 分解 $\sqrt{5+\sqrt{2}}$； (4) 计算 $64^{\frac{2}{3}}+64^{\frac{3}{2}}$。"嗯。这次，我解决（1）（4）题，你解决（2）（3）题，怎么样？"老陈啊明天再次耍滑头。"哼，随你啦！"被子给不太情愿道。"第一题，这是个复合二次根式，化简式 $\sqrt{a+b\pm\sqrt{b}}$，结果为 $\sqrt{2}+\sqrt{3}$。第四题嘛，运算规则好像是分母为几次根，分子是几次幂，就得到了 $\sqrt[3]{64^2}+\sqrt[2]{64^3}$，也就是 $\sqrt[3]{64}\times\sqrt[3]{64}+\sqrt{64}\times\sqrt{64}\times\sqrt{64}$。结果为 $4\times 4+8\times 8\times 8=528$。到你了，被子给！""哟，你小子还不错嘛，竟然懂分解。第二题，先在里面提个 4 出来，得到 $\sqrt{2^2(\sqrt{2}+1)^2}$，即 $2(\sqrt{2}+1)$，结果是 $2\sqrt{2}+2$。第三题，根号前面缺个 2，得补上去，可改为 $\sqrt{\dfrac{10+2\sqrt{21}}{2}}$，也就是 $\sqrt{\dfrac{(\sqrt{7}+\sqrt{3})^2}{2}}$，即 $\dfrac{\sqrt{7}+\sqrt{3}}{\sqrt{2}}$。化简得 $\dfrac{\sqrt{14}+\sqrt{6}}{2}$。"被子给见有一大堆根号，便口述填入答案。第三扇门也打开了。

第四扇门离第三扇门挺远的，本来以为不会再遇到障碍的老陈啊明天一看到还有一道屏障，有点儿措手不及。"别急，先看看开启条件是什么。"被子给镇住了老陈啊明天，看了看解锁条件。这扇门的解锁条件跟前面的不太一样，全都是计算题：（1）$\log_2 4 = ?$（2）$\ln e = ?$（3）$\sin \frac{\pi}{6} = ?$（4）$\tan \frac{\pi}{2} = ?$（5）5秒内算出$3 \times 85 \times 257$。老陈啊明天发现，在第五道题旁还有个按钮，上面刻着"开始计时"四个字。"嗯，这回让我来。$\log_2 4$就是2，而$\ln e = 1$。$\sin \frac{\pi}{6}$就是$\sin 30°$，也就是$\frac{1}{2}$，而$\tan \frac{\pi}{2}$是$\tan 90°$，无限大，不存在。最后一题……嗯……先分析一下再点击开始。（坏笑）被子给，你来吧！""呃……有些难度。等我一会儿，啊，知道了！85就是5×17。原式可转化为$3 \times 5 \times 17 \times 257$。3是$2+1$。5是$4+1$，也就是$2^2 + 1$。17是$16+1$，也就是$2^4 + 1$。257是$256+1$，也就是$2^8 + 1$。综合来看，原式$=(2+1)(2^2+1)(2^4+1)(2^8+1)$。在最前面乘上$2-1$，也就是1，不会影响结果。$(2-1)(2+1) = 2^2 - 1$。$(2^2-1)(2^2+1) = 2^4 - 1$。$(2^4-1)(2^4+1) = 2^8 - 1$。$(2^8-1)(2^8+1) = 2^{16} - 1$，答案就是65535。"被子给按下了按钮，迅速在答案框里填上65535，第四扇门也打开了。

第五扇门是最后一扇门，老陈啊明天非常紧张。"咦？怎么门上没有问题呢？"本来做好了答题准备的老陈啊明天有点儿不知所措。"应该是装饰，这扇门可能可以直接打

萝社奇遇记

开。"被子给一推门，突然从冰制天花板上飞来好几块磨尖了的碎冰，直向被子给射来。还好被子给身体灵活，躲过了这一劫。"呼，真险！"老陈啊明天捏了一把汗，"应该有别的通道吧？""啊，天花板上有个洞。应该可以从那里通向最后！"被子给按下火力集中器的一个按键，将它收入口袋里，"明天，把你的炮也先收起来，这种门是炸不开的，只能先攀上去了。"

"难道章博士也不过如此？"

"这些题是它出的。章博士还要处理很多海洋神迹的事，无法与萝社正面开战。"

"你怎么知道得那么清楚？"

"我曾经在萝卜海和章博士交过手，它智商很高，也很强。怪物群岛绝大部分怪物都是它的手下。"

聊着聊着，他们俩不知不觉就攀入了洞穴内。嘀，这里面果然有一个通道。通道很矮，老陈啊明天和被子给只好匍匐前行。"噢"一声，在前面的老陈啊明天从一个洞里掉了下去，正好落在一摊冰水里。下面传来一声郁闷的声音："什么事嘛！"被子给简直哭笑不得，他跳下去，把老陈啊明天从冰水里拉出来。"哇，好大的机器啊！"老陈啊明天看到了一台巨大的冰雪制造机，呆住了。"那就是控制萝卜岛冰雪的核心了！明天，我在这里放哨，你爬上去按下摧毁键！""好的！"老陈啊明天一吐舌头，就冲向了机器。"这个小家伙，的确进步了不少。从一开始的胆小体弱，到现在的勇敢无畏，再加上一点幽默个性，平常人确实很难做到。

多亏了怪物们，使他一次又一次地经历磨难并成长。他一定不知道，保卫怪物在他进入萝社时给了他一个翻译机，使他能和我们正常交流。当然，原本他听不懂我们的话，但我们听得懂他的话。除了我，他和我不使用翻译机，也能正常交流。因为……"被子给的思绪被一阵"轰隆隆"的声音打断了。老陈啊明天慌乱地从机器上跳下来："发生了什么？""不好！毁掉了机器，冰雪会熔化，这座冰山有可能会倒塌。最好的应急措施是……"老陈啊明天抢答："躲在机器底下！逃……"于是，他们俩躲到了机器下面，一起抗御冰山倒塌。

"轰"一声，机器爆炸了，将老陈啊明天和被子给炸上了天空。他俩飞了很久才落下来。被子给果真身手极好，他平稳落地，而老陈啊明天被挂在了树上。"这里不是萝卜林吗？"老陈啊明天从树上爬下来。"看来冰雪已经化得差不多了，我们快回萝社！"被子给很高兴。"呼，我的铜炮真没掉！"老陈啊明天呼了口气。

回到萝社，被子给发现小丘比特已经在社门口迎接他们了。"你们终于回来啦！太棒了！"小丘比特转头，拿出喇叭，开始吹奏："嘟、嘟嘟嘟嘟、嘟——嘟嘟嘟、嘟——嘟——嘟嘟嘟嘟——嘟嘟嘟嘟——嘟、嘟嘟、嘟嘟嘟嘟嘟……"吹罢，他便用这个超级喇叭喊道："全体成员，出列，报数！"9萝卜分钟后，全体成员已排成队伍。"先是萝卜报数。开始！""1！""2！""3！""4！""嗯，齐了。炮塔，报数！""1！""2！"……"嗯，齐了。成员，报数！"

萝社奇遇记

"1!""2!""3!"……"14!""嗯？怎么少了3个？""社长，一个是没心没肺，一个是保卫怪物，还有一个就是你自己啊!""噢，哈哈。没心没肺刚刚我看到了，他在家里，15！还有我自己，16！但是……保卫怪物呢？"大家立刻感到事情有点儿不对。"大家要注意，保卫怪物这个大发明家的失踪很可能是件大事，必须小心警惕！"老萝卜阿达皱起眉头。

老陈啊明天看见被子给的神色有点儿不对："被子给，你怎么了？""我在想，前面发生的所有事件可能都是测试、铺垫，从现在开始，才是真正的萝怪斗争！"

长涉追逐战

萝社奇遇记

第21集 红灯机器人登场

正当大家着急时，萝社大墙直接被打破了，大家惊讶地看着这一切。从萝社大墙外走来一只大大的怪物，它全身铁制，独眼很大，头上有一顶大大的红灯，右手持着一柄长长的铁棒，铁棒最末端还有一只灯。"红……红灯机器人？"大家吓了一大跳。老陈啊明天奇怪地问："红灯机器人是谁啊？""在怪物群岛排行第四的怪物！威力大到不可思议，是大脚怪保镖级机器怪物之一！"夜月皮丘小声回答。

"哇哈哈哈！这么多的冰川怪，居然被你们这样的毛头小子击败了，真是可笑啊，哈哈哈！虽然我也因此而有点儿佩服你们，但是，萝卜岛和怪物群岛总是要开战的！"小丘比特伸出手，道："说重点！"红灯机器人一咳："嗯哼，好吧，所以，我今天要奉命消灭你们。你们这些小菜可要做好心理准备！唔哈哈哈哈！"

虽然红灯机器人的名号将老陈啊明天震到了，但其最后一段话将他气得七窍生烟，大叫："你这家伙，口气不小，狂妄自大，简直无法无天！今天我们就来较量较量，试试你这名号是真是假！""嗯，原来你就是传说中的老陈啊明天，也不过如此嘛。你是想单打独斗还是全部人一起来?"红灯机器人仍然用不可一世的语气嘲笑大家。"别冲动,老陈啊明天,这家伙真的不好惹。"攻略先走一步,大声喊:"我们选择群体对战!"说完,所有人手持武器,做好了战斗准备。红灯机器人举起那根带灯的铁棍,带有远程兵器的萝社成员和炮塔也纷纷开火,小丘比特掩护4位萝卜回到萝社中心。

　　加了能量块的萝社炮火极为凶猛,万炮齐发,将红灯机器人轰了好几个跟跄。它再次举起带灯的铁棍,铁棍上方的红灯剧烈闪烁起来。灯闪得越来越强烈,大家几乎睁不开眼。突然,从红灯里射出无数红色激光,开始肆意轰炸萝社。大家在激光中躲闪,毫无还手之力。"啊,不好——"一束激光炸到便便身上,正好击中了怪味收藏器。这个便便使用多年的小"腰带"储存了很多臭气,此时臭气顿时全部释放出来。红灯机器人毕竟是机器人,不怕臭气,而其他能呼吸的成员和炮塔可就遭殃了,全部被熏倒在地。只有同为机器人的奶油小泡芙、天生强悍的被子给和

萝社奇遇记

夜月皮丘能抵抗。"我去给没心没肺安上人工心肺！你们俩在这里挡住！"被子给简单交代了两句，就冲向了没心没肺的家。几分钟后，以医术见长的猫猫和进入萝社后便受到无数训练的老陈啊明天也从地上爬了起来。

"要驱走这些臭气，有什么办法吗？"老陈啊明天灵机一动，"风扇？风扇，快醒来！"老陈啊明天摁住风扇的鼻子，将它叫醒，"快，开风，吹开这些臭气！""嗯，好的。"正当风扇忙活的时候，老陈啊明天奔向另外三个已醒的成员："我们不能这样盲目地打击，要想想办法！"

"嗯？这些小菜想干什么？"红灯机器人看着他们摆出的阵式，很不理解。"今天让你见识见识小菜的大肚量！开始！"怒发冲冠的老陈啊明天吼道。奶油小泡芙使劲跳起来，在半空快速旋转。与此同时，猫猫对着奶油小泡芙发射了一束推动电波，将奶油小泡芙超快速射向红灯机器人。"这就是泡芙滚中的终极绝招——空中小泡芙！"奶油小泡芙喊着，击中了红灯机器人的大独眼。奶油小泡芙不知从哪里来的力气，一下子将红灯机器人撞了个270度大后空翻。红灯机器人才刚爬起来，猫猫和夜月皮丘就迅速冲了上去。红灯机器人射出激光，无奈猫猫身手敏捷，激光根本射不中拐着弯跑的它。夜月皮丘一跳而起，竟跳到了红灯机器人带灯铁棒的红灯旁边。她抽出剑，狠狠一扎，红灯爆炸了。猫猫那边战况更激烈，只见猫猫蹲了起来，在红灯机器人身上快速变向攀爬，直到头顶。猫猫伸出尖爪子，一爪击碎红灯机器人头上红灯的防护罩，再使出大招——"十万伏特"，十万伏的电压顿时输进了红灯，灯马上爆炸，猫猫被震了下来，稳稳落地。

此时，被子给和没心没肺赶了过来。没心没肺靠着铁翼起飞，向着红灯机器人发射钛化散砂弹。这种子弹可不一般，一弹就能将红灯机器人打出一个孔，几十弹下去，红灯机器人的身上就多了几十孔。被子给举起一把爆烈枪，对着那几十个孔开火，接着大喝一声，操起大斧一跃而起，向着红灯机器人的腹部一砍，红灯机器人"哎哟"一声，腹部就多出了一条斧痕。

格斗面罩也有50%的防毒作用，火巨龙从地上爬了起来。他一眼便看见了其他已醒成员和红灯机器人交战的场面，自己也不甘示弱，拔出火龙剑，冲了上去，从红灯机器人的脚上慢慢向上爬。有好几次没心没肺的散砂弹都差一点打到火巨龙，使他心惊肉跳。火巨龙的格斗甲虽然坚固，但是钛化散砂弹的威力可不是闹着玩的，轻则打穿盔甲，重则恐怕就要命了呢。终于，火巨龙爬到了红灯机器人被被子给划伤的腹部。嘀，这可是个大重创，这一整块皮都不坚硬了。火巨龙深吸一口气，将火龙剑向那里狠狠一扎！顿时，火龙剑的火气全部快速传到了红灯机器人体内，使其内部机器系统发生紊乱，引起大爆炸！

红灯机器人爆炸产生的烟雾熏醒了所有萝社成员和炮塔，他们清醒了。红灯机器人浑身冒烟，全身受创，但它还是站立起来，哈哈狂笑："哈哈！你们这些小菜还挺有两把刷子。不过，你们以为，我的实力只是如此吗？"说罢，红

萝社奇遇记

灯机器人的眼睛亮起红光,全身立马恢复原样,红灯也补全了,没留下一点伤口,连它的带灯铁棍也完全恢复了。它举起带灯铁棍,上方闪出绿光。伴随着远处的一声"救命",胡萝卜阿波竟被吸了过来,紧紧贴在绿灯上。"你们不是想知道保卫怪物哪儿去了吗?我来告诉你们。"红灯机器人将绿灯向前一指,出现了一个大型虚拟屏幕,显示出这样的画面:老陈啊明天和被子给跳入正确的水坑,保卫怪物转头正想离开,却脚下一滑落入另一个水坑,此时,老陈啊明天见过的几只怪物跑了过来,将保卫怪物从水坑里拖出来,紧紧地捆好,再将他带到一架飞机上,把他运走了。虚拟屏幕关上了。

"我以大脚怪的命担保,这一切都是真的。我先走了,拜拜!"红灯机器人脚下喷出火焰,吸着胡萝卜阿波飞走了。

被子给皱起眉:"那是天际怪物。果然,这件事没那么简单!"

第22集 全民飞机大战

"社长，我请求点兵前往，救回保卫怪物！"被子给道。"嗯，好的，允许点兵出征。希望你能完成任务，也希望你担保成员无死亡回归，还要留一部分兵力来保护萝卜。走吧！"小丘比特拍拍被子给的肩头，一旁的老萝卜阿达欣慰地看着他们。

"大家都在这里面吗？"被子给看着这个点名表。"嗯，没错。你来看看，选谁就在谁后面打钩。"小丘比特递给被子给一支笔。被子给想了想，勾了以下人物：夜月皮丘、被子给、不抽到大天狗不改名、攻略、看不到的、老陈啊明天、奶油小泡芙、没心没肺、猫猫、秋霜汽水、瓶子炮、便便、炸弹星、火箭、飞机、手电筒、水晶。他见没有其他框了，就在下面又写了一个名字"胖萝卜"，然后在后面打了个钩。"什么?! 你居然要带阿呆？"小丘比特感到十分惊讶。"我想用它做诱饵，引怪物入门！"被子给胸有成竹道。"好吧，祝你成功。"小丘比特向门外走去。他突然又回头道："记住，一定要给没心没肺安上人工心肺！"

全体小战士们登上了萝卜岛高速列车。大家特别激动，

萝社奇遇记

尤其是老陈啊明天。终于,他们到站了,大家一拥而下。这个站的名字很奇怪,叫作"战斗机站"。此时已是凌晨5点。"大家快跟我来!"夜月皮丘领着大家向一块大场地走去。哦,原来那里是停机坪,停着各种飞机。"哇,战斗机!"老陈啊明天抚摸着一架飞机。"这里不能飞的人有13个,能飞的有5个。能飞的自己飞,不能飞的坐上战斗机。共坐6架战斗机,每架坐2人,我那一架顺便载上胖萝卜!"夜月皮丘刚安排完,就一把揪住老陈啊明天和胖萝卜,"哎呀,别磨蹭,快走啦!"

所有战斗机轰鸣了几声,就升向了天空。其他会飞的也不甘示弱:没心没肺张开铁翼,攻略撑起蓝伞,秋霜汽水背上的可乐罐开始喷射气体,火箭和飞机点上引擎,大家一起出发了。因为还是凌晨,天色较暗,手电筒射出光束照明。"喂,喂,我是夜月皮丘。请问非战斗机成员有电台吗?有是吧?那就好。大家注意,在飞机里按下紫色按钮即可放出无人僚机助阵抗敌。按下篮球状按钮即可放出副机,其同样是战斗机,需要一人驾驶。明白吗?"夜月皮丘通过无线电台发出指令后,在空中连续做了无数个特技动作。"哎呀,夜月皮球(老陈啊明天太过着急,将夜月皮丘的名字喊错了),飞机上有没有陀螺仪啊?"老陈啊明天晕头转向,不禁大喊。"哈哈,什么陀螺仪,那已经是几百年前的古老玩意了!"夜月皮丘笑了几下,"还有,我不是夜月皮球!"胖萝卜阿呆在后舱边偷偷笑边吃着棒棒糖。

从另一方向飞来了一架战斗机。"嗯?又有一架?先打探打探对方的身份。"夜月皮丘刚想和对方联通电台,那架战斗机就开始向便便和瓶子炮的飞机发射炮弹。"哎呀,糟糕!便便,快拐弯!"瓶子炮大声惊叫。便便慌忙拐弯,躲过了这一攻击。瓶子炮握住战斗机开火键,向那架飞机猛烈开火。可惜那飞机太狡猾,左一拐,右一拐,炮弹竟全部落空。此时,夜月皮丘正在调整飞机高度:"明天,你瞄准敌机,然后开火!"老陈啊明天握住开火器,对着敌机疯狂扫射,却一发也没射中。"唉,明天,你这射击水平……"夜月皮丘还没说完,只见两发飞弹在扫射中击中了敌机,引起爆炸,接着就是势如破竹的连中。"其实还不赖嘛!"夜月皮丘高兴地咕哝着。"噢,击中了?现在是——表演时间!"攻略从伞里抽出一个巨大的蓝色气球皮,向那架飞机扔去。那架敌机马上被气球皮包住。接着,气球皮缝合起来,开始膨大并突然着起火来,瞬间引爆炸,使得敌机立刻解体。一只怪物跳伞逃跑。"没心没肺,抓住它,问情况!"夜月皮丘通过电台命令道。

"是!"

没心没肺飞了过去,对着降落伞发射散砂弹。"哎,没心没肺,是让你抓住它,没让你干掉它!"夜月皮丘急了。"攻击跳伞的士兵是违反战争法的!"老陈啊明天忍不住道。

攻略掏出个小丑盒子,将它打开,里面的小丑脑袋伸得老远,一口咬住了那只怪物。小丑脖子快速缩回,怪物被咬了上来。老陈啊明天一看,那是一只蛋黄鸡。"保卫怪物被你们抓到哪里去了?还有胡萝卜阿波呢?嗯?"攻略质问蛋

萝社奇遇记

黄鸡。"嗯……嗯……天际航队和红灯机器人分头飞走了……一个向西……一个向东……红……灯机器人是……向东……"蛋黄鸡战战兢兢地回答道。"没用!"小丑嘴巴张开,蛋黄鸡掉了下去,落入海中。保卫怪物失踪这件事对攻略的打击确实很大。

"喂,大家听到了吗?这里是夜月皮丘,现在,瓶子炮战斗机、猫猫战斗机和飞机去阻截红灯机器人,其他成员和我一起去对付怪物天际空战队!"夜月皮丘一声令下,航队立刻分成两队各自飞去。

便便、瓶子炮、不抽到大天狗不改名、猫猫、飞机一齐向红灯机器人的方向飞去。从电台里传来夜月皮丘的声音:"喂,红灯机器人分队听见了吗?加速到最大马力追赶红灯机器人,在救回胡萝卜之后立刻赶到我们的地方。由于红灯机器人实力过强,请立刻开启僚机系统和副机系统。完毕。""明白!"便便、不抽到大天狗不改名和飞机一齐回答。嘿,那僚机可真多啊,几十架都有,火力还格外猛,再厉害点的还能射出激光呢。此时,瓶子炮正在研究进入副机的方法。"嘿,发现一个活板门。"瓶子炮拉开活板门,跑入下舱。那分明就是副机的舱室。"瓶子炮请求开启副机!"便便同意。与此同时,猫猫也开启了副机,一场空中激战即将开始。

又飞了一会儿,红灯机器人的身影出现了。大家连忙朝它开火,僚机也纷纷启动,各种炮弹在空中乱飞。红灯机器人本来在飞,忽被猛烈的炮火攻击,惊讶地转过头,发现了便便他们。"哼?你们居然追上来了,厉害,厉害!"红灯机器人将胡萝卜阿波换到另一只手上,将灯改为红灯,向着战斗机们猛烈开火。战斗机特别灵活,避开了一束束激光。"我去救回阿波,你们在这里顶住!"飞机喊道,接着它快速飞过去,绕着红灯机器人疯狂旋转。红灯机器人根本就打不着它。飞机突然俯冲入红灯机器人的掌心内,将阿波载了出来。

"没有必要多纠缠了。你们先走吧!飞机把阿波送到夜月皮丘的战斗机上。我在这里拖住红灯机器人!"不抽到大天狗不改名通过电台通知其他人。"你要是被击落了怎么办?"便便很担心。"别怕!下面是海域。我可是海军指挥官!"不抽到大天狗不改名自豪地笑笑。

猫猫在飞向天际怪物航队时开始祈祷:"第一,希望夜月皮丘他们平安无事;第二,希望不改名平安无事;第三,希望四人组萝社最终战斗飞舰'米米号'快来支援……"

几个小时后,不抽到大天狗不改名和红灯机器人皆负伤累累,筋疲力尽。不抽到大天狗不改名闭上眼,一拉操纵杆:"死就死了!"飞机直直撞向红灯机器人,一声炸响,不抽到大天狗不改名落入了海中。正好附近有个岛,不抽到大天狗不改名游上岛,看了看定位潜水手表:"这里离萝卜岛也不远嘛!不出现鲨鱼沫的话,游回去就行了!"

萝社奇遇记

第23集 大战总航队（一）

一串战斗机排成一个萝卜的形状向西飞去。

"老陈啊明天，发现什么了吗？"夜月皮丘驾驶着战斗机在"萝卜"的最前方带头疾速飞翔。"嗯……云层挡住了，啥都看不见。"老陈啊明天沮丧地放下望远镜，"等等！有了！嗯？是一串同样朝正前方向飞行的战斗机航队！十有八九是怪物航队。"夜月皮丘打开电台："全体听令，快速前进！"

"等等，我试试能不能联通敌方的电台。"夜月皮丘接着联通了敌方最大战斗机的电台。"喂？你想干吗？"敌方的战斗机电台传来一个邪恶的声音。"白云怪绿咪儿！"夜月皮丘吓了一大跳。这只怪物的本事可不一般，它可以变成它见过的各种生物，还能将自己化为一团云雾，连大脚怪都着实佩服它。可惜，绿咪儿从未亲眼见过老陈啊明天、看不到的和章博士，所以暂时无法变成这三人。

绿咪儿在电台里接着道："是想见保卫怪物吗？他就在这儿。"话音刚落，对方电台里传来抢电台的声音，保卫怪物愤怒的声音从对面传来："你们怎么现在才来？"对面电台里传来争吵的声音,绿咪儿继续道:"这家伙,武器被没收了还这么凶,给我狠狠地打他一顿。可能要将攻略也抓来才能让他安静一点(坏笑)……"攻略瞬间被激怒,对着伞上的电台大吼:"你有种给我等着!""或者将他扔进电击室……"这下,连老陈啊明天也暴怒了,一把抢过电台,大喊:"你有种和被子给单打独斗试试!保证打得你满地找牙!"电台里传来被子给愤愤的声音:"就是!"

大家已经被绿咪儿气得七窍生烟,"萝卜"开始"解体",全体战斗机(包括可飞行的人)冲入敌机圈开始发起猛烈的攻击。可惜,一冲进包围圈,敌机便开始疯狂地向大家开火。

没心没肺急速冲入敌机群,用它那无与伦比的方形铁头撞毁了一架敌机。几十架敌机朝没心没肺猛烈开火,它却毫

萝社奇遇记

发无伤:"这家伙为什么打不死?"一只绿丁儿在飞机里发问。没心没肺懒得理它,对着右边的一片战斗机发射钛化散砂弹。"喂,没心没肺,你射偏了!"有三发散砂弹差点儿打着秋霜汽水,"是不是不想要通讯员了!"不管怎样,没心没肺右方的敌机全部被击毁。左方有一架敌机快速驶向没心没肺,想撞死它。"轰"的一声,敌机爆炸,没心没肺在空中翻了好几个跟头,一不小心撞毁了另一架敌机。又一架敌机使出了撒手锏——打开导弹舱,射出了两枚导弹(每架战斗机有两枚导弹,萝社的有三枚导弹)。嘿,说来这怪物也是欠缺智商,这导弹明显是热追踪的嘛,一枚导弹直接炸毁了一架敌机,另一枚导弹则向手电筒战斗机飞去。说来也巧,正好有一架敌机横穿那条轨道想袭击攻略。于是,"轰"——没心没肺俯下身,对着继续追杀自己的敌机开火。不多时,它就消灭了第一批追杀自己的敌军。当然,没心没肺也并非金刚不坏之身,它也被蹭破了一点点铁皮。

攻略那边打得也很厉害,由于他是保卫怪物的朋友,也因为绿咪儿的那一句戏言,攻略便成了敌机攻击的第二目标。攻略见来者众多又气势汹汹,也不废话,拿出一个小丑盒子,咬了一下小丑嘴上的一个金刚球,小丑脑袋开始乱飞,击落了一架架敌机。可是,敌机太多,攻略击毁一架,马上涌上来十架,攻势一波比一波猛。攻略也被打伤了好几处,他赶忙掏自己的小口袋:"模拟手套……不管用;药丸炸弹……不大好;蓝色气球……奇袭和逃跑时才用;三色魔术球……用时太长;万能手表……不错,就它了!"攻略迅速掏出万能手表，手表自动附在了他的手腕上。因为敌机火力凶猛，攻略不得不飞快地逃出了攻击包围圈。他抬起手表，点击电子屏幕上的攻击Ｐ键，加了能量块的万能手表瞬间，将一批敌机击毁。"哼哼，不见得你们有实力对抗我的最终兵器！"攻略见又涌上来几十架敌机想包围他，不敢怠慢，抬起手表，按下疾速Ｓ键，快速向敌机主机飞去，顺便按下攻击Ｐ键向后面穷追不舍的敌机群发难。很快，那几十架敌机就乱成了一团。一些敌机被万能手表击毁，一些敌机敌我不分，自己战成一团。

另一边，秋霜汽水则被八架敌机追得团团转。"可恶，非逼老娘发威不可是吧？"秋霜汽水不跑了，一转身，掏出了一个空可乐瓶，迅速装入火药和液氮。"轰"一声，可乐瓶快速地喷射出去，炸毁了一架敌机。那架敌机又撞毁了另外两架敌机。那两架敌机被撞时误射了导弹，又炸毁了紧跟其后的四架敌机。只剩最后一架敌机追赶秋霜汽水。敌机向她射出子弹，一颗子弹正中秋霜汽水背上的一个喷气可乐瓶，使瓶子爆出气体，秋霜汽水被激得四处乱飞，狼狈不堪。等可乐瓶内的气体散光，秋霜汽水竟然落到了袭击她的那架敌机上。"哼，敢和我斗，这回让你好看！"秋霜汽水已红了眼。她找到敌机发动机的位置，用切割小刀将那个地方的护甲割掉。敌机开始挣扎，秋霜汽水死死拉住机翼不放。她接着向里试探，一刀捅破发动机，敌机随即坠毁，秋霜汽水趁机飞走。这时，从通讯器里传来猫猫的声音："喂，是秋霜汽水吗？这边是猫猫。我们已经赶上战斗机

萝社奇遇记

群，开始进攻了。请立刻通知'米米号'起飞，完毕。"
"嗯，好，保证完成任务。"秋霜汽水微笑着放下通讯器，这也正是她心里所想的。

其他人且不论，来看看夜月皮丘和老陈啊明天。这两人的处境可不妙，因为载了胖萝卜和后来运来的胡萝卜这两道"美食"，他们便理所当然地成了敌机最关注的小目标。但是，夜月皮丘作为空军上将，身手自然不凡。一百多架敌机向夜月皮丘追赶过来，夜月皮丘却应付自如。只见战斗机时而旋转疾冲，时而穿入云层，时而垂直上升，时而向下俯冲。老陈啊明天呢，经历了种种磨难后，他的定力也增强了。而且他一直操控着武器大炮，击中率达80%。但后舱的两个萝卜就不那么强大了，胖萝卜阿呆直接呕吐，阿波却迟迟没找到呕吐袋。

尽管一百多架敌机全被老陈啊明天击毁，但马上又涌上来几十架敌机。"怎么感觉……这敌机根本就打不完啊？"夜月皮丘加速向敌机主机飞去，"我倒要看看这里面有什么蹊跷！"这时，电台里传来水晶的声音："报告，火箭负伤！""快调头回去救火箭吧！"老陈啊明天求道。"不行！""但是，火箭会……""回去的话，后面的敌机会追上来，我们也会一起完蛋！我知道你心善，但是，还得为大家着想！"（老陈啊明天专属惨叫）"嗯，好吧。不过，得先把这些追兵干掉。"夜月皮丘继续向敌机群冲去。"这小家伙，果然有长进。一开始他打起仗来没什么团队意识，现在居然开始担心队友了，真是大有进步。"夜月皮丘满意地想。

终于，火箭也被接入夜月皮丘战斗机的后舱。阿波和阿呆被嘱咐：好好对待火箭，让它在养伤一天后继续出征。同时，阿呆还被告诫不到时候不能吃后舱和副机后舱内的食物（因为考虑到出征时间可能会很长，大家都在自己的主机和副机内塞了食物）。为了方便，夜月皮丘让它们把食物和火箭搬到副机后舱，让阿波和阿呆也坐到副机后舱。安排好这一切后，夜月皮丘便通过电台发出通知，让全体成员一起剿灭所有敌机。随即，全军逼向了敌机主机。

萝社奇遇记

第 24 集 大战总航队（二）

  整个飞行队向敌方主机飞去。这时，敌方主机下方突然射出重重大网，向萝社部队包去。不幸的是，大家猝不及防，竟让它们把被子给驾驶的战斗机和秋霜汽水都给包了去。其他人大怒：哼，被你们罩走了几个兄弟，我们还窝囊什么？几张大网瞬间被如雨点般的炮弹打破。敌方主机一看网被打破，便打开最下方巨大的舱口。"嗯？这些家伙在搞什么名堂？"夜月皮丘正纳闷着，108架精锐战斗机便从舱口迅速飞出。

  要说这108架敌机，也算是一支精锐的飞行队伍了。每架敌机皆武装齐全，武器精良，难以攻破。且先放下另外的107架不论，那精锐飞行部队头领所乘的敌机，萝卜岛人称其为"铁翼鹰"，它用刀枪不入之铁甲制成外皮，其杀伤武器、消音器和发动机也甚是精良。夜月皮丘曾经和"铁翼鹰"交过一次手，平手而归。而这次就不一样了，夜月皮丘等人可是怀着必死的决心前来挑战的。可见，这次必是一场恶战。

  夜月皮丘在电台公布："全体听令！一军先去对付那

107架敌机，我和飞机去迎战'铁翼鹰'！""好的！"大家跃跃欲试。很快，萝社战斗机们排出了一个"豆芽阵"。而敌机们也不含糊，10架敌机疾飞而来。攻略毫不抵抗，将蓝伞转速调到最大，将这10架敌机引至一边缠斗。又过了一会儿，敌方只剩下了一架"铁翼鹰"，萝社这边也只留下了夜月皮丘战斗机和飞机。"老陈啊明天，你要记着，可以扫射，专门攻击'铁翼鹰'，在合适的时候，你要按下导弹发射按钮。知道吗？"夜月皮丘戴上飞行眼镜，对老陈啊明天说。"当然，放心吧！"在这些事情上，老陈啊明天可是从来不含糊。

飞机一马当先，拐着弯向"铁翼鹰"飞去，在空中向它连连发射激光。没想到，好几束光束轰炸到"铁翼鹰"的机身上，它居然毫发无损。"嘿，奇怪了。飞机的配备武器那么厉害，'铁翼鹰'为何可以毫发无损呢？"老陈啊明天不明所以。战斗机一串子弹打过去也没有任何效果。此时，铁翼鹰俯冲而来，穿入云层。夜月皮丘也操控着战斗机在云层中追赶。突然，一串冲击弹射过来，将云雾驱散开，还险些打中战斗机机翼。"好险！"夜月皮丘迅速扎入云层，"铁翼鹰"穷追不舍。老陈啊明天趁机射出两枚导弹。未曾想，没心没肺那边战局已胜，它想来帮夜月皮丘，便一头扎入云里，结果没头没脑地一头撞上了一颗导弹。这颗导弹的爆炸气体甚至把另一颗导弹头给引爆了。没心没肺虽然不怕导弹，但是这次也把它给炸了个晕头转向，辨不出方向了。另一颗导弹的爆炸气浪还误伤了飞机。

> 萝社奇遇记

"不行，这样下去，准得吃大亏。"夜月皮丘调转方向，疾速冲向大军团，"光靠我们无法迎战'铁翼鹰'，必须向大部队求援！"此时，"铁翼鹰"也紧追而来。就在这紧急时刻，火箭在两只萝卜的扶持下慢慢挺起身来，打开副机的瞭望口，瞄准铁翼鹰就是一火箭炮。这一火箭炮可是出乎"铁翼鹰"的意料。一炮飞过去，正中"铁翼鹰"的机前，使它在空中连翻了几个跟斗，全机身冒烟，它还撞毁了一架敌机。"火箭，好样的！"老陈啊明天立刻猜到是火箭干的，连连夸他做得好。

"铁翼鹰"稳住机身，接着居然向夜月皮丘战斗机冲来。"糟了，它想同归于尽！"夜月皮丘不愧为空军上将，迅速躲开。然而，这"铁翼鹰"抽风似的，向瓶子炮战斗机俯冲过去。"可恶的小怪物，吃我一招！"这时，胖萝卜阿呆从副机后舱内探出上半身，将一个棒棒糖投向"铁翼鹰"。说来也怪，这根棒棒糖一击中"铁翼鹰"的机身，"铁翼鹰"马上化为乌有，只剩下一只驾驶它的小怪物向下掉去。"太棒了，阿呆！没心没肺，记住，这次要抓住它！"夜月皮丘欢呼雀跃。老陈啊明天也很高兴，这么难缠的敌人，阿呆竟然能用一颗棒棒糖就将它秒杀了，这是为什么呢？

"喂，是夜月皮丘吗？这里是被子给。你们那儿的情况还好吗？"从飞机电台里传来被子给的声音，听起来还挺激动的。"怎么了？"夜月皮丘等人预感有好事。果然，被子给在电台另一头道："那些怪物把我和奶油小泡芙关了起来。这些家伙不用绳索，偏偏用铁链将我俩捆住。于是，我和泡芙就从监狱里杀了出去，打下了很多个舱室。奶油小泡芙还找回了武器、粮食、电台和秋霜汽水的一堆可乐瓶，只有战斗机被它们销毁了。唯独飞船操作室攻占不下，保卫怪物也不知去向。你们趁着飞船有破绽之时冲进来，我和你们里应外合，打一手漂亮仗！"被子给话音刚落，电台似乎就被抢走了。接着，奶油小泡芙就在另一头发话："夜月皮丘，都下午4点了，也该吃顿饭了吧？"一句话，提醒了夜月皮丘。是呀，弟兄们大战一番，可能早就饿坏了。"现在，各军可以进食了。"夜月皮丘发布号令，火箭和攻略则笑而不语。其实，他们两个外加没心没肺和奶油小泡芙，分别在箭舱、伞柄、容纳室里（当然都得用到微粒魔粉）藏了很多食物，四人的食物存量加起来简直比其他所有人食物存量之和还多300倍呀。只是奶油小泡芙，一顿饭下来不知要吃掉多少。唉，其他人的食量没问题，剩下那70%的食物都是为胖萝卜阿呆和奶油小泡芙这两个"大馋鬼"准备的呀。

　　美餐一顿之后，大家接着在主机周围盘旋。这时，一支怪物侦察航队飞了过来。"哎呀，大家快躲进云里！"夜月皮丘通过电台喊道。全部战斗机立刻躲进云层里，手电筒通过远程光束探察对方的情况："报告！主机打开了下身大口，让敌方巡探机飞回去。"老陈啊明天灵机一动，对夜月皮丘道："嘿，我想，我们可以假装怪物，跟着巡航队伍潜入主机！"夜月皮丘大声喝彩："好！好主意！"她通过电台

萝社奇遇记

下达命令:"全体听令!假装成敌方的巡航机,跟着机队潜入主机。飞机和攻略,暂时进入我的战斗机。没心没肺可以直接飞进主机体内。现在开始行动!"

在战斗机里,攻略和老陈啊明天相遇了。"别愣着,全体战斗机已到达主机内,开始行动!"夜月皮丘在电台里一声喊,将老陈啊明天和攻略从神游中叫醒。"呃?嗯!好的!"老陈啊明天好不容易才完全清醒过来,他迅速从口袋里掏出炮来,再将其装备到腕上,便跳出了机舱。

主机的内部结构很复杂,很难认清道路。周围的一大波怪物发现了闯进来的这几位入侵者,马上从四面八方包围了过来。火箭和飞机护着两只萝卜,猫猫护着飞机群并负责并医疗事务,其他成员和炮塔在包围圈外打得热火朝天。"呼,你们终于来啦。"上空传来一阵声音。接着,隐藏在超高天花板上的被子给和奶油小泡芙跳了下来,和大家一起对敌。"黄黄鸟、飞行小幽、小手掌、绿丁儿、蛋黄鸡。大部分是熟悉的怪物啊!我们和天际怪物早已交过战?"老陈啊明天十分诧异。"奶油小泡芙、没心没肺,你们俩攻击上方的怪物!"夜月皮丘根本没理他。

战斗一直持续到了晚上7点半,在部分小怪物都被剿灭干净了。大家向主控制室进发,火箭和飞机继续保卫着萝卜。"看我的!"炸弹星变身为未来星,一道星光打破驾驶舱的大门。突然,一大片白雾从驾驶室里飞了出来,将瓶子炮吞噬掉了。"救命!救命!救……"瓶子炮的声音逐渐消失了。危急时刻,攻略抽出了一个气球皮,将这团雾吸了进去,包在气球里。气球爆了,一只冰冻的绿咪儿掉了下来。"绿——咪——儿!"大家无比愤怒。火箭在远处一炮炸掉了冰块,老陈啊明天勇敢地跳上去,右手死死拧住它的脖颈,左手用大炮对准绿咪儿的头。一瞬间,全部成员都对准了绿咪儿的要害部位。被子给更是点了绿咪儿专有的"一态穴",让它再不能变身。

"快说!瓶子炮在哪儿?"老陈啊明天大叫。绿咪儿不敢反抗,从嘴里将瓶子炮吐了出来。"快说!保卫怪物呢?"攻略将伞尖对准绿咪儿的肚子叫道。"他……他……""快说!"全体成员的武器离它又近了些。"我说!我说!保卫怪物他……他被紧急飞行部队给带回浮铜园林了……你们还有一个女生……她……""秋霜汽水?她怎么样了?""她……她……她被一群怪物卸下武器……瞅准了下面的一块巨大的带刺礁石……头朝下从主机上扔了下去……"所

萝社奇遇记

有的武器深深刺入绿咪儿的身体，它惨叫一声，倒地身亡。

虽然第一战就干掉了浮铜园林的主将，但是秋霜汽水也牺牲了，没什么好庆祝的了。小丘比特对这次远征的希望也破灭了。此时，老陈啊明天和被子给使了个眼色：是该调节一下大家的心情了。"嘿！大家想想看，伤心有什么用呢？伤心到无法战斗，反而会导致全军覆没。得化悲痛为力量，化心伤为智商！正所谓：古来征战几人回？大家还是想想我们现在该怎么办吧。"老陈啊明天对大家说。被子给也在一旁鼓舞士气。这一唱一和，让大家的激情涌了上来。"嗯，对！""我们伤心也没有用！大家振作起来吧！"

"你们等等哈！"手电筒和奶油小泡芙跑进了驾驶室。过了一小会儿，他们俩走了出来，道："好啦！飞船现在正在自动操作，飞行目的地是浮铜园林，大约能在后天傍晚6点半抵达。现在我们怎么办？""自动驾驶，那再好不过啦！现在是晚上8点一刻，没心没肺、奶油小泡芙，你们俩去消灭这艘飞船上的所有怪物。被子给，帮忙去熟悉一下飞船上的道路，顺便查查有没有起居室，我们可是要在这上面住上两夜呢，其他人跟我来！"夜月皮丘安排好，就带着剩下的人回到了飞机群。

一回来，老陈啊明天就远远看见一群残余的小怪物正在袭击飞机群，但是只有火箭在迎敌。他气急败坏，对着怪物群就开了三炮。老陈啊明天的射击技术现在可谓出神入化，三炮下去，愣是没打到飞机，倒是轰倒了一批小怪物。其余的怪物们接收到"危险信号"，一哄而散，却被奶油小泡芙追上，捉住一只，剩下的全部被灭。"你抓这只阿盔干吗？"攻略很好奇。"老陈啊明天不会认怪物，我给他科普一下。攻略，你顺便抓一只精灵蝠过来。"奶油小泡芙挺精神，"明天，过来一下！看到没，这种戴着外星头盔，持着三叉戟的，叫作阿盔；这种像蝙蝠一样的，叫精灵蝠。有些精灵蝠头上会戴着厨师帽子，记住了吗？"

9点钟，没心没肺从船顶上飞下：

"！净干灭消已物怪部全，告报"

被子给也从上方的一个空桥上跳了下来："报告，路径已打探清楚，我还画了张地图。这个飞船里除了卧室什么都有！""嗯？这样啊！嗯……那么，晚上大家就在战斗机里休息，没有战斗机的凑合着用别人的战斗机，奶油小泡芙和没心没肺值夜班，攻略，你给大家变出点歇息用具来。"夜月皮丘迅速分配好任务。"好——嘞！"攻略双手飞速翻动，居然变出了一大堆枕头。

因为性别的关系，夜月皮丘在主机后舱酣睡，而老陈啊明天在副机后舱和阿波、阿呆和伤员火箭一起歇息。两天之后，一场大战不可避免……

萝社奇遇记

第25集　进攻浮铜园林（一）

第三天中午，全体成员在飞机群中间围坐着用餐。

"幸亏被子给发现了飞船粮食仓库，我们才能获得这么多食物！"瓶子炮举起一杯麦汁欢呼。

"说实在的，怪物的粮库里和萝卜沾边的食物一点也没有，怪不得要攻打萝卜岛呢。"夜月皮丘嚼着一盘绿果冻。

便便端着盘速食萝卜干，一脸黑线地看着大伙："你们没发现，你们在吃的全部都是怪物的食物吗？"

奶油小泡芙疯狂吞着萝卜甜汁夹心糖："那还不是因为什么都没有！除了我带来的这袋萝卜甜汁夹心糖，还有这包辣味萝卜条、萝卜味薯片、萝卜粉夹心威化饼干，就全是速食萝卜干！"

"那只是因为某位又笨又蠢的泡芙，忘记带煮萝卜用的锅！"被子给一边吃奶黄小蛋糕，一边取笑奶油小泡芙。

老陈啊明天渴得冒烟："谁有水？我都快要渴……呼呼……渴死啦！""要不，我把麦汁给你？"瓶子炮乐于助人。

就这样，一个无忧无虑的中午过去了。

下午 5 点 45 分，奶油小泡芙叫来众人："快看！那是怪物群岛中的浮铜园林！我们终于到怪物群岛上空了。"大家纷纷围到飞船窗前，看着远处那浮铜园林的轮廓。

"？呢办么怎，林园铜浮入进想，过不"

没心没肺竟然提出了一个事关紧要的问题。"嗯……这个嘛……没心没肺你就不用担心了，你可以迅速飞到天花板上或可潜伏的地方埋伏。至于我们，总不能一哄而上吧？会被怪物的大军冲散的！"被子给也被难住了。"哈，我知道了！"老陈啊明天一拍手，"易容术！我们把留在飞船上的怪物尸体的皮剥下来，套在我们身上，这样就能不受怀疑地入侵浮铜园林啦！"可是刚说完，他自己就忧心了，"这样会不会有点儿残忍了？""不会！对付这种杀人不眨眼的怪物，不用留情！再说，秋霜汽水的仇还没有报呢！"猫猫摩拳擦掌，"我去剥皮！"

飞船准备在浮铜园林降落。此时大家都披上了怪物皮，老陈啊明天是"绿丁儿"，夜月皮丘是一只"蛋黄鸡"，被子给是"八爪仔"，奶油小泡芙是"小手掌"，瓶子炮是"阿盔"，猫猫是"神兽呆呆"（这只怪物能同时适应天际和冰川的环境），火箭是"黄黄鸟"，攻略是"精灵蝠"（他做了一顶怪物厨师帽，戴在头上。那把小蓝伞被微化，竖立在帽子里供飞行）。阿波和阿呆被"捉住"，"绿丁儿"背上绑着阿波，"阿盔"背上绑着阿呆。至于其他炮塔，躲在飞船的一个秘密逃生通道里，伺机行事。武器和联络电台，全都藏在怪物皮里。在飞船降落之前，所有被剥皮的怪物从飞

萝社奇遇记

船上被扔出去，而没剥皮的则留在原处，代表这里曾经有过一场恶斗。

十几只怪物冲上来迎接归来的"队伍"，"怪物"们从飞船上跳了下来。"哇，你们还抓到了两只萝卜！"一只蛋黄鸡羡慕地喊。"呵呵，那是！可费了我们不少力气呢。""八爪仔"骄傲地回答。"怎么只剩下你们几个回来了？"一只黄黄鸟奇怪地询问。"嗯，我们在飞回来的路上遭到萝社一批人的攻击。他们可真是厉害，击退了红灯机器人又干掉了绿咪儿老大。最后还是他们体力不支，被打退了回去。""蛋黄鸡"也开始扯谎。大家明显感觉到这套怪物皮外衣很不舒服，都跳了一下。还好那些草包怪物没有注意到这些细节。"你们抓到了两个萝卜，真是大大的功劳呀。要不，我们待会儿就去厨房，把这鲜萝卜杀掉炖汤，做蒸萝卜请大家吃？当然，也要分给大脚总部一半。冰峰涧谷就不分了，它们吃不了热的。神林苔塔也不分了，音乐奶那家伙成天只想着做萝卜冰淇淋吃，其实一点都不好吃。再说嘛，萝卜就得做汤，还谈什么高科技嘛……"一只阿盔考虑两只萝卜的问题。"同时也考虑着如何消灭我。""绿丁儿"想。

大家以快速赶向浮铜园林的城市区。"大家先躲到林子里，分配一下任务！""蛋黄鸡"用电台小声道。于是，大家都对那十几只怪物说："我们要去方便一下！"然后全都跑向小树林。"嗯，好，大家都到齐了吧？""蛋黄鸡"确认周围没有监视后说，"现在，来分配一下任务。据了解，浮铜园林共有两个市区和一个主堡垒。'神兽呆呆'，你去飞花市埋伏。'黄黄鸟',你在天空市埋伏。其他成员跟随'精灵蝠'进堡垒。我去找没心没肺,让它接应飞船上的几个炮塔兄弟,在外面配合你们。切记,绝不可轻举妄动!这次的主要目的是救出保卫怪物!在适当的时候扯下怪物皮袭击。'黄黄鸟'和'神兽呆呆',你们俩攻下城后,马上来堡垒增援!""蛋黄鸡"说完奔走而去。大家也奔向自己负责的阵地。

萝社奇遇记

第26集　进攻浮铜园林（二）

　　且先不说其他人，先说说"蛋黄鸡"。

　　"蛋黄鸡"在浮铜园林外四处奔走，整个林子和整个大花园都被它找遍了，就是没有发现没心没肺。"嗯？这家伙能跑哪儿去呀！""蛋黄鸡"心里充满疑惑，但又不能说，这时，它突然想起可以通过电台联络。于是，"蛋黄鸡"凑近电台，小声道："呼叫没心没肺！呼叫没心没肺！"果然，过了一会儿，电台里就传来没心没肺的声音：

　　"？事……唔……么什"

　　"这边是'蛋黄鸡'，你现在在哪儿？"

　　"。了面里躲坑的样一模一己自我和个了挖，里园花在我"

　　"是吗？我也在花园里！"

　　"。上背我在压力压的小大等同你与股一到觉感我在现"

　　"什么？""蛋黄鸡"一提脚，发现自己正踏着一块长方形的铁皮。"嗯……呵……对不起哈。""蛋黄鸡"极为尴尬地移开身子，让没心没肺从土坑里爬出来。

"唔,什么事?"

没心没肺一出坑就宛如脱缰的野马,在上空飞来飞去。"你到飞船的紧急通道出口,和手电筒它们接头!记住,先攻城,再打堡垒!""蛋黄鸡"扔出叉子戳中没心没肺的铁皮,"快点!"

再来说说"神兽呆呆"。

"神兽呆呆"在飞花市里四处乱转。"嗯,怪物可真不少呀!"它小声咕哝着,"有点儿难办呢。""神兽呆呆"在飞花市里四处转悠,"得找一块不容易被怪物包围的地方。"这时,一只飞行小幽飞了过来。"老兄,要泡面吗?"那只飞行小幽问道。原来它是个食品推销员。"什么泡面?""神兽呆呆"假装感兴趣地问。"老陈酸菜牛肉面。""怎么起了这个名字?""萝社多了个老陈啊明天嘛。他一入门就消灭了我们很多的兄弟。好几个大Boss去挑战他都失败了。大家都对他恨得咬牙切齿!于是就起了这个名字。"飞行小幽解释道。"哟,这倒新鲜,欺负老陈啊明天都欺负到头上啦!呵呵,希望堡垒那边不卖这种面。""神兽呆呆"幸灾乐祸地想。

"你想换泡面吗?"飞行小幽接着问。猫猫想到怪物皮里的一筒萝卜味薯片,那是它从奶油小泡芙那里偷来的。"我有罕见的萝卜味薯片,你要吗?""神兽呆呆"假装从兜里掏出萝卜味薯片。飞行小幽一听是萝卜味的,眼睛都亮了。"我拿泡面和你换,行吗?"飞行小幽央求道,"求你啦!"这时,"神兽呆呆"灵机一动,对飞行小幽道:"我不

萝社奇遇记

喜欢吃泡面。不过，你回答我一个问题，我就把薯片给你。请问，在飞花城里，哪里是怪物最少的地方？""那当然是城墙啦！那里没什么好东西，所以几乎没什么怪物！"飞行小幽用很快的语速回答。"很好！这薯片是你的了。""神兽呆呆"挺高兴，觉得自己挺机智，不费吹灰之力就得到了地址。而且，城墙这个地方也适合里应外合。"神兽呆呆"跑到城墙边，立马听见外边杀声震天。"哈，来攻城啦！"

"神兽呆呆"立刻变脸，猫爪子"唰唰"两下撕开了怪物皮，变回猫猫的样子，护着电台跳了出来。

几只守大门的阿盔见到它，嗷嗷叫着冲了过来。猫猫可不想和它们多斗，后爪一蹬，就跳到一只阿盔的头上。"嗷……呀，别抓我的头盔！"猫猫再使劲一蹬，便跳到了城墙上。十只飞行小幽在远处发射鬼气，却一发也没击中猫猫。接着，猫猫灵活地快速爬上城墙，在城墙顶上打倒了好几只八爪仔。"哈，我击倒了八爪仔！"猫猫自找乐子。它快速跑到城门上方，拉起绳子打开城门，嘴里直喊："投降，投降！哈……"飞机喊："猫猫，干得漂亮！"城门打开了，也就没什么好犹豫的了。大家直接攻破了城。没心没肺非常猛，一头撞破城墙。但是它一没心没肺，就忘记了刹车，一路冲撞过去，无数个怪物的房子被撞出一个大洞，直到撞破飞花城另一面的城墙，才停了下来。也不知道没心没肺在想什么，它在飞花城上空盘旋了一圈，还一路发射汽油弹。"嗯？汽油火焰弹不是汽油瓶的专利吗？"手电筒和水晶面面相觑。

不过半晌，飞花城便化为一片火海，此时已是晚上7点30分。"OK！下个目标，天空城！"

再来说说"黄黄鸟"。

"黄黄鸟"在天空城里到处乱飞，却找不到便于下手的地方。"嗯，好吧。只要飞花城被攻破，我马上突袭！""黄黄鸟"对这个小想法很满意。直到7点30分，"黄黄鸟"发现飞花城已是一片火海。"哇！好！是时候了！""黄黄鸟"喊道。周围的怪物都惊讶地看着它。"黄黄鸟"立即撕开怪物皮，变回火箭，腾空而起，向地面发射火箭炮。好几只阿盔向它抛出了叉子，全部击中了火箭的后背，它感觉生疼生疼的，有点儿失力。

正当火箭被无数怪物包围时，没心没肺一头撞破了城墙，余下的炮塔再加上猫猫全都攻了进来，支援火箭撤退。没心没肺见怪物都挤成了一圈，就没心没肺地一头冲过去。这次没心没肺倒是没心没肺对了，这一下冲击特别猛，下层的小怪物全部被撞飞，上面的也掉了下来。这给了火箭一条很好的出路，让它从包围圈中飞了出来。此时，手电筒已经爬到了城墙上。它给猫猫使了个眼色。猫猫会意，按下一个按钮，在城墙后方竖起了无数个巨大的凹透镜。"哇哈哈哈！怪物们，这些是你们自己建的吧？现在就让你们吃点儿苦头！"话音刚落，手电筒就发射出了一束能量极强的光束。这一束光透过凹透镜，开始扩散开来，杀伤力极强的光束瞬间弥漫了整个天空城。"噢！""我什么也看不清了！""救命呀！"怪物们痛苦地叫喊着，连忙逃跑了。"好——

萝社奇遇记

嘞!"手电筒抽出一面折叠旗,将它展开。猫猫一爪子把怪物们的旗帜干倒,换上了萝卜岛的大旗。

接着说说"精灵蝠"带领的一批"终极卧底"。

"精灵蝠"带领一批"怪物"向堡垒的大门行去。"站住!为何擅入重地!"还没进入大门,大家就被10只蛋黄鸡拿叉子拦住了去路。"我们在萝社抓住了两只萝卜,准备进入厨房蒸了它们。看到这顶厨师帽了吗?这个可是任命厨师的标志!""精灵蝠"一直在编谎话。那几只蛋黄鸡被"精灵蝠"给说蒙了,呆呆地给大家让了一条路。"真开心!""小手掌"跳动着前进。"嗯……我可不觉得。胖萝卜,你太重啦!""阿盔"气喘吁吁地前进着。"哈哈,听见没?阿呆,你要减肥啦!""绿丁儿"打了个趣儿。

堡垒里面结构很复杂,大家只好先聚在一起前行。"要打下这个地方,还真是不容易呀!""精灵蝠"巡视四周,"这样吧,我们分成两个梯队前进。我带着'绿丁儿'和'阿盔'还有'小手掌'前往大厨房,其他成员跟着'八爪仔'向堡垒中心扫荡!记住,不到紧急时刻不脱皮!"

"精灵蝠"背着两只萝卜向厨房前进。"哇呼!怪物厨房,应该有不少好吃的吧!""小手掌"不停地流口水。"哎,哎呀,别,别这样!你的口水快流到我身上啦!""阿盔"慌忙躲开口水"瀑布"。"要去厨房,先来看看路标吧。""精灵蝠"看着标记,"从这里开始向前走32米后向东南42度走17米,然后向上走179级台阶。爬杆16米后顺旗杆滑下,在黏液方块上跳74格后跳入水池,向西南方向游199米,不可上浮后用爪沿管道攀爬667米,接着跳进制热机里,在管中蜷缩着爬行……""精灵蝠"给大家讲了整整5萝卜时,"嗯咳!总之,就是一直向前走!"这么简短的总结把除"小手掌"以外的其他人给雷倒了。

大家来到厨房前面的一个金色大厅。在大厅中间,飞着一只巨大的蝙蝠。与精灵蝠不同,这只巨蝠大腹便便,而且四只短腿还夹着一个奇怪的摄魂机。"摄……摄……摄……""阿盔"被吓得话都说不出来了。"向摄魂蝠大人致敬!"还是"精灵蝠"比较冷静。"摄魂蝠是什么?""绿丁儿"小声地通过电台问。"什么?你们遇到摄魂蝠了?"电台那边传来"蛋黄鸡"急切的声音,"它是和绿咪儿齐名的浮铜园林守卫者,属性为分身怪,挑战难度4颗星!""什么?!分身怪?!""绿丁儿"被震惊了。"是的!你们找到保卫怪物了吗?""蛋黄鸡"继续追问。"什——么?没有。""绿丁儿"有点儿蒙。

"喂,你们都在那里干啥呢?"摄魂蝠盯着四人看。"没什么!没什么!它们都在发呆呢。我们抓住了两个大萝卜,多兴奋啊!""精灵蝠"找借口。摄魂蝠打开摄魂机,观察大家。"嗯?不对。我想,你们都是萝社来的奸细!"大家一愣:怎么暴露了?"既然被你看出来了,那就没什么好犹豫的了!""绿丁儿"撕下怪物皮,变回老陈啊明天的样子,然后把大炮放到胯下,按下一个小按钮,整个炮就变成了一个重炮加特林。"要是不把保卫怪物交出来,就让你尝尝超级终极兵器的厉害!"老陈啊明天叫嚣着。其他三人也脱掉

萝社奇遇记

怪物皮，瓶子炮护着两只萝卜，其他人则去围攻摄魂蝠。

摄魂蝠大吼一声，按下摄魂机上的一个按钮，一道金色光束射向攻略。攻略慌忙撑开蓝伞，飞了起来，躲过了这一光束。老陈啊明天使起重炮加特林，无数重炮轰向摄魂蝠，轰击声巨大，浓烟滚滚，摄魂蝠被围在烟雾之中。"这家伙准完蛋了！"老陈啊明天高兴道。

"不一定。"攻略依然担心。果然，才5秒钟，全部烟雾就被吸入摄魂机中。

摄魂蝠大怒："你们胆敢袭击我?!"它按下摄魂机的另一个按钮，四人紧张地静观其变。突然，从摄魂机里钻出一只没有摄魂机的小摄魂蝠，接着是第二只、第三只……四十只小摄魂蝠从摄魂机里爬了出来！"小的们，上！"摄魂蝠一声令下，四十只小摄魂蝠开始进攻。

这回，大家使用了半攻半守的方式：老陈啊明天和瓶子炮掩护着萝卜，奶油小泡芙和攻略主攻。这些小摄魂蝠的能力让大家吃一大惊：它们不仅身手极为敏捷，身体也特别抗打，就像是涂了好几层"防揍霜"。一场激烈的战斗下来，只有两只小摄魂蝠被奶油小泡芙压死了，其余的都还在猛烈进攻。左一冲，右一突，竟真被它们找到了几次冲入防御圈的好机会。它们是不知道累的，一直在进攻。连阿波都在混乱中被咬了一口，痛得直哭。

摄魂蝠又连续按下了生产小摄魂蝠的按钮："你们完了！"此时，大厅上方的玻璃窗户突然破碎。从空气中传来一个渐强的声音："大家好！我又回来了！""看不到的！你去哪儿啦？从占领飞船开始就没有听到过你的声音！"大家异常激动。原来，看不到的误入了飞船上的一个房间，他没有出声，自己还在里边看着什么，结果回头一看，门已经被被子给在外面反锁上了。于是，他就在房间里一直待到大家下飞船。在这段时间里，他误喝了一个魔力瓶中的药水，获得了一个魔法：穿透术。于是，它从飞船里出来了，还和被子给他们会合了。被子给他们说，保卫怪物已被送至黄沙基筑，让大家做好撤离准备。

看不到的来得正好，他一脚踢在了摄魂蝠的前额，摄魂蝠闷哼一声，坠到地上。摄魂机掉到地上，继续工作着。已有两只小摄魂蝠爬出来了。"奶油小泡芙！趁小摄魂蝠还没多起来，击毁摄魂机！"老陈啊明天喊道。"好的！"奶油小泡芙一道夸克波发射过去，就摧毁了摄魂机。"老陈啊明天、奶油小泡芙！你们俩爬到大灯上面，底下让我们来应付！"攻略喊道。老陈啊明天将大炮装备在右手上，爬到天花板上，他一只手死死抓住一个曲铁棒，一只手向地面开炮。攻略掏出一个气球皮，将所有小摄魂蝠吸入并包了起来。此时，老陈啊明天和奶油小泡芙都已爬到了拴着巨型石头的大吊灯上。没想到，这个吊灯承受不了奶油小泡芙的重量，竟然掉下去了！灯下面刚好是被暂时踢晕的摄魂蝠，地板被大灯砸破，一人一机一怪一吊灯一起向下落去……

由于系统探测到了摄魂蝠，于是下面的防空设置将全部绿灯打开。终于，大家坠落到了尽头。

尽头这里真大啊。"哇，这可真是刺激！"老陈啊明天

萝社奇遇记

惊呆了,"这儿全部是炸药!""呼,够刺激!"奶油小泡芙抚摸着一箱炸药,"用这些炸药炸了浮铜园林就简单多啦。"这时,吊灯下面传来一声狂叫,接着,摄魂蝠从吊灯底下爬了出来。"你们……你们休想炸掉这里!我要将你们碎……尸……万……段!!"摄魂蝠暴吼着,挣扎着飞起来了一点。"哎呀,小心!"老陈啊明天大喊。"嘿嘿,你可别想糊弄我……"摄魂蝠还没说完,一口巨大的锅就坠了下来,一下子将摄魂蝠罩住。"不是提醒过你嘛。"老陈啊明天一脸黑线。

奶油小泡芙掏出一大堆油炸萝卜干,摊在那个大锅旁边。"什么?!你居然还有私藏?这些是要油炸才能吃的!"老陈啊明天可不乐意了。"对啊,这些是炸着吃的啊。我这不是准备炸萝卜干吗?"奶油小泡芙抽出一根火柴,"炸萝卜啰!"老陈啊明天无力反驳:"这个炸(zhá)不是炸(zhà),炸(zhá)是炸(zhá),炸(zhà)是炸(zhà),但炸(zhá)不是炸(zhà)。如果炸(zhà),那锅会被炸(zhà)……""我可不管那么多!"奶油小泡芙擦燃火柴,开始点火。

"呃……那我们俩躲在哪里呢?"炸弹的引线慢慢燃烧起来,老陈啊明天问奶油小泡芙。"嗯,是哦!"奶油小泡芙挠挠天线。"这个地方只有……只有……嗨,我知道了!"老陈啊明天指向大锅,"我们躲到那个里面去!"两人使劲抬起了锅,奶油小泡芙还把锅盖盖上了。

"哎呀,摄魂蝠还在锅里!"老陈啊明天看到了锅里昏迷的摄魂蝠,发现摄魂蝠未完全闭上的眼睛正凶恶地盯着他。"看我的社会摇!"奶油小泡芙开始在锅里乱蹦乱跳。

"要不要把它扔出去?"老陈啊明天指着昏昏沉沉的摄魂蝠问。"没时间了!炸……"奶油小泡芙还没说完,炸弹就开始爆炸了。炸弹是有引导性的,一个炸弹炸了,其他炸弹也会随之爆炸。有些炸弹被气浪掀到很高时才会爆炸。被了给一行人有的使用弹射逃生舱,有的使用降落伞,都已安全降落到陆地上。"好啦,我们来清点一下人数!"夜月皮丘开始点名,"1——2——3——怎么还少了两个?""报告,是老陈啊明天和奶油小泡芙!"瓶子炮大声回答。"他们俩……掉到浮铜园林的炸弹厂里去了。这次炸弹肯定是他们引爆的。他们不会被炸死了吧!"炸弹星非常忧心。"快看!"猫猫指着天空大喊。大家抬头一望,一口巨大的锅从天上掉了下来,一下子砸在被子给身上。这时,锅盖被掀开了,灰头土脸的摄魂蝠被扔了出来。紧接着,老陈啊明天和奶油小泡芙爬了出来。"耶!"大家惊喜地叫道。而被子给却说:"谁来救救我……"

经过6集的艰苦战斗,怪物群岛之浮铜园林被毁灭。阵亡一名成员:秋霜汽水。

萝社奇遇记

第27集　千里走单骑

"呼……哈……"大家在沙漠里缓缓地前进着。现在大家的处境确实非常不妙,所有的物资都在浮铜园林给炸光了,再加上已经在怪物群岛的最炎热处——沙漠炎岛上走了整整五天,大家都又累又饿又渴。除了被子给、奶油小泡芙和没心没肺依然精神抖擞,其他人都精神萎靡,基本走不动了。"才上午10点你们就走不动了?"被子给露出嫌弃的神情。"你可是陆地上的活坦克,当然厉害了。我是专打空战的,当然没有你厉害啦。"夜月皮丘辩解道。"不要嫌累!我们的目标可是救出保卫怪物,难道要轻言放弃吗?"来猜猜这句话是谁说的?被子给?哈,不对!是老陈啊明天说的。

又前行了很久,直到下午3点30分。"嘿呀……不行了,我实在走不动了……"猫猫首先趴倒。"唔……人没有水只能活三天左右……现在我们没水,还连续在沙漠中走了一天一夜,简直是奇迹了……"老陈啊明天直接蹲下。

"嗯……你们都怎么了?"

"嗯……你们都怎么了?"

攻略、被子给、奶油小泡芙、没心没肺一齐问。"我们……走不……动了……"其他人一齐回答。"嘿……唔……我们好像忘了,我这伞里面还有很多食物和水呢!"攻略降落下来,把食物都掏出来放大。大家已经饥渴一天了,食物一放大,大家便一拥而上,开始抢食。只有老陈啊明天默默地蹲在一旁,等到大家吃饱喝足了,他才冲过来,把剩下的食物几乎扫光。

有了食物,大家也就有力气了,一直走到了晚上7点。"为什么还没有到达黄沙基筑啊?"看不到的开始抱怨。"大家小心,沙漠应该有蛇!"夜月皮丘根本就没有理看不到的。"要不,我们先在这里扎营,休息一个晚上?"攻略马上从伞柄里抽出三顶帐篷。"好,暂且在这儿休息一晚。奶油小泡芙和没心没肺,你们俩放哨!""好!我们就这样,

萝社奇遇记

反正沙漠的晚上也很危险。"被子给安排道,"前半夜奶油小泡芙和没心没肺值班,后半夜我和老陈啊明天值班,行吧?""好!"大家都喊了起来。"最后是帐篷分配。绿色头那顶帐篷男生住,黄色头那顶帐篷女生住,白色头那顶帐篷炮塔住。奶油小泡芙算男生,没心没肺算女生。行不?看不到的,你算什么呢?"老陈啊明天也来做安排。"我当然算男生啦!"这话听上去很生气的样子。

"好,那咱们就这样了!"被子给拍板,"现在是晚上7点15分,我们先在原地休息,8点30分全体歇息。到25点时换班,好不好?""好!"老陈啊明天叫得最大声。被子给蹲在沙堆上:"攻略,把床铺和被子拿出来,放到帐篷里。还有,把探险式超精细望远镜拿来,我侦察一下。"被子给举起望远镜远眺着,发现了远处的一堵大城墙,上面有一块大牌子,上面写着:接下来是黄沙基筑主堡垒的管辖范围。"哎呀,太棒啦!那里就是黄沙基筑管辖区的城墙!"被子给高兴得大叫,"兄弟们,太棒了!我们计划有变!25点后,再休息到2点,然后从我们的营地准时出发!"奶油小泡芙不太愿意:"不用吧?晚点出发不是也可以吗?""别这样说!搞夜袭最容易攻陷黄沙基筑的主堡垒!"老陈啊明天瞪了奶油小泡芙一眼。

"好的,就这样定了!"被子给确认,"全体自由解散,在8点30分之前回到原地!"

第28集 飞鸟千里不敢来

凌晨2点半，好多个小黑点儿潜至黄沙基筑大城墙的墙口。

"报告，城墙上有警卫，我们不太好动手！"手电筒发现了城墙上的几只红卷卷。"要不这样吧，我们还有一招！"被子给小声指挥，"奶油小泡芙，还记得之前在萝卜漠的战斗吗？你可以挖地道从下面过去！"奶油小泡芙双手一挥："OK！"于是，它便开始疯狂挖地洞，其他人在后面跟着走。

奶油小泡芙挖出了一个上地的洞，大家全部爬了上去。

"哈，空气真清新！"

没心没肺果然是没心没肺。"仙人掌群？"夜月皮丘感到奇怪。的确，周围有一大波仙人掌。"注意！它们很可能就是怪物！"被子给特别谨慎。果然，那些仙人掌全部露出了嘴脸，冲向大家。那么多强大的怪物，再加上大家睡眠不够，很难获得胜利。"大家准备突围！向城墙跑！爬上墙攻击！"被子给喊道。"那……我来负责背后阻挡！"老陈啊明天同意道。于是，就有了这样一幅画面：被子给带头冲向城墙，而老陈啊明天气喘吁吁地在后面抵抗怪物的攻击。"被

萝社奇遇记

子给,你们好了没有?我快要挡不住啦!"老陈啊明天已经汗流浃背,而仙人掌却冲锋得越来越凶。"好了!"猫猫抛出一根绳子,被子给轻轻一提,就把老陈啊明天给提了上来。

看来,这次夜袭是无法成功啦。

"现在怎么办?"大家从城墙上逃了出去,商议着对策。"要不,就不采用其他计策了。"被子给拍手,"我们直接攻城!""好的!""完全同意!""万岁!""终于能打场痛快仗了!"在浮铜园林,战斗欲望被憋了那么久,到现在终于要爆发出来了,大家都跃跃欲试。

"那么,"夜月皮丘宣布,"我们分成四个支队吧。每个支队负责一堵墙,这样就能把黄沙基筑给围住了。老陈啊明天、被子给、奶油小泡芙、没心没肺一组,打刚才的那个东墙。攻略、我、看不到的一组,打西墙。猫猫、便便、火箭、飞机一组,打南墙。瓶子炮、炸弹星、手电筒、水晶一组,去攻击北墙。开始行动!"

"唉,又回到这堵墙来了。"老陈啊明天望着这堵墙,有点儿望而却步,"那些仙人掌会不会还在里边呢?""不用怕!老陈啊明天,你趴在没心

没肺背上，飞过仙人掌。那些仙人掌让我和奶油小泡芙来搞定！"被子给安慰他。

"没心没肺，起飞！"老陈啊明天准备齐全。

"！的好"

没心没肺起飞了。"没心没肺，听着。把我扔到那栋上面有花绿色烟囱的怪物屋子里去！"

"……？栋那？栋那？栋那"

"不是！也不是！（烦）嗯！是的！"老陈啊明天被甩了下去。唉，没心没肺投射的地方还是有点儿偏了，对面是那花绿色烟囱没错，但是，前面竟然还隔着一堵墙！"这一下肯定很疼。"老陈啊明天刚想完，这堵墙竟然被撞破了！原来，老陈啊明天很不自觉地把大炮撑在头前，而大炮又坚硬无比，自然将墙给撞破了。"嘿，这样就好啦！"老陈啊明天高兴了。他从烟囱里爬进去。"果然，所有的烟囱都是连通的！"他心里暗喜。"全体注意！如果在城中发现喷出大团烟雾的烟囱，跟着它们走！"老陈啊明天拾起通讯器发令。

"什么？得加快攻击了！"负责其余三面墙的成员们都着急了，开始猛烈攻击。西墙：攻略掏出一个魔术球。"掘地球，出动！"他喊道。这个球快速钻入地下，在城墙下的地基乱挖。才不到一分钟，西墙就垮了。南墙：猫猫爬上墙，把上面的红卷卷全部推了下来。火箭和飞机在下面凶猛地轰击，不一会儿就炸出来了无数个大缺口。北墙：平时就暴力的炸弹星当然不会太温柔，它召唤瓶子炮，一齐把城门

147

萝社奇遇记

给炸开。所有人从四面八方一齐逼向黄沙基筑。

在离黄沙基筑还剩 50 萝卜里时,大家躲在草丛里观察情况。"现在,我们就差老陈啊明天没到了。"夜月皮丘有点儿担心。这时,从下水道井盖下传来个声音:"我来啦!"接着,老陈啊明天从井盖下面爬了出来。"啊!你的脸怎么黑了那么多?"奶油小泡芙吓了一大跳。"嘿嘿,在烟囱里被熏黑了……"老陈啊明天有点儿不好意思。

"那,我们该怎么进入黄沙基筑呢?"猫猫举着望远镜,"那里戒备森严。"这时,被子给看着老陈啊明天爬出来的那个下水道,面露微笑:"我有个好法子。"

第29集 随风满地石乱走

"哎呀！""噢！""别怕，大家慢慢来！""不，我是猫，我怕水！""猫猫，你别装。""看！你都叫我猫了！""你……你……有种！""老陈啊明天，别让你的大炮进水！""看来沙漠里为数不多的有水的地方，就是下水道了。""但是这些水又不能喝！"大家在下水道里乱成了一锅粥。

走了好一会儿，大家发现一个牌子，上面写着：再向前便是黄沙基筑。"下水道哪儿来的牌子？"被子给感到很疑惑。这时，从旁边闪出来一只无壳蜗。"我是负责守卫黄沙基筑下水道的，你们是谁？"它凶恶地大喊。"我……我们是负责打扫下水道的！"被子给边说谎边向猫猫使眼色。"不对，我看你们就是萝社来偷袭的！"无壳蜗刚举起哨子，猫猫就绕到了它的背后："十万伏特！"这只无壳蜗瞬间被电倒。"呼，真是危险。连下水道都有守卫。"老陈啊明天舒了口气。

在黄沙基筑外，一个下水道的井盖被掀开，大家一个接一个爬了上来。"这里是哪儿？"平时就是个路痴的水晶更不熟悉路了。"嗯，这里应该是护城河。可能是因为干涸

萝社奇遇记

了，于是这里就变成了……"被子给还没说完，大家就一起喊："陷阱池！"才说完，远处飞来几支飞镖，直飞向奶油小泡芙。它也不躲避，飞镖射到它身上一点儿用都没有。"发生了什么？"它还装作一脸傻样。

"现在，只能通过爬墙进入黄沙基筑了。小心机关！"被子给召令大家开始爬。还好，一路上没有遇到机关。"OK，我们终于到地上来了！接下来就是怎么进入堡垒的问题了。"夜月皮丘缓了口气。此时，天上飞来了好几只飞行眼。"我……的……个……天……哪……"老陈啊明天和便便多少对这种怪物有些忌惮，看到又来了那么多只，脸都绿了。"别怕！我们有那么多人，还怕几只小小的怪物吗？"被子给倒是不怕这些飞行眼，命令大家回身进攻。有句俗语说：闪电喜欢在同一个地方劈两次。这句话用在便便身上可真的是恰到好处。在这场战斗中，便便可算真的倒霉，又被飞行眼给轰击到了。"什……么？"老陈啊明天连忙扶起便便，慢慢向后撤退。

突然，好几行尖角从地下钻了出来，径直冲向大家。"不好！独角青青！"老陈啊明天才刚喊完，一只尖角就将他撞倒。那只尖角飞速地直直扎向老陈啊明天的后脑勺！就在这一刻，他的左手不自觉地向后伸，一下子抓住了那只尖角。老陈啊明天一伸颈，就把这只独角青青拔了出来。"该死的家伙，走你！"老陈啊明天一下子把这只独角青青甩出去老远。

"沙漠真危险！"老陈啊明天倒吸一口凉气。被子给耸耸肩。

"吃我一头！"

"受我一撞！"

"接招！"

"哎呦喂！"

另一边，奶油小泡芙和没心没肺已经开始攻击城墙了。"终于撞出一个口来了！"奶油小泡芙挺高兴。"大家快看啊！"此时，猫猫惊叫起来。大家一回头，就看见一个相当恐怖的场景：天上飞来了不可计数的像小型无尾直升机的紫色怪物，地上也冲来了无数只狂球蛋。危险一下子降临了。

"你们赶快进入黄沙基筑，我和没心没肺在外面挡着！"猫猫把老陈啊明天一下子扔到堡垒里面去。"你们在外面顶着，安全吗？"夜月皮丘很担心。"没事的，我们能行！"猫猫早就想在夜月皮丘面前表现了，拉着没心没肺就向外面冲，其他人一个一个地爬进堡垒，阿波和阿呆当然获得了先进入的特权。

"没心没肺，准备好了吗？"猫猫转头问道。

"当然！"

"那就准备开战吧！"猫猫开始在双爪上集合高压电。"开始进攻！"猫猫大喊。没心没肺向上飞去，换上了连发的爆破弹。"嗖嗖嗖"就是二十弹，炸飞了一大片狂球蛋。

"接招，紫飞机！"

没心没肺一头向紫飞机群冲去，一下冲垮了几十只紫飞机。剩下的紫飞机开始疯狂向没心没肺发射超级爆弹。"没

萝社奇遇记

心没肺，小心！"猫猫大喊。没心没肺心都没有，怎么小心？它刚要继续进攻，就被好几发超级爆弹击中，全身冒烟，坠落到地上。"没心没肺？没心没肺？"猫猫赶紧跑过去，边攻击狂球蛋边检查，"嗯，核心还在动，还有救……"猫猫还没说完，无数发超级爆弹飞来的声音就把它吓得跑了老远。天上无数超级爆弹飞向没心没肺，只听见一声巨响，看见浓浓黑烟。猫猫再跑过去一看，没心没肺全身已被炸烂，核心也被炸得粉碎。这个核心就相当于没心没肺的大脑。大脑被炸得粉碎，没心没肺就此阵亡。

"啊啊啊！你们欺人太甚！狂电风暴！"猫猫此时已经开始发飙。在浮铜园林失去了秋霜汽水这个好姐妹，在黄沙基筑又没了没心没肺这位得力干将，让猫猫怎么能忍受？这一招"狂电风暴"可是猫猫的终极必杀技，一下子电闪雷鸣，无数的小怪物在狂怒爆电中被击杀。不过这一下，也把猫猫的雷电能量几乎耗尽，而天上剩余的少数紫飞机则向猫猫不停地发射超级爆弹。"哎呀，救命呀！"猫猫使尽毕生气力，一路狂奔，终于也从小洞钻入了黄沙基筑的墙，并将小洞死死地封住。

"呦，猫猫，你终于回来了！"被子给一见猫猫，马上站起身来。"没心没肺呢？"奶油小泡芙的食物库"咕咕"叫着。"没心没肺……它……被紫飞机给炸死了……"猫猫哽咽着。一瞬间，大家都沉默了。"我们要振作！还得救回保卫怪物呢！"奶油小泡芙立起身来。"对呀！正所谓：醉卧沙场君莫笑，古来征战几人回？"老陈啊明天附和着。

"也是,我们出发吧!"被子给立刻充当领队。

"小心点儿,我们似乎已经步入黄沙基筑内部了!"被子给点亮一路的壁灯,大家一起向下面走去。"有一扇门,被锁住了。"夜月皮丘敲了敲一堵硫黄门。"我来把它撞开。"奶油小泡芙做好了滚的准备。"小心,说不定门后面有怪物呢?没心没肺不在了,可没有人救得了你!"看不到的忙拉住奶油小泡芙。"那你说怎么办?"奶油小泡芙被制止了,有些不快。"我不是学会了穿透术嘛。我先把头穿过去,看一下是什么情况。"看不到的提议。奶油小泡芙一想,这也是个方法,就接受了。

看不到的往里面看了一会儿,把头缩回来,道:"不行,门后面是超级大深谷,根本就不可能去到对面。""猫猫,你不是有推动电波吗?先把这个硫黄门炸开,你再一个一个地把大家运过去,不就成了吗?"老陈啊明天提议。"不行啊!第一,这是特殊硫黄,只要被破坏就会冒出毒气。第二,我在对抗狂球蛋和紫飞机的时候,耗费能量太多,还要过一会儿才能恢复。"猫猫很是为难。"让我来吧!我可以飞起来。还有,我可以吸走毒气,反正我也不怕毒。"奶油小泡芙伸展着磁悬浮手臂。"快撞!"被子给一脚踢在奶油小泡芙背上。

"大家准备好,我要撞啦!"奶油小泡芙做好了撞击的准备,"我可能没有那么快能启动吸毒器,攻略,我撞时你拿气球吸掉毒气!""那样的话,还不如全程让我负责呢。"攻略嘟囔着。

萝社奇遇记

奶油小泡芙一下子就撞开了门，攻略把毒气收进气球里。"火箭、飞机、攻略你们三个，自己飞过去。剩下的到我背上来，我带你们飞过去！"奶油小泡芙张开双翼和喷射器。"平时没见过你飞呀？"老陈啊明天有点儿疑惑。"呵呵，因为飞很耗能量，我又不是无尽能源瓶，会用完的……"奶油小泡芙踢踢腿。

"飞喽！"奶油小泡芙起飞了，攻略等三人也跟了上来。"快到站了，大家准备下机！"奶油小泡芙高兴过了头。谁知，从深渊底飞来一条绷带，缠住了奶油小泡芙的机翼。"什么……鬼……"奶油小泡芙拼命挣扎，却还是被绷带拽了下去。剩下三人一看不妙，刚要逃走，也被几条绷带拽了下去。

终于，大家都来到了悬崖底。"这里是哪儿？"奶油小泡芙立起身。"不知道啊……"被子给也一头雾水。"大家看啊！"老陈啊明天叫起来。大家抬头一看，居然是好几十个怪物巢，每个巢上还放着一个怪物蛋。"难道，这是个怪物蛋的……小育儿所？怎么一只怪物都没看到？"夜月皮丘也疑惑着。"嘿，这个是什么？"猫猫指着一个大台问。被子给凑近一看，上面两边分别有一个怪物蛋，而中间竟然绑着一只正在挣扎的从未见过的炮塔！

"你是谁？"火箭将绳索解开，问那只新炮塔。"我叫导弹，以前是萝社的一个炮塔，结果在一次战斗中，我和炮塔兄弟拳套都被怪物俘虏了，现在这些蛋快要孵化了，准备拿我当怪物宝宝的食物呢。"导弹回答。"什……什么！你是导弹?"火箭突然变得异常激动。"你,感觉你也特别眼熟呢……"导弹的眼睛也发出了光。"天哪!呜呜呜……我的好哥哥啊!你怎么被困在这里了啊!呜……"火箭居然抱着导弹哭了起来。

"那拳套兄弟在哪儿呢?"火箭忙着追问。"拳套嘛,它被逼着在那个房间里喂刚出生的怪物宝宝吃奶呢。"导弹指着一个黄色门。"你们还有兄弟吗?我们为什么不知道呢?"被子给问。"萝社本来就是炮塔比成员早出现。除了它们俩,还有几个兄弟,毒气桶、正电极、负电极、雷达、雪球、飞镖、毒气瓶。它们在其他地方被俘虏了。"火箭解释道。

"大家要小心,这些小怪物估计不久后就会孵化出来了!"导弹提醒大家。"我有办法了!先去把拳套给放出来吧。"夜月皮丘眼睛一转。"那好!不用麻烦你们了,让我来!"导弹发射出了一颗绿色导弹。那颗导弹笔直地射向黄色大门,"轰"一声,门被炸破了。奶油小泡芙走过去,捡起一块碎片道:"这是宇宙硒!"大家瞬间被惊呆了:导弹没有能量块,但是其战斗力就像加了能量块的炸弹星一样强。不,更强。如果给导弹也加上能量块的话,那不知道它都强到哪里去了!

"拳套?拳套?你在里面吗?"导弹摸索着进入育儿处。"哎呦,我的小祖宗,乖乖,别哭啦!"里面传来了拳套的劝说声和一些小怪物的哭声。"拳套!拳套!"导弹喊着,跑进了房间里边。只见那个育儿室里灯火通明,好多张床上

萝社奇遇记

面都躺着三四只小怪物。在更里边,一个仓库放着饼干,另一个仓库放着奶瓶和奶。"呦,导弹!你不是被带去当怪物宝宝出生的第一餐了吗?你逃出来啦?"拳套正抱着一只红卷卷宝宝,给它喂奶喝,听见导弹的叫声,连忙抬起头来。"不只是我,我还见到了一大群萝社的新朋友!"导弹让开身子,老陈啊明天带头走了进来。"哇!你们能带我逃出去吗?"拳套满心欢喜。"不行呀!火箭和飞机载不了人,攻略的伞也坏掉了,猫猫的能量还要充很久,奶油小泡芙的翅膀坏了,其他人又不会飞。怎么办呢?"老陈啊明天为难着。

"哇哇哇——"其他小怪物一看没有奶喝,开始哇哇大哭。"好啦,小乖乖,每个都有吃的……"拳套赶紧去喂小怪物们,"看来大家现在也走不了了,不如帮我喂喂这些小怪物们吧!"这一下,大家瞬间忙了起来。老陈啊明天分到一只灵魂猫宝宝。

"哇——我要吃饼干!哇——"它大哭不止。"好好好,我给你吃饼干——"老陈啊明天可过了一下"保姆瘾",给它拿了100多块饼干,小灵魂猫才吃饱了。"我要喝奶!"小灵魂猫又叫起来,老陈啊明天一想到之前自己差一点被灵魂猫干掉,就感到很不爽。但他还是给这只小怪物喂奶喝。

这些小怪物们还挺乖,吃饱喝足后就开始呼呼大睡了。

"呼，终于睡着了。"拳套帮一只独角青青宝宝摇摇篮，舒了口气。"现在我们要干什么？"被子给给一只独角布宝宝塞上了奶嘴。这时，外面传来了怪物的喊叫声："给准备出生的木乃娃宝宝和绷带猫宝宝的食物去哪里啦？"接着，育儿室的门被推开，两只怪物走了进来。一只像一头熊一样，独眼，嘴巴张得大大的。另外一只就像一只扁扁的黄色猫，一只眼被海盗眼罩遮住，还持着一把奇怪的小枪。"大嘴熊！野狼猫！"夜月皮丘小声咕哝。"大嘴熊，吃我一拳！"拳套跳上去，一拳把那只大嘴熊打得头晕眼花。"拳套，你居然敢造反？"野狼猫朝着拳套就是一枪。枪里发射出一颗砂弹，直飞向拳套。危急之时，拳套又是一拳冲去，击破了砂弹，还把这只野狼猫打得满头星星。被子给趁机跑过去抓获了它："在这儿好好看着宝宝，我们出去一趟！"

"大家都说木乃娃很牛，那都是瞎编。沙漠最强的其实是紫飞机和绷带猫。"拳套边走边解释。"绷带猫到底是谁？"老陈啊明天问。"它是一只超强怪物，属性为分身怪！"导弹打了个哆嗦，"你们刚才不是说过，你们炸掉浮铜园林，摄魂蝠差点儿把大家整死吗？这绷带猫在分身五怪组中排行老二，而摄魂蝠只能算是老四。它在战斗力和防御力上都和摄魂蝠不是一个层次的！"此言一出，众人哗然。

突然，从远处飞来两条绷带，直直插入地里。接着，绷带另一头的一只东西从天而降，落到了大家面前。只见来者几乎全身缠着绷带，只剩下一双黑色的尖耳朵、一只发着黄光的猫眼、一张大嘴巴露在外面，肚皮处还发出几束黄光。

萝社奇遇记

"绷带猫!"大家惊叫起来。"是的,我就是绷带猫,喵。听说你们炸毁了浮铜园林,佩服佩服。但是,我这儿有两个不幸的消息:一是保卫怪物已被传至鼹鼠要塞,别想在这儿找到他;二是既然不肯成为奴隶,你们一个也别想逃出去了!全都在这里死翘翘吧!"绷带猫眼睛露出凶光。"那好,反正也逃不掉了,我们就和你一拼到底!"老陈啊明天大声喊道,"开——战!"

奶油小泡芙一马当先,缩成一个大球,疾速向绷带猫滚去。这绷带猫实力也非同一般,手一甩,一条绷带就飞出去了。绷带碰到奶油小泡芙,立刻快速将其捆绑起来,奶油小泡芙很快就被卷成了个木乃伊球。绷带猫再一用力,奶油小泡芙就被提起,在崖壁、地面上疯狂滑行,好多墙岩被撞破了。绷带猫再一甩,奶油小泡芙就飞了出去,重重地落到地上。

所有炮塔向绷带猫一齐开火。"舒服,这是在给我按摩吗,喵?"绷带猫一副若无其事的样子,"不过,你们也真是够烦人的!"拳套跳了上来,向绷带猫打出好几拳。"哈,够了!"绷带猫一拽肚皮上的一条绷带,肚皮上的绷带里就跳出了80只小绷带猫,比摄魂蝠产40个小怪物要可怕多了。"小的们,专门对付那些炮塔,我来和这些萝社的成员玩玩!"绷带猫叫道。

"吃我一招!"阿呆又扔出一根棒棒糖,结果被绷带猫躲过了。"阿呆,你还有糖吗?"被子给问。"没,没有了,我出门一般只带两根棒棒糖,有一根用来对付'铁翼鹰'

了……"胖萝卜阿呆后悔地垂下了头。"还不来受死？"绷带猫在前面大声叫嚣。

夜月皮丘一跃冲去，拔出剑来向绷带猫刺去。绷带猫疾速甩出一条绷带，将剑拴住然后甩飞。夜月皮丘见这招不成，又抽出离子枪，准备向绷带猫发射。可是，她按下发射器时却发现，这把离子枪居然没能量了！绷带猫趁此时机，飞出两条绷带，分别从两侧夹住夜月皮丘的腰，还插入了崖壁。它再一使劲，一大块岩石就被拔了出来。后背贴着岩石的夜月皮丘很倒霉，和巨石一起直接撞到了另一边的崖壁上，被撞成了一个"丘平板"。

攻略的伞虽然飞行模式坏了，但其他模式还是有的。只见他从伞里抽出一个气球皮，开始向绷带猫吸气。绷带猫也不含糊，又飞来一条绷带，直接扎破了气球皮。攻略一看不好，刚想开启伞的防御模式，伞也被一条绷带击破。攻略还没想起自己有个万能手表呢，两条绷带就飞了过来，一条击破了百宝袋，一条打碎了万能手表。攻略这下傻眼了：没了武器，他就是一只弱弱的病猫了。绷带猫又射出一条绷带，把攻略捆成了个木乃伊。"这叫什么事呀！""木乃伊"攻略郁闷地喊道。老陈啊明天举起大炮，连发两炮。一炮被一条绷带挡住，另一炮没有命中绷带猫。老陈啊明天刚想继续开炮，就见一条绷带飞来，封住了发炮口。老陈啊明天没有做好心理准备，还是开炮了。这一下，老陈啊明天被极强的反作用力掀出了老远。

被子给抽出爆烈枪，向绷带猫开火，但是似乎并没有什么效果。绷带猫向被子给射出一条绷带。被子给比其他人要

萝社奇遇记

机灵一些，身子一侧，又举起板斧。斧头擦过那极快速的绷带，擦出了很多火星。"喵，这个对手不可轻视！"绷带猫眼里闪过一丝警惕。被子给身子向下一倾，从绷带下面滚了过去，还趁机一斧斩断那条绷带。绷带猫还不甘心，连续射出了无数条绷带，将被子给裹成了一个白色的茧。过了几秒，却见这茧出现了好几道斧痕，被子给扒开绷带跳了出来。绷带猫大吃一惊："怎么还有如此强大的对手？"它又向被子给射出一条绷带，绷带插在崖壁里。被子给一跃而起，双脚踏在那条绷带上，把绷带当成独木桥冲了过去，然后反身跳起，举斧就要向绷带猫劈去。这时，那条绷带拉出来好大一块岩石，绷带猫向后退出几步，把绷带上的巨石向被子给甩去。被子给在半空中躲闪不及，被巨石击中，翻身倒地。

猫猫的能量也恢复了一些。它抓住机会，向绷带猫扑去。绷带猫早有准备，甩出一条绷带。猫猫的猫爪子抓住绷带头，开始放电。绷带猫的那条绷带顿时从白色变成闪电蓝色。绷带猫吃了一惊，放弃了那条绷带。猫猫又向绷带猫射出一道电流，绷带猫又甩出一条绷带，绷带瞬间导电，但还在向前飞去。猫猫无法躲避，被绷带击中。绷带插入猫猫的肚子，从电蓝色变成了血红色。猫猫忍住疼，射出一个大电球。绷带猫又射出一条绷带。这电球力量很强，一路电去，那条绷带从白色变成了焦黑色。绷带猫也不含糊，放弃了那条绷带。猫猫痛晕了过去。看不到的一看自己上阵也会输，干脆不去挑战。

"不行,对这家伙完全没有办法……"老陈啊明天有气无力地趴在地上。"这一回真的玩完了,绷带猫的确很强大……"被子给略微撑起一点身子。正当大家准备受死之时,上面的天花板突然被抬到半空中,一下子被甩开!天上出现了一艘大家很熟悉的飞船!"'米米号'——"大家欣喜地叫起来。接着,从"米米号"上跳下来很多同伴。带头的是米米,后面跟着小魔女、不抽到大天狗不改名、火巨龙、赵云等成员和炮塔,还有美萝卜阿秋和老萝卜阿达。"你们终于来了……"猫猫虚弱地说。

"该死的绷带猫,吃我一招!哈哩卟啦吧,收你能量!"小魔女魔杖一挥,绷带猫就感觉自己操纵绷带的能力全部没有了。"小绷带猫,统统受死吧!"剩下的所有炮塔和赵云一起冲向小绷带猫,将那些小家伙消灭干净了。"绷带猫,接招!"阿秋扭动起身子,一大堆爱心圈就攻向绷带猫的头部。不一会儿,绷带猫就晕眩了。阿达再吐出一团火球,绷带猫的绷带就被烧光了,只剩下一只大黑猫。"求求你们放了我吧,我保证不再作乱了!"绷带猫傻眼了,只好乖乖投降。

"怎么处理绷带猫呢?突然感觉把它干掉有点儿于心不忍呢。"被子给帮攻略和奶油小泡芙解开绷带,小魔女在一旁医疗猫猫。"我有个主意!这里不是有个怪物托儿所吗?让绷带猫看守这个托儿所,是最好的主意了。还有,记得把黄沙基筑这个地方炸了!"老陈啊明天出主意。"太棒了!还有,每人带一只怪物宝宝走行吗?我和它们都有点儿感情了……"

萝社奇遇记

拳套道。"当然！为什么不行呢？"被子给带头走进托儿所。过了一会儿，除了夜月皮丘和奶油小泡芙，其他人一人带着一只小怪物走出来。大家有了支援，也就上到了地面上。

"对了！绷带猫说，保卫怪物被送到了鼹鼠要塞。鼹鼠要塞在哪儿呢？"老陈啊明天突然问道。"鼹鼠要塞是怪物群岛中一个神秘的地方！那里只有两个入口：一个是固定的，在神林苔塔附近，但是因为神林苔塔非常诡异，基本找不到它的位置，所以那个入口就不用考虑了；还有一个入口位置不固定，会在怪物群岛的任意一个地方出现一段时间，一段时间后会换一个地方出现。"瓶子炮解释道。"那么，现在入口在哪儿呢？"奶油小泡芙左顾右盼着。

"你们看，那个不就是嘛！"汽油瓶向黄沙基筑旁边一指。那里是一个石头铸成的地下隧道入口，上面还有一个风形绿色印记。"天哪，鼹鼠要塞的入口刚好移到黄沙基筑来了！"大家欣喜万分。隧道里一条石台阶向下延伸着，里面黑乎乎一片。"下去吧！"小丘比特下令。突然，所有的怪物宝宝一齐大哭起来。大家哭笑不得：唉，这个拳套呀！

经过了3集的沙中漫步，怪物群岛之黄沙基筑被毁。阵亡一名成员：没心没肺。

第30集　初入要塞

"大家做好战斗准备,要下去啦!"小丘比特领头喊道。"对了。我们队伍现在粮食没了,很多武器也没了,没心没肺和秋霜汽水也阵亡了,该怎么办?"老陈啊明天问道。"这个简单,我们带了很多的粮食和水呢!还有很多的能量块和武器。攻略,这是你的备用伞和备用百宝袋!"米米把一些东西掏出来。"真的太棒了!"老陈啊明天击起掌来。

大家下了几级石阶。"快看,这上面有行字!"目光敏锐的猫猫发现了天花板上的字。大家抬头看,发现了这样一行字:除阿秋之外,其他萝卜进入后必然瘫痪。慎入!后果自负!"……"大家沉默了片刻。"走吧,有那么多成员和炮塔在,还怕什么小怪物!"小丘比特继续领头往下走。

下面的路越来越黑,火把点亮后会立刻灭掉,大家的头也不知不觉地晕起来。"好……晕……啊……"一片炮塔全部晕倒,倒下去后瞬间不见踪影。老陈啊明天努力克制晕眩感,可还是没什么用,最终也晕倒在地,不见踪影。

待到老陈啊明天醒来,他惊讶地发现:这是一个巨大的庄园草地。上方高处有天花板,是泥土的,还生长着绿色植

萝社奇遇记

物。这个地方是完全遮光的，还没有灯，但是四周都有一种阴森森的光，让人感到有点儿不寒而栗。"看来……这就是鼹鼠要塞？"老陈啊明天发现了也已醒来的被子给，连忙前去询问道。"可能吧……但这又不像，哪有要塞长这个样子的？"被子给也是一脸蒙圈。"我知道！我知道！"奶油小泡芙跑了过来，"听说这里是鼹鼠要塞的入场草原，上面除了草，就是一棵树和一朵花。拉一下树枝，可以回到地上。拽一下花，一个暗道的门就会打开，从那里可以进入鼹鼠要塞的主要区域。还有，鼹鼠要塞只有三种怪物：一种是鼹鼠兜，一种叫小农夫，还有一种只有一只，是分身怪，叫幽灵盾。至于那朵花在什么地方，我就不清楚了。"

"大家快起床！这片草地上有一朵花，找到后召集全员过来，再轻轻一扯，就可以正式进入鼹鼠要塞了！"三人大声催醒其他成员。"唔……妈妈，别吵了，我还没睡醒呢……"米米半睡半醒地嘀咕着。"我不是你妈！"奶油小泡芙上去就是一下，把米米给甩飞了。

全体成员开始寻找那朵花。可奇怪的是，在地上无论如何都找不到那朵小花。"怎么可能呢？"老陈啊明天自言自语地拔出一根小草。没想到这一拔，好几只鼹鼠兜从地里跳了出来，张开大嘴冲向三个昏迷的萝卜。"什么情况？"导弹向着鼹鼠兜发射强导弹，才一发就炸趴了全部鼹鼠兜。"哦，对了！我们这里有能量块，可以大大加强大家的战斗力。每个炮塔都服用了两个，你和拳套需不需要？"小魔女掏出四块能量块。"太好了！"拳套抢过两块，直接吞进嘴里。导弹一看,也吃了两块。

此时,不知从哪里冒出一个和之前的秃头强很像,只是头上多了个农民帽的怪物。不用说,这肯定是小农夫了。这小农夫看到有那么多的"猎物",甩出一个钉耙。"你这是要耕地吗?"奶油小泡芙一把接住那个钉耙。此时,拳套悄悄绕到小农夫的旁边。"吃我一拳!"拳套一拳打过去,击中了那个小农夫的左脸颊。从这一刻起,那个小农夫的速度突然慢了下来,就连被打后吐口水的动作也慢了下来。"哦!真的强大了很多。我之前打其他怪物一拳,只是有可能让它的速度变慢一点点。今天这一拳,真是厉害了!"拳套饶有兴趣地看着那个速度超慢的小农夫。"以前,我还养了只慢慢熊当宠物呢。这个家伙现在比慢慢熊还慢,说不定也能试着养一下它呢。"风扇跑过去,开始数小农夫的牙齿玩。

萝社奇遇记

"11、12、13……23、24、25……"风扇数了五遍小农夫的牙了,小农夫的嘴巴才张开一点点。"好了,风扇,别玩了。还要找到那朵花呢。"被子给催道。"呼……呼……别找了。整片草地都找遍了,连朵花的影子都没见到。"奶油小泡芙一屁股坐到地上。"我发现这里也没有树!奶油小泡芙,你是不是记错了?"老陈啊明天疑惑道。"不,没错。你看,那不就是树吗?"奶油小泡芙指向一根倒下的树干。老陈啊明天盯着那根树干,脑子里突然灵光一闪。

"奶油小泡芙,量一下这根树干有多长?"老陈啊明天道。"报告,正好一寸长!"奶油小泡芙很快量出了树干的长度。"那就对了!""哪儿对了?""这个'树'字,可以拆分成三部分:'木''又''寸'。可以解读成一寸的木头,这根树干正好符合。同理,'花'字可以拆成'艹'和'化',可以解读成浇了化学药品的草。大家来找找,这片草原上哪株植物长得很奇怪?"老陈啊明天指挥道。"确实有那么一株草长得很奇怪,它在天花板上。"小丘比特回答。"社长,飞上天花板,靠你了!"老陈啊明天做了个"请"的动作。

小丘比特一拉那株草,"唰啦啦"一下子,一个暗门随之开启。"进去吗?"导弹问。

小丘比特却说:"别急,先吃饭。"

第31集　地下大迷宫

在黄沙基筑的战役中，萝社出现了粮草赤字，所以才差点儿在战斗中输掉。现在，终于可以大快朵颐了。尤其是奶油小泡芙，自己的东西吃完了，看见别人的剩饭就去抢着吃。还好胖萝卜阿呆晕过去了，才没有耗费太多的食物。

"好，全体出发！不能浪费太多时间，我们从出征到现在，连保卫怪物的影儿都没见到呢！"小丘比特催促着。"话说回来，为什么偏偏那天他鞋子滑，滑了个石破天惊、惊天动地、地动山摇……"老陈啊明天懊悔着。"别这样，事情都发生了，当务之急是把保卫怪物救出来。等远征回去，就把那个品牌的鞋全部销毁。"奶油小泡芙推了一把老陈啊明天。

暗道里有点儿黑，太阳花射出了万丈光芒，照亮了整个通道。"再往左一点儿……再往右一点儿……"暗道的路还有点儿不规则，太阳花只好边照明边指路。"对了，那些怪物宝宝呢？"雪花问道。"它们呀，在导弹背上的那个大袋子里呢，刚刚塞上奶嘴，现在个个睡得很香。"阿秋回答。"那阿波、阿呆和阿达呢？"奶油小泡芙第一次关注细节了。

萝社奇遇记

"哎呀！糟糕！我和拳套去找一下它们，你们继续走哈！"导弹叫着，拉起拳套就往回赶。

太阳花带头走着，突然"梆"一声，硬生生地撞到了一大堆碎铁上，撞得头晕眼花。"啊，一个大型碎铁墙？"老陈啊明天敲了一下这堵墙，感觉还挺硬的，"大家让让，我试试把它炸开！"说罢，他便向后退两步，向着碎铁墙开了几炮。烟雾散后，大家再一看：这碎铁墙不但没有被炸开，连动也没有动一下。"这……也太坚硬了吧！"老陈啊明天吃了一惊。"嗨，我来试试！"奶油小泡芙缩成一个球，开始泡芙滚。没想到，威力如此强大的泡芙滚，不但没能撞破碎铁墙，还让奶油小泡芙感到自己都被撞碎了。

"我就不信这个邪！我来试试！"太阳花的脾气已经被惹上来了，它向碎铁墙发射出无数条温度高达330亿3333万3333萝卜度（1萝卜度≈10摄氏度）的热光波。问题是，灼烧了一分钟之后，墙都没有任何被熔化的迹象。这时，磁铁忍无可忍地从人群中挤出来，向太阳花射出一条磁力波，怒道："你的热光波那么热，很影响磁力的！对付铁制品，还是让我来吧！"磁铁向碎铁墙射出几条强力磁力波，磁铁周围瞬间形成一个超强力的磁场，把碎铁墙一块块地吸开。"哎呀，救命！磁铁，够了，快停下！"老陈啊明天发现自己的大炮快被吸走了，连忙喊停。

打开铁墙后，眼前出现几十个岔路口，把大家吓了一跳。"那么多条路……到底该走哪条？"水晶的路痴病又犯了，直接晕倒。"唉，水晶，你的确不适合鼹鼠要塞。"风扇无奈地把晕倒的水晶背起来。

"大家快看！那里的草丛一直在猛烈地动！"雪花提醒大家。"那是什么？"老陈啊明天扒开草丛，发现了一个飞镖状的新炮塔，正在使劲地旋转，想要割断缠着它的植物。"别动，我们来帮你！"被子给和奶油小泡芙冲了上来，把那植物扯开，放了炮塔出来。"哎……你难道是飞镖哥哥？"风扇惊讶道。"嗯，我就是飞镖！风扇小弟，怎么多了那么多人？他们是同伴吗？你们是来救我的吗？"飞镖虽然语气明显有些激动，但相对于导弹和火箭的相遇时的反应，还是冷静了许多。"没错，我们是来救你的，同时也要救出我们的朋友保卫怪物。你在这儿的时候，看见过一个男生被绑着带入哪个洞口吗？"小丘比特不愧为社长，马上发问。

萝社奇遇记

"嗯，好像有。向着那一个洞口去了。"飞镖指向一个洞口。"好，那我们快跟上！"老陈啊明天和小丘比特带头冲了进去。过了一分钟，大家都进入洞中。此时，导弹和拳套正好归来。"到底向哪儿走呢？"两只炮塔不知所措，只好进入了另一个洞。

外面还有不少草，里面却一点儿植物都看不到了。"这里是个大图书馆吗？"老陈啊明天抚摸着一排排的书架。"也许吧……嗯？这里有个木头墙。周围不都是石头吗？"炸弹星几下将木头墙轰开，发现里面又有一只新炮塔。"嗯？毒气桶，是你吗？"飞镖迅速冲了过去，身体迅速旋转起来，将那条绳子割开。"呼……真不舒服。嗯？飞镖，是你？你不是被困在外面了吗？"毒气桶很惊讶。"是萝社的其他朋友，是他们放我出来的。"飞镖解释道。此时，小丘比特在外面喊："飞镖，你在干吗？快跟上来！发现更深处鼹鼠要塞的入口了！""我们走！"飞镖领着毒气桶跟了上去。

"从这个梯子口下去，说不定能找到保卫怪物的行踪呢。"小丘比特带领大家下梯子。走到梯子底，眼前出现一个有三扇门的走廊。"去哪里呢？先看看中间的门吧。"米米打开中间的门。这一开，居然又发现了两只被绑在墙上的炮塔！"怎么那么多炮塔栽在鼹鼠要塞了？"老陈啊明天给这两只炮塔松绑。"毒气瓶兄弟！它们没有虐待你吧？"毒气桶冲上去，一把搂住了毒气瓶。"没事！兄弟，我没事。嘿嘿，它们这些小怪物，根本想不出怎么虐待我们……"

毒气瓶"嘿嘿"笑了几声。另一边，一只炮塔在和飞镖讲话。原来，这位仁兄叫正电极，它还有个没找到的同伴叫负电极，也是在鼹鼠要塞丢失的。

"看来，这个门里面并没有入口。"小丘比特失望地摇摇头。"那就是旁边的这扇门？哈哩叶啦吧，魔力冲击波！"小魔女一招打破了另一扇门。一开门，大家全都愣住了：这个房间里挤满了鼹鼠兜和小农夫！"大家别冲动！我带头攻击，大家戴好防毒面具！"毒气桶大吼一声，跳向那一大群才反应过来的怪物，身子向下一挤，顿时爆出了一大圈浓浓的毒气。"噢，真厉害。防毒面罩来啦！"攻略掏出魔术帽，拿魔术棒一点，变出几十个防毒面具，大家轮着戴上。"好了，战斗开始！"夜月皮丘戴上面具，抽出等离子枪，向怪物群开火。等离子枪不愧是保卫怪物四大发明之一，一弹飞来，将一片小农夫炸飞了老远。

大家都使出了自己的大绝招。飞镖向怪物群疯狂发射镖器，击退了前面的一群小农夫。后面的怪物又想冲上来，结果被飞镖的另一大招"九锋涡轮"伤得满身是血。毒气瓶看自己的哥哥一炮打响，自己也不甘示弱。三个小农夫提着锄头冲上来，毒气瓶射出三团毒气，包在了三个小农夫的脸上，不一会儿，剧毒就让这三只怪物毙命。正电极看大家都出招了，想着自己也不能错过这机会呀。"唉，可惜负电极还没找到，'暴力圣光'和'短路辐射'两大绝杀都使不出来……"正电极嘟囔着，"唉，没事，反正还有一招'雷云怒电'！"正电极全身发出"噼噼"的发电之声，接着，一

萝社奇遇记

道超强电流射向怪物，直接把十几个小农夫电成了灰。这下，别说是战斗力一般的魔法球，就连善于用电的猫猫都惊叹不已。

战斗终于结束了。"嗯，怎么地上出现那么多的地洞？"老陈啊明天发现了地上的洞。"绝对是鼹鼠兜们逃跑时挖的！"被子给握住拳头。突然，近处传来几声"啊——"。紧接着，美萝卜阿秋、飞镖、汽油瓶、毒气桶、奶油小泡芙突然失踪，而它们所在的地点都出现了一个坑。"老陈啊明天，小心——"这时，粉萝卜防伪惊叫起来。老陈啊明天向下一看，脚底下已经出现一个坑。他还没反应过来，一只鼹鼠兜就咬住了他的鞋子，将他也拉了下去。

"大家小心，坑越来越多了，快走——"小丘比特带着大家逃入深处。

第32集 诛天破晓门

队伍又被一分为二。且先说老陈啊明天他们这支队伍。

"哎哟！该死的鼹鼠兜，别咬我的鞋子！鞋被你咬坏了，该死的！这鞋可是限量版，萝卜牌的，一双要400多块呢……"老陈啊明天骂不绝口。"你给我闭嘴！"这只鼹鼠兜怒道。"你再叫，小心我轰你一炮！"老陈啊明天大怒。"你再吵，小心我咬你一口！"鼹鼠兜也发怒了。就这样，一人一怪吵了一路。

"好了，你给我滚进去！大烦人精！"鼹鼠兜挖开了一个地下密室，把老陈啊明天踹了下去，然后封住入口，气哼哼地走了。老陈啊明天晃了晃脑袋，发现其他失踪的伙伴都聚集在这儿了，还围着两个东西看：一个是在来的途中被怪物咬伤的阿秋，另一个则是昏迷着的炮塔，身体泛红，头上划着一个负号胎记，想必它就是负电极了。"大家在干吗？我们想想办法，逃出去呀！"老陈啊明天上来劝说。

"问题是，怎么出去呢？我试过泡芙滚，最多撞凹这面墙，达不到逃出去的目的。"奶油小泡芙诉苦。"毒气对这种墙没有任何作用……"毒气桶也很丧气。"如果太阳花在

萝社奇遇记

就好了,它的攻击温度是我的 100 倍,说不定能熔化这堵墙,我就不行……"汽油瓶垂下脑袋。"说不定负电极有办法?"老陈啊明天推醒负电极。"嗯……我也没有办法。"负电极望着面前的墙壁,束手无策。"这下怎么办啊……"大家彻底绝望了。

突然,天花板上掉下来一块铁皮。接着,导弹和拳套居然从上面跳了下来!导弹还背着一个装着小怪物的袋子和三个萝卜。"你们怎么在这儿了?"拳套极为诧异。"阿秋怎么了?这三个炮塔是谁?"导弹接着追问。"阿秋被鼹鼠兜咬了一口,晕过去了。它们是飞镖、毒气桶、负电极、正电极和毒气瓶。我们是被怪物劫来的,所以没法儿出去!"老陈啊明天回答。"这好办!天花板不是被我们钻穿了吗?我们现在就走!"拳套心里很高兴。

再说被子给他们。

小丘比特领头,大家一路狂奔,走过了无数的路,才稍稍停歇下来。"呼……呼……鼹鼠要塞结构那么复杂,要找到保卫怪物是不可能了。"夜月皮丘喘着粗气。"嗯,你们应该就是萝社的那群臭小子吧?"一只怪物的声音突然出现。大家惊讶地转头一看:这只怪物长得像幽灵一般,独眼,还持着一个长方形盾牌,盾中间还有一只眼睛。"幽灵盾,就知道是你。"被子给冷笑几声,"你别妄想干掉我们。之前比你厉害的绷带猫也被我们打败了,你又能怎样?""别以为我就没有本事!"幽灵盾大怒,盾牌上的眼睛开始发光,生出20只小幽灵盾,把炮塔们支开。

"该死,又用这招来忽悠我们!"被子给大怒,"大家一齐上!"于是,大家一起冲了上去,想给幽灵盾点教训。幽灵盾也发火了,那个盾牌上的眼睛一直在闪光,发出了好几道竖着的激光柱,把好几个成员轰黑,但伤不致命。

火巨龙持着火龙剑冲上来,却被一道激光柱击中。在那一刻,他使劲将火龙剑投掷出去。火龙剑刺在了护盾上,盾牌燃起大火。此时,小魔女也舞起魔法棒:"哈哩卟啦吧,收你……"幽灵盾打一激灵,一道光柱就把小魔女击晕了。不过小魔女毕竟厉害,念一半咒语就有一半的效果,也消灭掉了幽灵盾一半的法力。此时,猫猫向幽灵盾发射电波,幽灵盾急了,发出一道光柱将猫猫击晕。就在幽灵盾击晕猫猫的一刹那,被子给猛扑上来。幽灵盾还没来得及发射光柱,被子给就已跳到它面前,一招"鹰钢爪"冲破了盾牌中间的眼睛,被子给的手也突破盾牌防护,死死抓住盾牌。"快放手!"幽灵盾大喊。"就不放!"双方就这样僵持着。

突然,一面墙壁被冲破,老陈啊明天带头冲了进来。被

萝社奇遇记

子给很吃惊。"该死的怪物，接招！"导弹连续射出 8 枚导弹，将幽灵盾给炸飞了好远，被子给趁机把盾牌拉下来，把火龙剑拔出来，将幽灵盾牌撕了个粉碎。"吃我一拳！"拳套对着幽灵盾打了一拳，幽灵盾的速度瞬间变得超慢。此时，炮塔也协力消灭了所有小幽灵盾。"负电极！来，使出'暴力圣光'，干掉这个家伙！""好的！"负电极一口答应。"暴——力——圣——光！"两个炮塔一齐大吼，向同一点疯狂发射超高压电。那里很快形成一个光球，通过背后的支援电能，快速向幽灵盾飞去。光球一接触幽灵盾便瞬间扩大，把幽灵盾包了起来。

待光散去，大家再来围观，只见幽灵盾倒在地上，已无气息。"哟，电极兄妹，厉害嘛！把幽灵盾都干掉了。"奶油小泡芙赞叹道。"别废话了，把大家叫醒，向更里面冲刺！一定要把保卫怪物找回来！"老陈啊明天握住拳头。

大家接着向里冲刺，进入一个大厅。大厅里居然藏着鼹鼠要塞中剩余的所有怪物！"小怪物，哪里逃！"大家叫骂着杀入了大厅，顿时惨叫声、杀戮声一片。"正电极！正电极！这里怪物众多，我看，是不是得使出'短路辐射'？"负电极问。"不行，我们这里并没有一个输电物让我们出招。"正电极电完两只鼹鼠兜后回头答道。"不，其实是有的，那就是磁铁！别忘了，磁生电！"负电极提醒。"短路辐射——"这一招，产生了一个强大的火焰空气振动波，将怪物们逼得落荒而逃。"追！"大家追了上去。

终于，大家追到深渊之下的一扇巨大的门前。怪物们打开了这堵花纹驳杂的巨门，逃了进去。"你们站住！"米米带头冲了上去。没想到，一只鼹鼠兜竟反身一口咬住米米，还有一只鼹鼠兜抢过装着小怪物的袋子，将她和小怪物们拖入那地下之门。"米米！"大家追了上去，却不敢下去救援。门里透着一种魔鬼身上所特有的光，米米的半个身子已经被拖了进去。她的眼睛里充满了绝望，渐渐地，米米整个人都被那个大门吞噬了。大门渐渐关闭。

"米米——"猫猫和小魔女跪下了，开始大哭。是呀，童话四人帮已经夭折两将，又怎能不伤心呢？此时，夜月皮丘和粉萝卜防伪走过来，拍了拍她们的肩膀："别伤心，还有我们呢！"

"好了，保卫怪物绝对不在这儿，我们可以走了。奶油小泡芙，我知道你私藏了那根木头，快把它拿出来！"老陈啊明天命令道。奶油小泡芙把木头抽了出来。"对了，我俘虏了一个小农夫，说不定它知道什么。"被子给抓起那只小农夫。

大家都回到了地上。"小农夫，你说，保卫怪物被送到哪儿去了？"被子给把它一把塞到沙子里。"我说！我说！他……他被一个鼹鼠兜小队运送到神林苔塔了……因为要将保卫怪物运到那里进行一些处理，所以要停留很久……"小农夫被吓坏了。

"那么，现在怎么办呢？神林苔塔是个诡异的地方，我们是不可能直接找到那儿的。"胡萝卜阿波很是苦恼。"啊！我知道了！不是说鼹鼠要塞有两个入口，一个在神林苔塔附

萝社奇遇记

近，一个是随机的吗？那么我们进入鼹鼠要塞，找到通向神林苔塔的那个入口，不就行了吗？大家快进去！"老陈啊明天一拍脑门，喊道。大家刚回头，却发现入口已经失踪了。"糟糕，入口移走了。"奶油小泡芙拿出特殊定位仪，"定位器显示，入口已瞬移至冰峰涧谷深处！""看来，得再打一次冰峰涧谷了！"老陈啊明天大声吼道。"没错！"老萝卜阿达情不自禁地也吼了起来，结果它不小心吐出一团火球，将老陈啊明天的脸烧黑了。大家哈哈大笑起来。

经过3集的地下工程，怪物岛之鼹鼠要塞被攻破。失踪一名成员：米米。

第33集 冰河时代

"大家还记得,之前那次抵抗冰峰涧谷的怪物入侵萝卜岛的战斗吗?"小丘比特突然发问。"记得……那是我们最艰苦的一次萝社守卫战。"老陈啊明天回答。"是啊……而今天,我们将正面对抗整个冰峰涧谷——怪物群岛这面强大的保护罩……"被子给也叹了口气。"喂喂喂,裹着那么多层厚棉袄说啥呢?"雪花在这片冰雪领域异常兴奋。"就是!在冰峰涧谷这种地方,还是我们这些冷冻炮塔最精神了。"冰锥也兴奋地跳来跳去。"小弟,你得适应冰天雪地啦!"冰冻星星故意在炸弹星面前耀武扬威。"你……别……嘚瑟……阿嚏!"炸弹星似乎有点儿感冒了。

"呜……呜……"太阳花蜷缩在角落里,对它来说,这里简直就是地狱。"对了,有个故事叫'进攻冰原',你们听过吗?"冰锥突然问道。"谁没听过……"老陈啊明天答道。"那你们说,我们是不是和故事里的人物处境相似?同样身处寒冰领域,除了要面对恶劣的环境,还有数不尽的怪物……"猫猫打了个寒战。"我认为,在这种地方……讲冷笑话不错。哈哈!"正电极就算到这种地方也不忘幽默

萝社奇遇记

一下。

"等等,你们是从哪儿来的?"一只巡逻的双头花生发现了他们,连忙大喝一声。"要你管!"大家一起喊道。"你们到底是什么人!"双头花生向奶油小泡芙喷出两颗花生弹。"呸,真不讲礼貌!"奶油小泡芙被花生弹击中,生气了,"氯铵钾性酸钠夸克波!"一道夸克波飞去,将双头花生直接拦腰截断。

"我们继续赶路?"胖萝卜阿呆提议。"不行……现在是晚上,我累坏了。明天赶路……"瓶子炮趴在地上。"喂,干吗只让我赶路!"老陈啊明天爬起来怒吼。"不——不是。我——我是说——明天再赶——赶路。"瓶子炮被吓坏了。此时,导弹的脸上露出了一丝神秘的笑:"拳套,我们来玩石头剪刀布!""好呀!"拳套丝毫没有意识到这里面的坑。果然,拳套每次都只能出拳头,而导弹就次次出布。

"啊——为什么我总是输!"拳套大怒,向上弹出十几米高,向着顺时针方向横扫一圈,拦腰击倒了几条高高的冰柱。此时,一支怪物小队正好来到这儿,发现了萝社成员,正准备偷袭,却被从天而降的冰柱砸中,根本无法动弹。"拳套,你发疯了?"大家丝毫不知道拳套的"伟大战绩"。

"你们先睡吧,反正我是一点儿也不想睡!太兴奋啦!"雪花竟开始在冰上面翩翩起舞。"那我先睡啦。"小魔女搭起帐篷,打着哈欠走进去。"我也好困。"赵云把激光矛挂在帐篷上,也进去歇息。"算了,今天我来巡夜!"老陈啊明天自告奋勇道。"好!今天晚上就是我、你、雪花、冰锥、冰冻星星、小丘比特和被子给值夜啦。"奶油小泡芙统计好人数。

"对了,和你说几件关于冰峰涧谷的事。"奶油小泡芙说。"好,快说吧。"老陈啊明天愿意这样来打发点时间。"第一,冰峰涧谷不止一个堡垒,它其实有两个。一个是雪峰涧谷,一个是冰峰涧谷。按我们这个进度,大概五天五夜能到雪峰涧谷,再走个三天两夜就是冰峰涧谷。第二——"奶油小泡芙顿了顿,"这怪物也就被分成两部分。冰峰涧谷有四大 Boss:圣诞雪球教主、北极老大、寒冰怪和大奶瓶。还得加上大脚总部那边派来的红灯机器人,确实难对付。其中,只有圣诞雪球教主在雪峰涧谷,其他都在冰峰涧谷。第三,我给你讲个故事……"此时,被子给也凑过来,笑道:"这家伙讲这故事都三年了。那就是……"两人一起喊:"大脚怪从没给它手下发过工资!哈哈哈哈哈……""好笑吗?"老陈啊明天很疑惑不解。

"小心,那边有响声,恐怕有埋伏。"被子给举起爆烈枪,向那个地方连发几弹。几团寒冰被击破了,显出了藏在后面的怪物游击队。"哎呀,被发现了。小的们,上!"领头的圣诞雪球领队命令。"别想得逞!"被子给向领队扔去一把板斧,正中那领队的眉心,领队顿时雪粒四溅。冰锥在远处发现了怪物,向怪物们猛烈发射速冻冰球,使后面跟着的怪物的步伐减慢。奶油小泡芙疾速滚来,撞飞了一大队秃头强。被子给一个飞身,一脚踢在圣诞雪球领队的面门上,再抽出斧头,"哐哐哐"几下狂砍,给了它一个深刻的教训。"该……死……"这只怪物连话都说不流利了。

"吃我一招！"冰冻星星掷出冷冻星星弹，轰退了一群怪物。老陈啊明天举起炮，向四面八方围来的双头花生开炮。但是这些双头花生就跟打不完似的，向老陈啊明天发射花生弹。每一颗花生弹的力度都很大，把老陈啊明天打得全身青一块紫一块。"啊——"雪花暴怒，向周围方圆100里放射速冻波。"啊——"所有怪物都被冻住，但雪花也累得瘫倒。"雪花，你没事吧？"老陈啊明天赶忙扶起雪花。"它没事。雪花每次攻击都威力巨大，所以得花很长时间来充能。"被子给拍拍老陈啊明天的肩膀。

"大家帮忙，把这些被冻住的家伙给甩出去！"奶油小泡芙在一旁吆喝。"好的！"老陈啊明天赶紧来帮忙。"只有这个圣诞雪球领队了！但是，连我也抬不动……"奶油小泡芙甩甩它的磁悬浮圆手。"嗯……我有办法了。老陈啊明天，去找一根长冰柱来。"被子给眼珠一转。"噢！你想要……"老陈啊明天立马会意。

"好了！支点，就是地上的一个冰块。杆，就是这根长冰柱。需运输物，就是这只圣诞雪球。施力物，就是奶油小泡芙！这就是阿基米德说过的：'给我一个支点和一根足够长的杆子，我能撬起一个雪球！'"老陈啊明天过于兴奋。"是撬起一个地球，不是撬起一个雪球！"被子给纠正道。"但我们现在就是在撬雪球！"奶油小泡芙一跃而起，一屁股压在冰柱上。冰柱虽然被压断了，但它感受到了巨大的压力，带着圣诞雪球飞了老远。

"这些家伙真能睡，都发生战斗了也没醒。"被子给吐槽。"唉，明天赶路吧。累死了。"冰锥趴倒在地上。"喂，干吗只让我赶路！"老陈啊明天爬起来怒吼。

……

萝社奇遇记

第34集　极地风暴区

第二天一大早，大家就从帐篷里打着哈欠走出来，继续赶路。

"好吃！嗯……好吃！"冰锥大口大口咬着一块大冰块。"哼，只有你们这些冰原属性的家伙爱吃这些。"火巨龙丝毫不为所动。"你是火属性，不也了解不了我们冰原炮塔的乐趣？"雪花故意气火巨龙。"反正我不冷！"小魔女施展抗寒魔法。

"啦啦啦……"大家小跑着前进。"停——停！大家小心！"手电筒制止大家。"为什么？"老陈啊明天不解。"大家顺着我的光看！"手电筒发射出光束，"看，20里外有个大冰缝。"

"对，冰川裂缝！就是这儿！"小丘比特喝令大家停下，"会飞的先飞过去！其他人先留在这一边，再想想办法。"火箭等会飞的已开启了飞行模式。"那我们怎么办？"瓶子炮转头问剩下的伙伴。"奶油小泡芙，你不是会飞吗？把我们载过去！"老陈啊明天说。"你忘了吗？我的机翼在黄沙基筑被绷带猫的无敌绷带翻坏了！"奶油小泡芙放弃了治疗。"小魔女,我记得第一次战斗时,你不是会悬浮魔法吗?把我们一起浮过去?""不行!我的悬浮魔法的效力是有范围限制的,这条冰缝太大了。""飞翔魔法?""不行!""瞬移魔法?""说真的,这些我都不会!""猫猫,你不是有推动电波吗?用推动电波把我们推过去!""呼……不行,推动电波是需要能量的。要把这么多人全载过去,我的能量只可以载到半路。""风扇,你的转速不是能达到飓风级吗?把我们吹过去!""不行,那样的话,送一个人过去就会累趴下的。""正电极、负电极,你们不是有短路辐射冲击波吗?把我们冲过去。""不行!短路辐射的杀伤力是很人的,就算能送过去,你们也会被冲个半死不活的。""磁铁,用磁力波把我们载过去。""又不是所有人身上都有铁。""啊——那怎么办啊!"老陈啊明天一下子趴倒了。

"嘿,还有我呢!我有办法,可别把我忘了!"手电筒在一旁激动地跳脚,"别忘了我的光柱滑梯,那是不耗能量的。""太棒了!"老陈啊明天把手电筒推到冰缝旁。手电筒射出光柱滑梯,大家一个一个地滑了过去。

"嘿!那我怎么办?"手电筒留在了冰缝的另一边,急得大喊大叫。"别急,手电筒,我来救你。"磁铁向手电筒射出一道磁力波,将手电筒吸了过来。"怪物群岛的绝大多数东西里都含有铁元素,因此我的磁力波也能吸起很多的东西。"磁铁解释道。

"现在,离雪峰涧谷也不远了。嗯,再过两座雪山、三处怪物营地就到了。"奶油小泡芙摆弄着定位仪。"这还不

萝社奇遇记

远?!"老陈啊明天简直醉倒。"确实。不过，我们已经到达第一座雪山了。"被子给指向前方。大家抬头一望：哇，好高的一座雪山。"不过，如何攀过这座雪山呢？"月亮提问道。"嗯——别忘了，我们萝社成员可是攀岩高手。"小丘比特回头一笑。

"嗷……嗷……登上多高了？我有些累了……"老陈啊明天往一块冰上一坐，喘着粗气。"你累吗？""我不累。""我好累啊！""这么点运动量就累了？""要你管！"多重箭五兄弟聊起天来。"不远，不远。离山顶只剩17米了，加油呀！"小丘比特飞着提醒大家。"社长，你不懂我们不会飞的痛！"老陈啊明天吐槽。"别忘了，人家会飞的也有自己的苦！"被子给在一旁插嘴。

"终于到山顶啦！"老陈啊明天扔下登山镐。"没有人在攀爬过程中掉下去吧？"小丘比特清点人数。"第一个怪物扎营处就在这座雪山上。"奶油小泡芙宣布。"应该就在前面不远处。"猫猫猜测。"看，那不就是吗？"火巨龙指向一座冰峰上方。

"制定一个策略，直接攻下那个怪物中营站。"不抽到大天狗不改名道。"嗯……我有一个法子。"攻略眼珠一转。"什么法子？说来听听。"拳套跳过去问道。"首先，让老陈啊明天在远处轰炸，引起怪物的注意，使一大队怪物前去追赶。然后老陈啊明天带着炮塔小队佯装撤退，以此分散怪物的兵力。同时，被子给和夜月皮丘也率领一支炮塔军队去消灭中营站里的怪物。我和社长就在雪山下坡线给你们支援。"攻略娓娓道来。"呃，你这招用来对付冰峰涧谷还差不多，哪里需要费这多力量在这么个小地方。"奶油小泡芙咕哝着。

"三——二——一——开火！"老陈啊明天将大炮变化成重炮加特林，向中营站疯狂开炮，不一会儿就炸没了一面墙。"发生了什么？"中营站里的蓝脸小章领队问它的手下。"报……报告领队，是那一帮萝社的小崽子，他们来偷袭了。""好的。双头花生远战团，在城墙上向敌人发射花生弹。"领队命令。

一大堆花牛弹向老陈啊明天劈头盖脸地打来。"好，撤！"老陈啊明天下令，多重箭等炮塔随之撤离。"该死的，你们全都别想跑！"一大队双头花生追了上来。

"是时候了，上！"埋伏着的被子给领着火箭等炮塔冲入中营站。"你……你们别过来，否则我对你们不客气！"蓝脸小章领队一看有敌人闯进中营站了，有些慌张。"好啊，我倒要看看你还有什么招数！"被子给冷笑着，对着蓝脸小章领队举起爆烈枪。"那……冰心波！"蓝脸小章领队缩起黑眼珠，剩下一只越来越亮的白眼，向被子给射出一道冰心波。"哟，还真有胆儿！"被子给躲开冰心波，用爆烈枪向蓝脸小章领队开了几枪。那只怪物终于被干掉了。

此时，老陈啊明天等众炮塔已经来到了雪山下崖。"你们终于来了！快点，快点下山！"攻略指挥大家撤离。"被子给他们在后面，再过个10分钟就到。"奶油小泡芙吃着一块速食萝卜面包。"那群双头花生要追到这儿还要14分

萝社奇遇记

钟！被子给他们只比双头花生早4分钟到这儿！快点做好撤离准备！"老陈啊明天急了。"已经准备好了。你看，这一条缆绳直通雪山下方。到时候，我把我的伞挂在这儿，你们坐上我的伞，通过缆绳向下滑。不抽到大天狗不改名、小魔女、粉萝卜和赵云会在下面接应，用滑轮将伞再滑上来，快速运送下一批成员。这个方法怎么样？"攻略得意道。"这……哈哈，不错，不错。"老陈啊明天呵呵傻笑着。"明天、便便、冰锥、冰冻星星、多重箭和雪花就第一批下去吧。等到被子给他们到了，再让他们下来。"攻略支起伞，"坐上来吧。"

"冰峰涧谷这个地方挺美的嘛！"雪花坐在伞上，眺望着四周的雪景。"对啊。问题是，虽然漂亮，但这毕竟还是怪物的领土呀……"老陈啊明天望着茫茫白雪叹气。

"咻，真雷。坐伞梯挺好玩的。"老陈啊明天下伞时笑道。"呵呵，你想再来一次吗？"赵云挖苦他。"那算了吧。"老陈啊明天断然拒绝。

"大家都下来了，快走！别再耽误时间！"小丘比特催促大家。

"离第二座雪山还有多远？"老陈啊明天问。"不远，不远。再走个三里路就到了。不过，上面的地形比较险，而且有两个中营站。上去时就不需要攀缘了，这座雪山有山路可以上去，不过相当令人昏厥！"奶油小泡芙翻看着电子资料库。"鲜榨奶油泡芙，说话别那么文绉绉的好吗？明明是道路不平，非得说成什么令人昏厥……"老陈啊明天很不爽。

"什……什么?阿嚏!"炸弹星并没有带感冒药。

"这一条路何止不平,简直、简直是变态啊!"猫猫死死抱住一根大冰刺。"要登上山顶似乎很难呢。"老陈啊明天跳过一个冰水坑。"看,那两个中营站原来是并排的。"手电筒射出光束。"对付这两个中营站,可以直接采用强攻的策略。先把实力强劲的双头花生军团给歼灭掉。然后,杀进中营站,一举歼灭怪物!"被子给发布战术。"真奇怪,冰原那么强,怎么这里双头花生就成了最强的呢?"老陈啊明天很奇怪。"实力分配不均呗。这里属于雪峰涧谷的领地,分配到的怪物只有双头花生、圣诞雪球、蓝脸小章、秃头强等几种小怪物,领头也不过是 Boss 里最弱的圣诞雪球教主。但如果是冰峰涧谷,情况就完全不一样了。冰峰涧谷里有各种各样的冰川怪物,实力自然变强许多。"夜月皮丘单手悬在一条横向的长冰条上道。

"要不,开饭吧!我已经饿趴下了!"奶油小泡芙戴上一个厨师帽。"不行,在这种地方,怎么可能安心吃饭?"小魔女从一根冰刺上跳下来。"算了,凑合着吃一点呗。奶油小泡芙,上菜!"火巨龙吆喝大家来吃饭。"好嘞!今日

萝社奇遇记

菜单：萝卜咖喱饭、香筋豆角萝卜牛腩、白煮萝卜汤、萝卜野味大杂烩、酸菜牛肉面、干粮萝卜饼。"奶油小泡芙开始做菜。

"好，吃饱就接着向山上赶路！这座山高得很呢。"小丘比特以社长的身份催促大家赶路。"嗯……咖喱饭真好吃！"船锚炸弹幸福地擦擦嘴边的油。"在这么冷的地方吃一顿热乎乎的饭，感觉好极了！"老陈啊明天满意地拍拍肚皮。"当然，那可是加热过的美味速食咖喱呀。"被子给夸起奶油小泡芙的厨艺来。"那是！这萝卜咖喱饭，我可是有独家秘方的，使用了超级萝卜油哟。还有香筋豆角萝卜牛腩，那里面放了葱拌海盐调味料和白煎萝卜蒜泥。白煮萝卜汤，就是在萝卜汤里多放一点盐，再快火白煮！萝卜野味大杂烩就是把萝卜块、酸辣泡菜、甜茄子、金针菇等野菜放在大锅里炖烂，再放点汤水、油和盐，吃起来口感很好的！酸菜牛肉面，就是在拌面里加油，然后把它煮熟，捞起后加上萝卜酱和咖喱粉等调料，最后放上萝卜块、爆酱酸菜、酥牛肉，再掺入汤水搅拌，其实就相当于萝社方便面。干粮萝卜饼，就是在面饼里灌入甜萝卜馅，再拍成长条状，晒干，可以当干粮。要不，我再传授几道厨神绝菜给大家……"一聊起吃的，奶油小泡芙就开始滔滔不绝。"喂，到底有没有在听我说话！"小丘比特急得直跳脚。

"终于……到山顶了！"老陈啊明天舒了口气。"看，中营站就在不远处！还好我们埋伏起来了，不然会被痛击的。"夜月皮丘和火巨龙庆幸。"嗯，我还没吃饱，再来一道菜吧!"奶油小泡芙支起锅,兴高采烈地哼着小曲,开始做菜。"嘘——奶油小泡芙,别那么大动静,小心被发现!"火巨龙连忙小声提醒。但奶油小泡芙不管不顾,依旧边哼小曲儿边做菜。"好啦!这个菜我很喜欢,美味——有鲜榨萝卜块、香辣凉菜、用酥脆葱粉做调料的羊肉炖粉肠子!"奶油小泡芙大吃特吃起来。"拜托,别一口一个萝卜,听得我心惊胆战的。"胡萝卜阿波埋怨道。此时,从中营站上空飞来了一大堆花生弹,其中有几发落进羊肉炖粉肠子的大锅里。"哇,还有花生做配料!是谁这么好心?"奶油小泡芙什么也没察觉到。"奶油小泡芙,那是双头花生!它们发现我们了,快,攻进去,消灭它们!"导弹拉着奶油小泡芙冲向1号中营站。"别!我还要做一道汴州风味的辣肉炒萝卜……哎哟!哎哟!好好好,我乖乖攻城,别那么凶……"奶油小泡芙被拳套打了两拳,不满地嘟囔着。

"想打我们?这里一堆!嗷!那里一堆!尝尝我的炸药。"老陈啊明天炸飞了一大群双头花生。"明天,好样的!"被子给一斧斩断一圈双头花生。"话说2号中营站的怪物反应也太迟钝了,这边打得热火朝天,它们都没有任何反应。"猫猫射出几条高导电流,将一大串双头花生变成了烤花生。

"现在,攻入这个中营站!"小丘比特指挥道。"好嘞!"奶油小泡芙向1号中营站滚去,将冰墙撞出个大洞,大家一起冲了进去。"嗯,怎么又有个炮塔?"老陈啊明天走着走着,发现了一个被冰封住的、雷达状的炮塔,"让我来放你

萝社奇遇记

出来。"老陈啊明天举起镐子一下一下地敲,想凿开这块冰。"哎哟,这块冰也太硬了……"老陈啊明天凿得手都红了,这块冰才裂开了一点缝。"让我们来吧。"冰锥和奶油小泡芙跑了过来。"你有什么法子?"老陈啊明天很疑惑。

"吃我一撞!"奶油小泡芙快速向冰撞去,撞碎了一大块冰。"嗯……好吃!好吃!"冰锥大口大口地吃着这块冰。过了一会儿,那个炮塔就被救出来了。"哇!好法子!"老陈啊明天愣住了。"啊!它全身都被霜盖住了,已经冻僵了。"老陈啊明天帮这个炮塔摸脉(炮塔有脉?)。"让我来!暖身效果强,白煮萝卜汤来一锅!催醒效果强,配咖啡酱的辣肉炒萝卜来一碟!"食神小泡芙用了它最爱的大锅。"又来?"冰锥和老陈啊明天简直无语。

"喂——奶油小泡芙!老陈啊明天!冰锥!你们在哪里?快点出来!时间不多了,快点出来!"被子给在1号中营站外面叫着。"马上!马上!这里面有个炮塔,我们正在救援。"老陈啊明天朝外面喊。"什么?好,那你们快一点儿,我们去打2号中营站。"导弹喊。

"做好啦!冰锥,明天,把它的嘴巴打开。"奶油小泡芙吆喝。结果,冰锥听成了"冰锥,明天把它的嘴巴打开",于是问:"为什么明天才打开?不是现在吗?"老陈啊明天对自己的名字很"敏感",说道:"冰锥,泡芙说的是让我们俩把它的嘴打开,不是让你明天把它的嘴打开。""看来,以后叫老陈啊明天可得叫全名!"奶油小泡芙咕哝着。"拜托,老陈啊明天只是我的外号而已!我叫小恺恺!"

老陈啊明天跳脚。"了道知，天明啊陈老！"奶油小泡芙故意气老陈啊明天。

"好的！嘴巴打开——全身这么冻，第一口就下辣肉炒萝卜这样的猛药，这家伙恐怕受不了。先来口萝卜汤！"奶油小泡芙舀起一勺萝卜汤，倒进这只炮塔的嘴里。一勺、一勺、又一勺……等到汤还剩下一半的时候，一人一机一炮塔就扑了上去，把这锅汤喝了个精光。"身体变暖了，霜也化了。"老陈啊明天又摸了摸这只炮塔。"那就好！暖过来了，就来一口辣肉炒萝卜。"奶油小泡芙舀了一勺辣肉炒萝卜，倒入它的嘴里。"哇——好辣好辣好辣呀——"这只炮塔被辣得瞬间跳起，在大厅里到处乱撞。"我说过这剂'药'很猛吧。"奶油小泡芙趴在墙上道。"明明——明明是你辣椒放多了……"老陈啊明天单手死死扒在墙壁上。"我可不想被撞死！"冰锥直接吊在天花板上。

等这只炮塔冷静一点时，老陈啊明天才上去问情况。"你——你是谁？"这只炮塔并没有放松警惕。"没事，自己人！雷达兄弟，你没事吧！"冰锥从天花板上跳下来。"哦！冰锥兄弟？你们居然打到这里了！"雷达极为惊讶。"好啦，不说那么多，人救回来了就好！先去2号中营站看看情况。"奶油小泡芙催促。

"啊？已经攻下来了？"等老陈啊明天等四人赶到，发现2号中营站已经被毒气笼罩了。"对，已经攻下啦。"被子给从墙里拔出斧头。"我已经在整个中营站布下了毒气，那些怪物应该完蛋了。"毒气桶扬扬得意道。"还有，我们

> 萝社奇遇记

这儿也发现了一个炮塔！还是清醒着的。"夜月皮丘从后面推出来一只炮塔。"雪球兄弟！"雷达惊叫。"雷达，你也在呀！"导弹、拳套和雪球明显激动起来。"难道，我们的炮塔全部找齐了？"老陈啊明天有点儿激动。"没有……好像还差一个。只不过它的资料太少，我们根本不记得它……"拳套道。

突然，不知从什么地方冲出来一大群怪物，领头的就是几十只双头花生。"怎……怎么有那么多怪物！"被子给吃惊道。"啊噢！其实除了那两个中营站外，还有一个怪物窝，藏在地下。但是，那时候我的电子地图上掉了一点咖喱酱，正好遮住了那个标记……"奶油小泡芙表示十分尴尬。

"快逃，要追上来了。"小丘比特催促大家。"啊？为什么不和它们痛痛快快地打一仗？"火巨龙不乐意。"还用问吗？当心入口又移走了！"赵云拍了拍他的好兄弟的格斗甲。

"怎……么又是冰崖？"大家停住脚步。"快，我有办法了！把大家的棉被都拿出来！每人裹两层棉被在身上，我们滚下去！"攻略指挥大家。"啊？滚下去？"老陈啊明天感觉有点儿怕了。"没事的！两层棉被加上那么厚的衣服，可以很好地抵抗滚落伤害。"夜月皮丘裹起棉被。"我都不用棉被！"奶油小泡芙直接滚了下去。"我也是！"火巨龙也直接滚了下去。"那……好吧。"老陈啊明天鼓起勇气，裹了三层棉被，开始翻滚。

"啊——"老陈啊明天快速地翻滚着。"嘭！"老陈啊明天撞到了一根冰刺。"有一种说不出来的酸爽啊！"老陈啊明天在空中边下落边喊叫。

"下来了?"奶油小泡芙望着漫天飞舞的铺盖卷。"啊!糟糕!我的火龙剑把他们落下来时接触的冰融掉了!"火巨龙一拍脑袋,"现在怎么办?""凉拌。"奶油小泡芙开玩笑。"扑通!扑通!扑通!"几个被子没有嘴,没有胳膊没有腿,扑通几声掉下水。大家冷得话都说不出来。虽然衣服没怎么湿,但是被子全都被冻成冰了,不能用了。

"呼……到地面啦。"老陈啊明天呼了口冷气。"没有哦……还有一个更高的大冰崖在前面。"奶油小泡芙指向一个更高的大冰崖。

"惨了,被子也没了,该怎么办好……哎哟!"猫猫被从冰崖上飞来的花生弹击中,痛得大叫。"不行,事到如此,只能采取强制措施了……我们跳下去!"被子给用斧头挡着花生弹,向大家喊道。"确定?"奶油小泡芙问。"嗯,我同意这个主意。"小丘比特点点头。"啊?什么?!跳下去?!"老陈啊明天突然害怕起来。"大家快点!当心那些怪物,我们可不能浪费时间。老陈啊明天,别怕,下面有接应的!"被子给催促着。

"我先下去!"奶油小泡芙一跃而下。"我也下。大家抓紧时间!"火巨龙也跳了下去。"好……好……好吧,我……我也跳。"小魔女"咕嘟咕嘟"念了几声咒语,也跳了下去。"呜……嗯,反正猫也不怕从高处摔下去。"猫猫低声咕哝几声,也一跃而下。"老陈啊明天,快点儿!再不跳就没时间啦!"被子给着急地催促。此时,一大群炮塔也跳了下去。

> 萝社奇遇记

"你不跳？那我先跳了，你快点儿！加油，你有这个胆量和能力！"被子给无奈地发出了最后通牒，就也跳了下去。"糟糕，就剩我在上面了……"2号冰崖上方的双头花生集中火力向老陈啊明天开火。突然，老陈啊明天想起自己和奶油小泡芙勇炸浮铜园林的勇气，一咬牙："死就死吧！"说罢，老陈啊明天就向后退了几步，冲着跳下了冰崖。

"哇啊啊啊！"老陈啊明天极速下坠，吓得哇哇大叫。"快看，老陈啊明天跳下来了！"攻略提醒大家。"我来接住他。"风扇跑过去，扇叶飞速旋转，形成了一股超强的大风涡流，让老陈啊明天缓缓下降。突然，一片雪花飞到风扇脸上。风扇觉得痒，就打了一个"阿嚏"。这一喷嚏，引动了托住老陈啊明天的气流，将老陈啊明天"喷"出了几丈远。大家哈哈大笑起来。

"现在是晚上了，我们还行动吗？"负电极问。"大家看！那个不就是雪峰涧谷吗？趁现在是夜晚，我们摘夜袭，快速攻破雪峰涧谷！大家有信心吗？"小丘比特表现出了社长的风范。"有！"雷达和雪球带头喊道。看来它们在这两个中营站受了不少苦。"有！"大家击掌欢呼。

第35集 雪峰涧谷大雪仗

"看,雪峰涧谷!"雷达指向不远处的一个巨型雪堡垒。"啧,这叫什么谷啊,明明是个堡垒。"老陈啊明天啧了一声。"那么,怎么打下它呢?"粉萝卜防伪问。"嗯……嗯……雷达、雪球,你们在这儿混得熟,知道雪峰涧谷有什么特殊情报吗?"老陈啊明天转头问。"这个雪峰涧谷的墙,它很特殊!不知道为什么,我的信号激光波对这堵城墙一点用也没有。反而是雪球,它的雪球减速弹战斗力明明很弱,但是居然打崩了墙上的两块雪!最后还是被抓住了。"雷达表明情况。

"让我来试试这个墙。"瓶子炮准备发射。"等等!我们可不能暴露目标。这样吧,瓶子炮,在你后面绑一条绳子,发射完之后,马上用绳子把你拉回来。雷达在旁边进行信号干扰,不可以让敌人发现我们的行踪。"被子给道。"是!"瓶子炮向雪峰涧谷射出了一长串炮弹,接着被一把拉回来。瓶子炮的一串炮弹打在雪墙上,居然一点用也没有。

"嗯?这是为什么呢?为什么我的雪球就有效,其他武器却无效呢?"雪球纳闷了。"哦,我知道了!"老陈啊明天

萝社奇遇记

突然站起来,"这跟治病的道理是一样的!一个人生病了,给他下可以克制这种病毒的药,就是以毒攻毒!同样的,对付这堵雪墙,也得以雪攻雪。"老陈啊明天捏起一个雪球,"反正我们好久没打过雪仗了。""我赞成!""这招很好!""太棒了!"炮塔们一致赞成。"大家同意吧?"小丘比特也很赞同。

"可以打雪仗的备好你的雪球弹!不可以打的帮会打的收集雪球弹,好多备弹药。全体注意,统一从一个地方突击,一半沿顺时针方向攻击,一半沿逆时针方向攻

击,不要被怪物的防守打退,突围性逼近城墙。逼近城墙时,全员向一面墙猛烈进攻!"小丘比特下令。"明白!"可以打雪仗的人都准备了500个雪球,后备军更是堆起了一个有几千个雪球的雪球山。"现在——上!"小丘比特喊道。

顿时,大家大喊着,举起一个个雪球向敌方堡垒扔去。"报告……报告首领,敌袭!"一只双头花生被一个雪球击中了,赶紧跑回去报告圣诞雪球教主。"嗯……派出圣诞雪球远攻团,向敌军猛烈攻击!"圣诞雪球教主命令。

"哈哈……看雪!看雪!"瓶子炮把一百多个雪球都装

入发射口,向城墙猛烈开火。"哇哈哈,好痛快呀!"冰锥和雪球天生就会发射雪球,对着堡垒打得最疯狂。"嗯……我也来一招吧!"船锚炸弹在自己的炸弹锚上滚了一大团雪,向雪墙抛去。雪打到墙上,雪墙又少了一块。

"好!那我也来。"老陈啊明天往炮管里填了好几十个大雪团子,向怪物雪墙发射大型雪弹。"哈哈!这样太爽啦!"不知不觉,老陈啊明天就由炮射雪球变成了手掷雪球。"吃我一招,嘿,嘿!吃我一招!"被子给捏起10个雪球,向空中一跳,将10个雪球扔出去。"哈哈,射!射!"被子给扔雪球也扔疯了。"嗖——嗖——"奶油小泡芙堆积起了一大堆雪球,接着伸出磁悬浮双拳,开始飞速旋转,一大堆雪球就飞向了雪墙,轰掉了一大块雪墙。"哈!攻击!攻击!"猫猫射出引力电弧,吸起了一大片雪团,"呀!吃我一招:引力电弧暴雪锤!"猫猫甩出引力电弧,一团巨大的雪球飞向了雪墙,打碎了一大块雪墙。"哈哩卟啦吧,重力调节!"小魔女将雪的重力消除,再把它们的重力附在了雪墙上。那一大片雪墙都被击碎了。"呵呵!吃我一招!"赵云举起头上带着雪的激光矛,将激光矛对向雪墙,"嗖"一声,一个被雪包住的激光球飞了过去。"雪球"击中雪墙,墙又碎了一大块。

"是时候了!大家赶快冲进去!"小丘比特保护着萝卜们,命令道。"好的!大家做好准备,给墙最后一击!老陈啊明天,你还记得初入冰原时,我们抛圣诞雪球队长的方法吗?给我一个支点和一根足够长的杆子,我能撬起一个雪

萝社奇遇记

球！这次的投掷物，就是滚得全身是雪的奶油小泡芙！制造一个杠杆，将奶油小泡芙置在一头，另一头由小魔女施法产生重物，将奶油小泡芙弹出去！到时，我们一起冲入那个洞，攻破雪峰涧谷！"被子给机智地下令。

"奶油小泡芙，准备好了吗？"老陈啊明天问。此时，一只圣诞雪球射来一个雪球，正向杠杆的弱点飞去。"不好！看我——超级无敌张清飞石！"老陈啊明天抄起一个雪球，向那个飞来的雪球一抛，正中那个雪球。"哈哩卟啦吧，空气增压！"小魔女施展法术，一团巨重的虚形物体压下来，把奶油小泡芙弹上了天。"让我来！"猫猫射出一道推动电波，将奶油小泡芙射向了雪墙。"哈哈！看我空中小泡芙，多么厉害！"奶油小泡芙飞向了雪墙，在空中开心地大叫。

"轰"一声，雪墙被奶油小泡芙撞出了一个大口子。"快点，大家冲进去！"小丘比特命令。全体成员钻墙进入雪峰涧谷。

"喂——雪球总统（老陈啊明天突然忘记圣诞雪球教主的名字了），你快出来——"老陈啊明天在雪堡里喊着。"咦？看来这是地下暗道的开关。呵呵，你以为这种小把戏，骗得了咱们萝社成员吗？"老陈啊明天发现了一个被雪覆盖的书架，呵呵几声，抽出两本最厚的书。叮咚几声，书架两边张开，老陈啊明天走了进去。

"注意，注意！全体成员，到XXX坐标集合！发现暗道！"老陈啊明天举起通讯器报告。说完，他就走入了那个密道。"唔，这里蛮大的。哎，那是什么？有光！"老陈啊明天快步跑下去。在暗道里，老陈啊明天发现了一只巨大的雪球怪。

"你就是圣诞雪球教主？你已经被包围了，快投降，不然就等着挨揍吧！"老陈啊明天将炮口对准圣诞雪球教主。"是吗？我倒要看你有没有这个本事！"圣诞雪球教主吐出一个巨大的雪球。老陈啊明天没有做任何防备，被巨型雪球击中了。雪球炸开，将老陈啊明天炸出了老远。"不好，只凭我自己，根本无法和这个家伙抗衡。同伴们怎么还不来啊……"被大雪球炸飞的老陈啊明天似乎全身无力。

"圣诞雪球教主，休想得逞！"火龙剑和五支重箭飞了进来，击中了圣诞雪球教主。"可恶的家伙！"圣诞雪球教主吐出一个大雪球，却被攻略的分子破坏器给分解了。"好了，圣诞雪球教主，这回该认输了吧？"被子给和攻略走进来，一个持着爆烈枪，一个持着小蓝伞，都把武器对准了圣诞雪球教主。

"很好，很好。那就让我来一招最终绝杀！极冻雪暴！"圣诞雪球教主发出一波大雪暴，将大家向后卷出了好远。一波一波的雪暴冲击而来，大家抓着雪柱子都有很大的被甩飞的危险。"这也不行，那也不行……有了！反压力护盾！"攻略从百宝袋里掏出一个宇宙硒质护盾，扔给老陈啊明天，"明天，接着！"此时，一波雪暴又席卷而来，将护盾向后卷出了好远。"哎呀！没接到……"老陈啊明天还没叫完，夜月皮丘就在后面把护盾扔给了老陈啊明天。"接住啦！"

萝社奇遇记

老陈啊明天一把抓住护盾。"雪花，把能量积蓄好！这个护盾要发挥效果，得有你的能量速冻波帮忙！"攻略喊道。

"啊——"老萝卜阿达坚持不住了，飞了出去，被小丘比特接住。"哈，最后一击！"圣诞雪球教主大吼一声，发出了一波空前绝后的超级大雪暴。这一波雪暴卷断了所有的支撑物。雪暴袭到一块大冰块，冰块碎裂，老陈啊明天举着反压力护盾跳了出来。"看我的反压力护盾！"老陈啊明天将反压力护盾护在身前，竟然挡住了一波又一波的雪暴。"雪花，攻击！"老陈啊明天喊道。"遵命！"雪花使尽全身力气，发出了一阵能量强大的速冻波。这一道速冻波夹带着反压力护盾所吸收的能量一齐冲向圣诞雪球教主。残余的雪暴被冰雪能量波击垮，终于，圣诞雪球教主"啊"一声，被冰雪能量波冲倒在地。

"哦耶！赢了！"大家击掌欢呼。此时，圣诞雪球教主居然又爬了起来。"绝招！雪力天罡，冰封地煞，寒中万物，溃散崩塌！"圣诞雪球教主口念冰咒，体内能量更加强大。能量传到了雪峰涧谷的每一个角落。这些普通的雪哪能承受那么强大的能量，全部开始崩塌！雪峰涧谷这个万年堡垒，就此被毁灭。

"啊！雪下面好闷。"被子给从雪里钻了出来。"哦，真好玩的一场雪仗呀！"奶油小泡芙也钻了出来。"也挺够意思！"夜月皮丘爬了出来。其他成员、炮塔和萝卜们陆续从雪里爬了出来。

"咦？火巨龙呢？"小丘比特发现火巨龙不见了。"在这儿!"突然,老陈啊明天和众炮塔在一旁喊道。大家围过来一看,见火巨龙躺在雪地上,一动也不动。小丘比特把火巨龙的遮目盔往上调,摸了摸他的鼻孔,却感觉不到他的呼吸。原来火巨龙的头盔外加遮目盔,已经挡住了外界的大部分氧气,再加上刚刚被雪一埋,就没有一丝氧气能进入火巨龙的呼吸道了。火巨龙又是火系的,本来就不擅长憋气。刚刚,是他憋气憋得最久的一次,但还是没能撑到被救援的时刻。火巨龙,就这样被活活憋死了。

"火巨龙兄弟!你怎么就这样去了呀!呜呜呜——我们的征途还没有结束你就去了!呜——"赵云号啕大哭。"(抽泣)好了,赵云,我们走吧。冰峰涧谷的征途还没有结束,得继续前进!要是我们成功了,天上的秋霜汽水、没心没肺和火巨龙一定会开心的!"老陈啊明天拍了拍悲伤中的赵云的肩膀。

"现在,冰峰涧谷就是我们的大目标了!"大家将复仇之刃指向了冰峰涧谷。"成员同心,其利断金!"大家把手放在了一起。

萝社奇遇记

第36集　冰峰涧谷大乱斗（一）

　　"难道，那里就是冰峰涧谷？天哪，这也太大了！"阿波对这巨大的冰峰涧谷望而生畏。"确实。不过现在的问题是如何才能毫无损伤地攻入冰峰涧谷。"小丘比特很老套地提问。"根据可靠情报，冰峰涧谷的外面被曾经在萝社出现的那种虚体能量场包围，而且上到九天，下到地下，只有冰峰涧谷的大门处没有能量场。守门怪物是一大群小怪物。内门的守卫是大奶瓶。冰峰涧谷核心外层守卫者为北极老大，冰峰涧谷核心内层守卫者为寒冰怪，核心最内层守卫者是红灯机器人。鼹鼠要塞的入口就在核心最内处！"攻略报告。"嗯，很好！那就来——硬碰硬的战斗！"小丘比特决定了战斗方式，"我们分三队向大门进攻。首先，第一队，就是侦察队伍。攻略、看不到的，你们先去给前门的怪物当头一棒，然后回来报告情况。接着，第二队，老陈啊明天带着炮塔们把那一群怪物引开。最后，我们第三队再直接攻击冰峰涧谷大门！老陈啊明天，准备好了吗？"小丘比特问。"可以的！咦，攻略呢？"老陈啊明天四处张望。"看来他已经跑了。唉，这两个急性子哦！"老萝卜阿达摇摇头。

"报告,我们回来了!"攻略从小蓝伞上跳了下来。"我还进到冰峰涧谷里边看了一下。那个大奶瓶就在门后一萝卜公里处!"看不到的提醒道。"那些小怪物也难对付。老陈啊明天、火箭,你们要小心呀!"攻略叮嘱老陈啊明天和炮塔们。"要不让看不到的也跟我们一起把怪物引开吧,这样保险一些。"老陈啊明天提议。"好的!"被子给同意。

"你们这些小怪物!来呀!来呀!有种来呀!"老陈啊明天故意站在大门前面气那些小怪物。"你这个家伙,死定了!"一头巨角鹿快速冲向老陈啊明天。"哦,这是巨角鹿吧?最近我在来冰峰涧谷的路上背完了《怪物图鉴》!"老陈啊明天向右一躲,再抓住巨角鹿的大角,把巨角鹿狠狠甩了出去。"开火!开火!"三排双头花生连连开火。"哇!怎么这里也有双头花生呀!还好我知道对付它们的方法。"老

萝社奇遇记

陈啊明天挥了几下右手，把花生子弹全都存入炮口里。"哈，把子弹还给你们！"老陈啊明天向怪物群开了一炮，一大堆花生子弹飞向怪物们，打得怪物们哇哇大叫。"吃我们一招！"一大群偶买糕飞速旋转，无数冰淇淋膏飞向老陈啊明天。"哎呀！瑟瑟瑟瑟……好冷……"老陈啊明天猝不及防，被冰淇淋膏击中了。他不仅冷得发抖，被射中的地方还火辣辣的痛。此时，几只液化水向老陈啊明天频频射出急冻弹。每颗急冻弹触及地面，就暴起一大块刺冰。"哎呀！救命！"老陈啊明天一个接一个跳上刺冰，鞋子都几乎被刺穿了。一头巨角鹿又撞过来，把老陈啊明天站着的那一块刺冰的底部撞碎了。老陈啊明天只好向左一跳。一发急冻弹又射过来，正好击中老陈啊明天的腹部，腹前瞬间隆起一块刺冰，老陈啊明天被弹飞出去老远，最终趴在地上。"嗷……好痛……"老陈啊明天趴着直叫唤。一头巨角鹿向趴下的老陈啊明天冲来。"哎呀！"老陈啊明天赶快向左一滚，躲开这一撞。这头巨角鹿不甘心，又冲向老陈啊明天。老陈啊明天向它开了一炮，这头巨角鹿被炸飞了。老陈啊明天直到现在才想起：要把这些怪物引到埋伏圈里！于是，他大声喊道："你们这些小怪物，有种来追我呀！"说完，老陈啊明天赶紧开溜。"呀，你有种别跑！"那一群傻怪物追了上去。

"哇，你们回来了？挺快的嘛！还以为你们得花不少时间呢！"奶油小泡芙等着老陈啊明天他们。"主要是正电极和负电极来了一次火火的暴力圣光和两次辣辣的短路辐射。"看不到的解释道。"为什么大奶瓶在里边没有反应呢？

门都开了那么久了！"夜月皮丘很不解。

突然，一阵幻影闪过，幻影渐渐形成了一只大大的奶瓶软态怪物，头上的长管奶嘴顶部还长了一只眼睛。"啊哦，这个就是大奶瓶！"奶油小泡芙道。"哼哼，你们居然闯入冰峰涧谷了？接受地狱之奶的洗礼吧！"大奶瓶大声喊叫，向大家射出一道超腐蚀冰奶。"哎呀，妈呀！"赵云赶紧跳开，冰面上马上出现被腐蚀的痕迹。

"哈，我能张开拳头了！导弹，这下看石头剪刀布你怎么赢我！"拳套伸展着它的铁拳（头），开心地叫着。它向冰面狠狠一击，击碎大块的冰，然后张开拳头，拾起一大团碎冰向大奶瓶扔去。大奶瓶被碎冰击中了。待大奶瓶缓过气来时，拳套一把抓住它的奶管，将它狠狠甩了几下。老陈啊明天在不远处发炮，把大奶瓶炸飞了老远。

"吃我一撞！"奶油小泡芙狠狠滚去，将大奶瓶撞出了几十萝卜米远。奶油小泡芙又发射出了几串夸克波，将大奶瓶的奶管打得爆奶。被子给跳过去，一把擒住大奶瓶的奶管，一斧砍去，就将大奶瓶的奶管砍断了。猫猫张开双爪，向大奶瓶发射出两串电流。电流渐渐形成一个大电球，将大奶瓶给包住。猫猫双爪向左、右分别发力，电球破裂，大奶瓶被引力波撕成两半。

"哼，不堪一击……嗯？"猫猫突然发现，被撕裂的大奶瓶变成幻片状后消失了。紧接着，四面八方都出现了幻影，一大堆大奶瓶随之出现，将大家团团围住。"糟了，这是个陷阱！"被子给慌忙观望四周，此时，一大堆大奶瓶一

207

萝社奇遇记

起向空中发射腐蚀奶。那一大堆腐蚀奶在空中聚合形成奶球。奶球越来越大，从里边跳出来一只更大一点的大奶瓶。

"看来，你们都落入我的幻影阵了呀，哇哈哈！"大奶瓶猖狂地朝天而笑，"我虽然在分身怪里只排第三，可我也不是吃干饭的！今天，我一定要为二哥绷带猫、四弟摄魂蝠和五弟幽灵盾报仇！"说完，大奶瓶便召唤全体幻影朝大家发射腐蚀奶，自己跳到空中，变作幻影消失。

"啊！"小丘比特被腐蚀奶击中豆芽。"可恶的怪物，看招！豆芽旋风波！"小丘比特变出一个大豆芽，向幻影疯狂旋转。一阵强大的旋风冲击波卷飞了一大群怪物。"嗯？好！就这样！"老陈啊明天灵机一动，"小丘比特社长，你带着炮塔把这些幻影消灭，我们去干掉那个大奶瓶！"

"发现目标！"被子给举起爆烈枪，向空中开了一枪。一道隐形幻影被枪打破，大奶瓶从空中落了下来。"哎哟……你们是怎么发现我的？"大奶瓶很诧异。"别忘了，我可是有超精准定位仪的哦！"奶油小泡芙跳了几下。

"可——恶——！"大奶瓶向老陈啊明天射出一道幻影光波。"我闪！"老陈啊明天向左一躲，这道幻影光波射到冰墙上。大奶瓶再次隐身。

"吼，这家伙又跑哪里去了？"老陈啊明天四处张望。"我来探测一下……哎呀，糟糕！老陈啊明天，小心！"奶油小泡芙大叫。"嗯？"老陈啊明天并没有发现什么。突然，老陈啊明天的头顶出现一道虚拟屏障，大奶瓶从里面跳出来，一把按住老陈啊明天。"居然偷袭……"老陈啊明天被压得喘不过气，郁闷地喊道。

"你们别过来！我可不想和你们这些毛孩玩太久，全部都给我去死吧！"大奶瓶怒吼着，身边形成了一个虚形能量场。能量场越来越大，渐渐侵蚀了周围的物体。"不好，大家快后退！"被子给掏出爆烈枪，"嗵嗵嗵嗵"，几发炮弹飞去，都被能量场吸收了。"不行……看来，这种能量场只能从内部击破……老陈啊明天，就看你的本事了……"被子给叹了口气。

"好了！我先干掉你这个小子！"大奶瓶将奶管接到老陈啊明大的头上，一大波虚形物体侵入老陈啊明天的脑中。"嗯！啊！"一阵剧烈的晕眩和头痛马上袭来，将老陈啊明天折磨得半死不活。突然，一波像之前战灵魂猫一样的能量从大炮涌入老陈啊明天的身躯，他突然头不痛不晕了，精神抖擞起来。"哈，这种感觉还不赖！"老陈啊明天挺起身来，一把扯住大奶瓶的奶管，使劲甩着大奶瓶，将它狠狠砸到冰面上。"哎哟，这家伙的威力比平时上涨了几万倍！"大奶瓶明显感觉到了老陈啊明天身上强大的能量，不禁感到十分恐惧。"呀啊啊啊！"老陈啊明天跳到半空中，抡起闪着光焰的拳头，砸向大奶瓶。顿时，一大波一大波的拳头击向大奶瓶。一拳又一拳强大的"铁砧"重击，让大奶瓶毫无还手之力。虚形能量场消失了，可老陈啊明天还在暴打。"这家伙的拳头在吸收我的能量！现在我已经没有任何能量了……"大奶瓶痛苦地想。"呀哈！最后一击！"老陈啊明天拿大炮对准大奶瓶的眉心处，使劲开出一炮。一道爆烈激光

萝社奇遇记

冲向大奶瓶，它被轰得爆奶，而老陈啊明天也被反作用力喷出了老远。

　　老陈啊明天又冲了上去，对着大奶瓶狠狠打了几十拳。"停！"奶油小泡芙把老陈啊明天从大奶瓶身上拉下来。只见大奶瓶七窍流奶，已被老陈啊明天活活打死了。"哇！老陈啊明天，你可以呀！居然把这个家伙给打死了！"夜月皮丘连连夸赞。"不错不错，这招厉害！好一个'武松打虎'！"连被子给也直点头。"等等！你刚才说的是……中国经典故事？"老陈啊明天的神秘想法又喷涌出来，可他还没抓住这个想法，它就又烟消云散了……

第37集 冰峰涧谷大乱斗（二）

"呜……感觉越到冰峰涧谷内部，这天气就越冷了……瑟瑟瑟……"猫猫又多披了两层棉衣，但还是冷得瑟瑟发抖。"猫猫，闭嘴！你又不是猫，别那么娇气好吗？"老陈啊明天可烦猫猫了，明明是个不明放电物种，总以为自己是猫。"北极老大应该离我们不远了。这里是冰峰涧谷的内部了！"小丘比特向前面指了指。"北极老大虽然统治冰峰涧谷，但它不是最强大的。冰峰涧谷的大祭司寒冰怪比北极老大还要强悍很多。大家在对付北极老大时千万不能松懈，不能有一点损失，不然我们很难对抗在后面的寒冰怪和红灯机器人！"奶油小泡芙嘱咐大家。

"喂——北极老大，你快出来——我们要和你决一死战——"老陈啊明天喊道。"算了，它不在就别喊它，还省了打它的时间去救保卫怪物。"被子给道。"好吧。不过，保卫怪物就是在冰峰涧谷被俘虏的。不毁掉这儿，难解我心头之恨呀！"老陈啊明天捶了一下冰面。顿时，冰面裂开了几道长长的裂缝。"咦？我的拳头这么厉害了吗？我不觉得啊？"老陈啊明天吃惊地看着裂开的冰面。突然，那一大块

萝社奇遇记

冰面全部爆碎。"不好，大家后退！"小丘比特号令大家向后退。此时，一个大型白影从大冰坑里跳了出来。这个白影弹跳力极强，一下子就跳到了空中。大白影迅速落下来，"轰隆"几声巨响，它下落的地点碎出了一个巨大的六芒星状大冰缝，大冰缝也碎出了无数块小碎冰。

待大家能再看清楚时，发现来者是一只戴着黑色王冠的大型北极熊。"是北极老大？老陈啊明天，叫你喊，把北极老大都喊出来了。"猫猫责怪道。"怪我啰？"老陈啊明天不让步，"你说你是猫，北极熊可是吃猫的哦！"猫猫和老陈啊明天吵了起来。

"喂，你们是不是无视我了！"北极老大怒吼一声，抄一个巨大的冰雪球扔去。"老陈啊明天，注意！"小丘比特冲上去，持起一个飞速旋转的大豆芽挡住攻击。冰雪球爆开，大豆芽被彻底击碎，小丘比特被强大的冰雪冲击波弹出了老远，好不容易才停下来。"它好强呀！连……连旋转豆盾都挡不住它的普通攻击……"小丘比特惊讶得直喘气。"吃我一招！"赵云冲上去，把激光矛变成了威力超强的巨型激光锤，狠狠锤在北极老大身上。一道巨大的圆形振动波瞬间散开。"呵

呵,这回它应该完蛋了……什么?!"赵云抬头一看,北极老大正满脸怒气地盯着他。"……哈哈哈。嗨,小狗熊……"赵云假装友好地打招呼。"老子是北极熊!雪岭振动拳!"北极老大一拳把赵云打飞到了九霄云外。

"哈哩卜啦吧,收你能量!"小魔女挥动魔杖,一股魔法能量向北极老大袭来。"哼,雕虫小技!"北极老大一爪击向冰面,一道冰柱应声而起,居然把魔法给反弹了回去!小魔女傻眼了,自己施的魔法,反而把自己的魔力全部吸掉了。可怜的小魔女,一屁股坐在冰面上。

猫猫射出一道电流,正中北极老大的王冠,使它的王冠从头上脱落下来。"嗷——大胆!"北极老大怒吼一声,巨大的声波直接把猫猫给震飞了。"喵!"猫猫被打急了,聚集爪中的电流之力,形成一个巨大的能量电球,向北极老大射去。"渣渣。咸鱼导弹!"北极老大持起两条大咸鱼,向猫猫抛去。电球碰到两条飞鱼,立刻就灰飞烟灭了。咸鱼导弹飞到猫猫面前,马上炸出一大团毒气。"啊!有毒!喵——"猫猫在毒气里晕倒了。

"哈哈哈!一群渣渣——"北极老大哈哈狂笑。"北极老大,你别得意!还有我呢!"一个声音喊道。北极老大转身一看,一个斧头就飞到了它眼前。"哎呀!"北极老大向下一躲,躲过了这一斧。北极老大再一抬头,一双脚又飞了过来,它被踢了重重一脚。被子给拾起斧头,向北极老大身上剁了一斧。没想到这一斧剁下去,居然只剁出了一个小小的凹槽。

萝社奇遇记

"可恶！"北极老大抄起一个冰雪球向被子给扔去。被子给向天上一翻身，躲开了这一冰雪球。被子给再一把抓住北极老大的爪子，腾出另一只手狠狠地重击它。北极老大也用另一只爪子扇打被子给。"老陈啊明天，快点！我要撑不住了！"被子给呼喊着。

"来了！北极老大，正义由我来伸张，好好享受我为你提供的'贴心服务'吧！"老陈啊明天将炮口对着北极老大，"先来第一个程序！捶背！"老陈啊明天向北极老大开了一炮。"哟吼！"奶油小泡芙从炮管里飞了出来，重重地撞在北极老大脸上。"吼！"北极老大被撞得直喷水。"第二步，按摩！泡芙按摩师，准备开始！"老陈啊明天喊道。"好嘞！"奶油小泡芙伸开双拳，极速向北极老大揍去。"吼！呦！噢！喷！"北极老大基本没有反击的力气。"最后一步！安——睡——吧！"老陈啊明天跨到一块冰上，狠狠一蹬，跳到了北极老大身上，用炮管狠狠地砸北极老大。"泡芙按摩师，加点儿力气！"老陈啊明天喊道。"好！咦，等等，我怎么成按摩师了……"奶油小泡芙在北极老大的身上跳来跳去，一下落一重压，有十几下都压到了北极老大的头部。"被子给，你把它束缚住！我来消灭它！"老陈啊明天叫道。"OK！"被子给抽出爆烈枪，向北极老大的头部狂开几枪，接着一跃而起，把北极老大死死按住。"正电极、负电极，你们使出暴力圣光！我需要支援！"老陈啊明天喊道。"好的！预备——发射——"正电极和负电极合力向天空射出了一道能量超强、直冲云霄的闪电激光。"我来了!"老陈啊明天冲到正、负电极旁边,将炮口对着天空,一股强大的能量进入老陈啊明天的身体。他使劲聚集意识力量。顿时,从炮口里也飞出了一束冲向云霄的电光!"天啊,果然厉害!但是为什么只有我的大炮有这种效果呢?是因为加了两个能量块吗?"老陈啊明天自己也很诧异。

两道电光在空中聚合,形成一道超级电光,向北极老大飞去。"被子给,奶油小泡芙,快躲开!小心超级电光!"老陈啊明天喊道。"好!"被子给和奶油小泡芙马上躲开。就在他们俩完全躲开0.01秒后,电光击中了北极老大!顿时,一阵超级振动波呈圆状飞速散开,将人家震飞了很远。

待大家回来时,北极老大已经躺倒在地,动弹不得了。"死了吗?"老陈啊明天拿大炮试探了一下。"你——别碰它!"一个巨大的声音在空中响起。接着,一个全身是冰、持着寒冰叉的大怪物从天而降。"糟了,是寒冰怪!"夜月皮丘道。"什么?哼,又是你们。我提前警告,在你们的地盘,我们确实抗不过你们。但是,在这个冰雪覆盖的世界,你们要想攻下属于我的地盘,那是不可能的!你们的那位同伴也别想再见到你们了,我会把你们葬在冰山之下!"寒冰怪猖狂地喊道,"下面,有请我们的精锐部队出场!"寒冰怪将冰叉向地面一敲,从天上飞来了一大堆像糖果一样的怪物。从地面的冰下,也钻出了无数烂泥状的绿色小怪物。"让它们好好'招待'你们这些远道而来的客人吧!哈哈哈——"寒冰怪猖狂地笑着,瞬移走了。

"糟了!小糖果、烂泥怪!有没有对付它们的程序?有

萝社奇遇记

没有……有没有……有没有……"攻略赶忙飞上天，急切地翻看着百宝袋。"你们别想逃出我们这里！小的们，准备好烂泥飞弹！"烂泥怪首领大喊。所有的烂泥怪开始疯狂吐出烂泥弹。"哎呀！这些是什么……"老陈啊明天慌忙开炮。炮弹炸到烂泥球，烂泥球不但没有被炸碎，反而变成了一个个烂泥怪。"不行的！越打这些怪物就越多，几乎没有对付的方法。"被子给让大家退后。"这可不一定！我这个社长可不是白当的！让你们见识一下我的能力！豆芽旋风波！"小丘比特抽出一个巨大的豆芽，向无数烂泥球刮出狂风，所有烂泥球都被刮了回去。"哎！""哎哟！""噢！"烂泥怪们被自己发射的烂泥球击中了，痛得哇哇叫。

"你们——怎么可以！"烂泥怪首领将自己卷成一个巨大的烂泥球，向大家滚来。"不好！快逃！"小丘比特喊道，然后将大豆芽向大烂泥球抛去。大豆芽瞬间被撞了个粉碎，而烂泥巨球依然在向前滚动。

"居然有人敢模仿我的大招！我倒要看看，是它的烂泥滚厉害还是我的泡芙滚厉害！"奶油小泡芙火了，它卷成一个球，飞速向大烂泥球滚去。这团大烂泥可是从冰坡上滚下来的，势能本来就大。奶油小泡芙的泡芙滚再强大，也是以平地为起点的，战斗力自然没有从坡上滚下来的那么厉害。两球相撞，产生了巨大的振动波。烂泥怪首领恢复成原样，而奶油小泡芙被撞出了3萝卜米远。"天啊，居然有比我还强的滚动者！"奶油小泡芙吃惊道。

"吃我一招！"老陈啊明天向烂泥怪首领疯狂开火，每次却只能炸下来一点儿烂泥。"受够了！"烂泥怪首领张大嘴巴向老陈啊明天扑来。"明天——小心——"美萝卜阿秋喊道。"这家伙为什么打不烂呀！"老陈啊明天慌忙逃窜。"明天再小心？"雪花在一旁无辜吃瓜。

"可恶！再来一击！"烂泥怪首领卷成一个大烂泥球，向老陈啊明天滚来。"救命！"老陈啊明天只得逃跑。突然，天上降下一注液体，洒到了烂泥怪首领身上。"哇？什么？啊——"烂泥怪首领的身体渐渐被分解了。"不——"烂泥怪首领绝望地喊道。"攻略！"老陈啊明天向飞下来的攻略扑过去。"刚才那是什么？""那是分解氪化钾原子铜液，可以快速分解物体。平时拿这个来分解工程障碍，没想到这个时候派上用场了。不过，我只有这一瓶，这种东西是很难制造的，耗费的东西也很多。"攻略有点儿可惜地看着这个空瓶子。

"小糖果军团飞到哪里去了？"被子给突然发现小糖果们不见了踪影。"小糖果是比烂泥怪还难对付的怪物，它们不在，肯定会有什么更强的攻势。"夜月皮丘猜测。"看！那些是什么？"猫猫指向天空。被子给漫不经心地看了一眼天空，马上被吓得大叫："大家快做好战斗准备！这些——这些是小糖果召唤出来的蛀牙卡路里！"

"什么？卡……卡什么？"老陈啊明天根本不懂卡路里是什么。"燃烧我的卡路里！"奶油小泡芙在冰面上跳来跳去，结果跌到冰面下的水里了。"你确实得燃烧点卡路里，大胖子。"猫猫无奈地看着被踩碎的冰面。

萝社奇遇记

"呀，不好！蛀牙卡路里体内出现高热量反应！大家开火！"攻略发现万能手表探测到的危险警告，连忙高呼。

"导弹，加油！导弹，加油！"导弹不停地向上开火，拳套、火箭、雷达组成啦啦队。"不行，正常攻击是没用的！太阳花，用热辐射振动波消灭它们……嗯，太阳花？"攻略转身一看，发现太阳花已经被冻倒了。"没事，汽油瓶也行。赶快，没时间啦！"攻略急得直跳脚。"不行！它们已经来了！"汽油瓶指向天空：一大堆辐射弹向大家飞过来。"让我来！哎——呀——哎呀呀呀呀呀呀呀……"瓶子炮疯狂向辐射弹发射炮弹。瓶子炮的炮法很准，一发命中一个辐射弹，但依然有无数辐射弹飞来。"哎呀，糟了！没办法了吗？"老陈啊明天想逃。"算了，我来吧！变身未来星！星光护盾！"炸弹星变身未来星，展开一个星光防护网。无数道辐射弹炸开在星光防护网上，防护网炸裂，未来星被强大的能量波冲趴。"未来星！你没事吧！"老陈啊明天冲过去扶起未来星。"我没事！一点振动波根本就没什么伤害。"未来星对自己充满自信。

此时，从天上飞下来数不尽的怪物。"那些可能是小糖果！尝尝我的电磁束缚波！"猫猫在爪上聚集电流，向怪物射去。为首的小糖果被电流作为"绑定"目标。电球越来越大，包裹了越来越多的小糖果。猫猫再将整团电球发射出去，一大团小糖果从天上被击落下来。"这招是我新发明的！"猫猫扬扬得意。

"天啊，真厉害！所有小糖果都被消灭了！它们好像没有首领了。耶,我们赢了!"老陈啊明天开始欢庆。"真是如此吗?"被子给走过去,一斧劈断一只小糖果。只见小糖果体内的糖肉瞬间附到了另一只小糖果的身上。所有倒地的小糖果都开始自然分裂,全部附到了那个大糖球的身上。攻略一看,惊呼:"这是小糖果体内剩余的糖分卡路里正在聚合!老陈啊明天,快开火轰掉这个小糖球,这样糖分卡路里就没有任何吸附物了!"

"遵命!"老陈啊明天慌忙向大糖球开炮。突然,从糖球里射出一大圈卡路里辐射波,居然将炮弹弹了回来!"什么意思啊?!"老陈啊明天赶紧拿炮护住自己的头部,但还是被炸出了很远。

待老陈啊明天跑回来,却发现大家都在原地站立着,一动也不动。"为什么不去消灭它?"老陈啊明天询问。"这个糖球,我们一攻击,它就会射出卡路里辐射波,目前还无法攻击。"被子给道。

突然,糖球凝结成形,变成了一只长着八字胡的大型小糖果。"是小糖果首领!"夜月皮丘低声道。

"喂,谁那么没礼貌,在底下那么小声咕哝!"小糖果首领暴怒。"它才没礼貌呢!吼那么大声。"被子给悄悄对老陈啊明天道。"对啊,没礼貌,零分——"老陈啊明天也很鄙视它。"谁在下面咕哝?!打倒浮铜不用药,黄沙遇难抱佛脚,如今到此没礼貌,尝尝我的大绝招!"小糖果首领怒火冲天,张开大嘴,一个巨大的卡路里爆破辐射弹飞了过来。"不好!"未来星慌忙召唤出数十个星光护盾和一个巨

萝社奇遇记

大的星光防护网。这个卡路里爆破辐射弹快速飞了过来，一下子撞碎一个小星光护盾，无坚不摧，所向披靡。那个巨大的卡路里爆破辐射弹一头撞上了巨型星光防护网，双方各不相让，相互凶猛地顶撞着。大家紧张地看着形势。终于，那个卡路里爆破辐射弹撑不住了，使劲散开，包住整个星光防护网，连带着星光防护网一齐爆炸，超强的振动波将大家全都掀飞。未来星倒在地上，变回了炸弹星。"天哪！冰峰涧谷的怪物为什么都那么强……"老陈啊明天倒在地上震惊道。"怎么可能?！刚才可是未来星暗夜星光的全部能量……"炸弹星自然是最惊讶的。

"嗯哼？看来还有些实力。看这招你怎么躲！"小糖果首领张开血盆大口，开始积蓄卡路里。"小心！护盾挡不住的，快逃——"炸弹星和攻略一看不好，马上喊道。此时，第二发能量更大的卡路里爆破辐射弹向大家飞来。"糟了……"小丘比特还没叫完，卡路里爆破辐射弹就在大家的头顶爆炸！顿时，方圆50里的冰面全部被炸碎，强大的振动波几乎直接摧毁了远在天边的萝社总部。大家也都被这发威力巨大的能量弹给炸上了天。

"啊啊啊——"老陈啊明天从天上极速下落，一头栽在冰面上，顿时头破血流。再加上小糖果首领的爆破，把老陈啊明天的身体炸出了个巨大的血窟窿。"还好我的伞能防爆……"攻略没受太多伤。他的百宝袋摔到地上，反压力护盾从里面滚了出来。"嗯？好！很好！就用这个了！"攻略冲向老陈啊明天，"明天，明天！反压力护盾在这，拿这个来对付小糖果首领!"攻略扶起老陈啊明天。"我……哎呀……不行了……"老陈啊明天捂着血窟窿倒在地上,连坚不可摧的大炮也被炸碎了一大块。"这里只有你一个恢复了意识!其他人都不行了!"攻略让老陈啊明天观看四周。"你……哎哟……你来吧……"老陈啊明天痛入骨髓。"好吧……啊!"攻略突然全身一阵酥麻,手失力,反压力护盾掉在地上。虽然攻略的伞大大保护了他免受体外伤害,但强大的辐射波依然一定程度地摧毁了他的内筋骨。

"居然还有人活着?好,那就尝尝我的最后一击!"小糖果首领张开人口,将卡路里(能量)积蓄得越来越强。"糟……了……"老陈啊明天绝望地望着越来越强的卡路里爆破辐射弹。此时,晕倒的小丘比特恢复了一点意识。小丘比特向老陈啊明天微微竖起大拇指。"社长……"老陈啊明天被感动了。"加油……炮里的……能量块……会给你……超强的……能量……相信……我……你……一定……行的……"小丘比特艰难地微声说完,再次昏倒。

"社长……说的没错……属于我的力量只是暂时被隐藏了而已!让我召唤出属于我的力量吧!不过,我也许还要一点辅助!奶油小泡芙!"老陈啊明天叫道。"嗖——"一阵风飘过。"嗖!嗖!嗖!砰!"一块冰块撞在冰面上。"那……那……只能让我自己来对付这个家伙了!"老陈啊明天举起反压力护盾,"小糖果首领,来战吧!"

"哟!那么狂妄。那好!就让我来满足你的心愿吧!"小糖果首领吐出一个巨大的卡路里爆破辐射弹。老陈啊明天

萝社奇遇记

举着反压力护盾等着。"啊！"突然，老陈啊明天内伤发作，倒在地上。"我来啦！"冰面上忽然碎冰飞溅，一个大肉包子从冰底冲了出来，向卡路里爆破辐射弹冲去。"嘭！"一声巨响，奶油小泡芙被炸飞到老陈啊明天旁边。"死泡芙！你为什么这么傻！"老陈啊明天呜咽着。"我……只是给你挡弹而已。反正……这玩意也不会把我伤得太重。"奶油小泡芙递给老陈啊明天一个能量块。"吃了它……你一定可以打败小糖果首领的……记住，反压力能源需要另一个回击波去回攻敌人……虽然对手比绷带猫更强，但我相信，萝社的正能量永存……"奶油小泡芙还没说完，他的表皮突然爆掉一块，蹦出火星，喷出烟来，他也不省人事。

"泡芙……朋友们……我……绝不放弃！"老陈啊明天拾起能量块，毅然决然地将能量块咽了下去！顿时，老陈啊明天感到自己身体内部能量爆满，几乎堪比绷带猫。"小糖果，尽管上吧！我要把你的糖纸扒了喂奶油小泡芙！"老陈啊明天举着反压力护盾大喊。

"那好！我奉陪到底！最后一击！"小糖果首领张开巨口，喷出一个能量巨大的超级卡路里终结版爆破辐射弹。巨大的卡路里爆破辐射弹与反压力护盾相撞，一时火光四溅。虽然老陈啊明天吸收了一整块能量块的力量，但对于巨强的卡路里爆破辐射弹来说，依然略逊一筹。只见老陈啊明天的手脚青筋爆出，全身的血管爆裂，鲜血涓涓流出。"嗯啊！"老陈啊明天头皮一硬，脑袋再顶上去。虽然头上又多了一道血疮，但他还是勉强挡住了卡路里爆破辐射弹。突然，老陈啊明天意识到了一个严重的问题:"哎呀,这下惨了!其他同伴一个都没醒过来,根本没有人可以提供一个反推力让卡路里爆破辐射弹飞回来……这回怎么办……难不成我们真的得在冰峰涧谷完蛋吗?"老陈啊明天只好先拼命顶着。反压力护盾上渐渐出现了一些裂痕。"完了,连反压力护盾也撑不住这种力量了……"老陈啊明天的身体由于负荷过重,一大堆血筋凸起后立马爆血。

　　突然,老陈啊明天手上的大炮又发出了一股能量!老陈啊明天一惊。"嗯……很好,这种能量又出现了!小糖果首领,就算你的能量比绷带猫还强,我们还是能打败你!"老陈啊明天经历了好几次这样的能量暴走,不仅习以为常,还能把它操纵成一种大绝招。"狂——怒——天——罚!"老陈啊明天暴吼一声,举起大炮对准巨大的卡路里爆破辐射弹。大炮内射出一条能量巨强的爆烈激光,开始与巨大的卡路里爆破辐射弹相撞。这发卡路里爆破辐射弹终于承受不住老陈啊明天的能量暴走,渐渐露出了败势。"这是什么能量?!"小糖果首领极为惊讶。"这是……终结你的能量!"老陈啊明天低吼着。卡路里爆破辐射弹终于被狂怒天罚激光波打了回去,反压力护盾在超级力场中碎了。巨大的狂怒天罚版卡路里爆破辐射弹飞向小糖果首领。小糖果首领被击中,能量波剧烈扩张。"哎呀!"远在天边的萝卜城里的一名无辜行人被一阵突如其来的振动波震到了电线杆上。

　　小糖果首领掉落到地上。

　　"是时候了!明天百战带铜炮,不破冰河终不还!"老

萝社奇遇记

陈啊明天龙吟功爆发，拳上血筋爆破产生的血液已变成了拳头上愤怒的火焰。"狂——怒——暴——拳！"老陈啊明天攥紧拳头，跃向跌在地上的小糖果首领。"吃我一拳！"老陈啊明天握起狂怒的拳头，向小糖果首领猛烈打去。"吼！呦！噢！啊！呦！噢！啊！闷！喷！"小糖果首领被天神的拳头打得直喷血。

"最后一击！狂——怒——冲——击——波！"老陈啊明天暴吼一声，全身被一个巨大的闪电爆破火焰能量大火球包围着。"去死吧！"老陈啊明天以闪电狗（详情见《宠物学院故事集》之《闪电卡尔克》）之速度向小糖果首领冲去。一秒不到，这道天神冲击波已经冲破了小糖果首领的身体，糖浆一下子爆了出来。"啊——这不可能——"小糖果首领喊完最后一声，全身就炸开了。

老陈啊明天渐渐平静下来。他看着自己身上的"血流成河"，"扑通"一声，倒在地上，昏迷过去。

第 38 集　冰峰涧谷大乱斗（三）

"你终于醒了！"老陈啊明天睁开眼，发现了一个大肉包子。"奶油小泡芙？！你……你不是内部系统崩溃了吗？我……我怎么好了那么多？！"老陈啊明天咕噜一下子坐起来，惊讶地看着奶油小泡芙和自己的身子。"哦，原来你不知道，我是装晕的呀！被子给他刚开始确实被炸晕了，后来在你和小糖果首领战斗时醒了过来。你好强呀！小糖果首领那么强大，居然被你几招就干掉了。你昏迷了一个晚上呢。昨天晚上，夜月皮丘、社长小丘比特、攻略、猫猫、阿波和雷达也醒了。在你昏迷的时候，猫猫给你做了个长达 6 萝卜时的手术，才把你的伤口缝好一半。现在它在给其他成员和炮塔动手术呢。"奶油小泡芙指给老陈啊明天看。

老陈啊明天一看：猫猫正在给赵云做检查。猫猫眼里充满了血丝，估计是彻夜做手术造成的。可是，为什么猫猫眼里还闪着泪花呢？连猫猫披着的棕色连帽棉绒外套的袖子也全都湿了，肯定是发生了什么不好的事。老陈啊明天把这个疑问告诉了奶油小泡芙。"嗯……"奶油小泡芙似乎不太愿意回答，"昨天晚上，猫猫解剖检查小魔女的时候，发现在

萝社奇遇记

和北极老大战斗时失去魔力的她，被卡路里爆破辐射弹的热量炸裂了心脏，凉了……"顿时，老陈啊明天心中一沉，再次体会到了失去同伴的痛苦，差点儿落泪。虽然猫猫平时对自己不太好，但是如今"猫咪（'咪'通'米'）魔水"童话四人组已然亡二失一，只剩下了猫猫，又有什么好开心的？

老陈啊明天还是忍住了想哭的念头。之后的日子，这种分别会更多。这时，被子给跑了过来："老陈啊明天，你太厉害了！我对你刮目相看了，你真的很强！晚上，我和泡芙、攻略、夜月皮丘研究了一下你的暴走形态，发现这种暴走元素是我们每个成员及炮塔都有的。只是我们的元素还没像你的一样被激活而已。""没有他那样的生死搏斗，估计也很难激活暴走元素。"小丘比特在一旁咕哝。

"小糖果首领被击败了，可是寒冰怪却还没有出现。这里面可能有什么更大的隐患。"夜月皮丘担心着。"这有可能是真的！寒冰怪把北极老大的残骸带回去，就是为了用寒冰治疗术将它复活。这样，两个冰峰涧谷的关底大 Boss 一齐出战，而我们只有一小部分人醒着。要是我们剩下的人不全部激活暴走元素，那就真的很难应付了。"被子给突叫不好。

"前提是寒冰怪不来……"雷达还没说完，一大堆冰块就从天上掉了下来。"啊——下冰块雨了！快逃呀——"老陈啊明天率先找了个地方躲了起来，躲避从天而降的冰块。越来越多的冰块坠落下来。"不对！这事情不正常，绝对有什么东西要来了。"被子给感到不妙。"肯定是我爱吃的刨冰!"奶油小泡芙啃着一块冰块。此时,所有的冰块融在一起,居然变成了寒冰怪。天上又落下来一把寒冰叉,被寒冰怪一把接住。"雷达,你个乌鸦嘴!"猫猫暂停手术,边积蓄电能边骂雷达。

"啊,小糖果首领、烂泥怪首领死了——你们已经基本把冰峰涧谷给毁了!我要代表怪物群岛灭了你们——"寒冰怪怒吼着。一个巨大的白球从天上坠落下来,击碎好大一块冰。白球开始伸展,北极老大站了起来,给大家来了一招狮吼功。"这下糟了!"小丘比特向北极老大抛出一个旋风豆芽。北极老大一拳把旋风豆芽打碎。"嗯,凉快!很好的风扇。"北极老大恶狠狠地说完这几个字,就扑向了小丘比特。"奶油小泡芙!"老陈啊明天喊道。"好的!"奶油小泡芙向北极老大跃去。两个大球相撞,都落了下来。

寒冰怪一甩寒冰叉,一个大大的爆裂冰球向老陈啊明天几人飞来。"小心——"老陈啊明天本能地用炮挡住攻击。大铜炮被冻住了。"喷,只是冷冻外壳而已。"

萝社奇遇记

老陈啊明天朝着寒冰怪连发几炮,都被北极老大挡住。"你们不要以为我没有其他支援了!我还有更多的首领,比烂泥怪和小糖果还要强大!出来吧,首领们!"寒冰怪狂笑着,把寒冰叉向地上一戳,三个巨大的怪物就从冰面下破冰而出。"这下完了……巨角鹿、液化水、双头花生……"雷达直接晕倒。"召唤——冰龙!"寒冰怪再大吼一声,天空中无数寒气开始混合凝结,变成一只巨大的冰龙。"这回,看你们怎么逃!"寒冰怪吼着。敌人们正在逼近。

"不作死就会死!看来……得再来一场作死战!冲啊——"老陈啊明天向巨角鹿首领冲去。"嗯!够放肆!"巨角鹿首领轻轻一顶,老陈啊明天就飞出了老远。"尝尝炒花生的威力吧!"双头花生首领疯狂发射大花生。"炒花生!我要吃!嗨!呀!吼!吼!呀!"奶油小泡芙挥舞着磁悬浮拳头,一拳挡住一个花生弹,"知道我的厉害……哎哟!"奶油小泡芙太得意忘形了,被一花生弹击中,微凹下去一块皮。"渣渣,胖泡芙!"双头花生首领讥笑着。"……竟……敢……说我胖!飞旋小泡芙!"奶油小泡芙首次火山爆发,一跃至空中,开始飞速旋转,拳头舞成了一圈"土星"光环。"接招!"奶油小泡芙飞旋向双头花生首领,"土星"光环疯狂击打着他。"寒冰冲击弹!"寒冰怪一挥叉子,一发冲击弹把奶油小泡芙打回了原形。

"该死,要是太阳花在就好了,把这些全身是冰的家伙化光光……"奶油小泡芙很生气。这时,冰龙向大家狂吐冰冻气息。"哎呀!瑟瑟瑟瑟……救命!"老陈啊明天快被这股气冻成冰棍了。他再转头一看，小丘比特已经变成一根冰棍了。

冰龙突然飞起，扑翅向大家飞来。"哎呀，不好！这是冰龙展翅！"连被子给也被惊住了。冰龙猛一扑翅，一阵寒冰龙卷风刮来，将大家给卷飞很远。"瑟瑟瑟瑟……"老陈啊明天感觉自己的脑袋都要被冻僵了。奶油小泡芙虽然不怕冷，但它身上也结了一层厚厚的霜。

"巨角冲撞！"巨角鹿首领极速顶了过来，一头撞裂一个冰峰，强大的作用力又将大家震飞。"感觉……不错！"老陈啊明天感到那一股能量又开始在身体里涌动。液化水首领吐出一个巨大的凝结球。"注意！那是急冻凝结弹。快躲开！"猫猫大声提醒。急冻凝结弹滚了过来。"能撑住吗？"被子给看了看老陈啊明天，又看了看奶油小泡芙。"当然能！""梦三角"开始行动。

"激发暴走元素计划，现在开始！"老陈啊明天不知不觉地成了三角形的最高点。说完，老陈啊明天就扑向了急冻凝结弹。他居然用手和铜炮顶住了急冻凝结弹！寒冷瞬间蔓延到老陈啊明天的整条手臂。"冷？那就再刺激一点！"老陈啊明天空出持着铜炮的那一条手臂，向急冻凝结弹狠狠一击。只见急冻凝结弹上出现数十条碎裂痕，随即炸开。"去死吧！"北极老大从急冻凝结弹后面跳出，一招冰山压顶攻来。"哎呀！"老陈啊明天赶紧闪开。"雪岭振动拳！"北极老大不甘示弱，又一招打来，却被老陈啊明天凌空用炮接招。

萝社奇遇记

"很好，老陈啊明天似乎活跃起来了！泡芙，我俩一起上！"被子给和奶油小泡芙一齐冲向冰龙。冰龙张开大口，想给他们俩来一波寒风，奶油小泡芙趁机跳进了冰龙的嘴巴里。"哈哈，本悟空小泡芙来也！"奶油小泡芙又给自己起了个外号。

"不入虎穴，焉得虎子！冰龙，接招吧！"被子给抓住冰龙的翅膀，荡到了冰龙头顶上。冰龙愤怒地摇着头，被子给死死抓住冰龙头上的鳞片。"吃我一招！"被子给反握斧柄，用斧柄向冰龙狠狠一戳。

"冰龙的肚子里真凉快！"奶油小泡芙做了几个热身运动后就开始在冰龙肚子里闹腾。"可恶，为什么一点作用也没有呀！"奶油小泡芙在冰龙的肚子里跳了几十下，冰龙依然没有一点反应。奶油小泡芙有点儿急了。冰龙因为被子给的一戳，一股寒流从外面的口腔袭来。"啊，不好！要赶紧打爆这个家伙！"奶油小泡芙看着冰冻气息正在逼近，史上第一次开始着急。"快暴走！快暴走！"奶油小泡芙跳得越来越疯狂。"啊——我爆发了！野蛮一顶！"在冰气几乎贴住奶油小泡芙时，奶油小泡芙向冰龙肚皮重重一压，一道巨强的压力振动波将冰龙肚子里的一大堆冰震碎了。冰龙吃痛，长啸一声。"耶！我的暴走能量！"奶油小泡芙意识到了什么。

"再来一次！野蛮小泡芙！"奶油小泡芙兴奋了，身体内的一股能量再次爆发出来，射出几道蓝光，一圈氯铵钾性酸钠夸克光环极速散发，将冰龙整个给冲碎了。被子给跃了下来。"耶,本泡芙无敌啦!"奶油小泡芙跳了起来,结果又掉进冰窟窿里。

"啊,我的冰龙!哇啊啊……我饶不了你们!"寒冰怪怒吼一声,将寒冰叉积蓄冰能,向被子给扑来。"该小心的是你自己!"被子给持斧迎战,一人一怪就开始厮杀起来,打得天昏地暗。"乓"一声,被子给的斧头和寒冰怪的冰叉相撞,冰花四溅。"投降吧,被子给!你是无法和怪物大军抗衡的!"寒冰怪狞笑着。"让我投降,你想得倒美!我——一——定——会——打——败——你!"被子给进入狂暴模式。"怒火剑气波!"被子给的斧尖不知不觉地燃起了大火。"居然还有东西能在冰峰涧谷着火!"寒冰怪极为惊讶。"看我一招KO你!"被子给将斧柄举高,疾速扬下,一道充满烈焰的冲击柱向寒冰怪冲来。"纳米泥巴!"寒冰怪被怒火剑气波夹带着向前冲去,身体前部几乎被融化了。"啊啊啊啊啊!"怒火剑气波带着寒冰怪撞上了一块巨冰,冰块被炸碎,寒冰怪被炸成了碎冰块。几个怪物首领看老大被打碎了,有点儿不知所措。

"机会来了!"老陈啊明天趁机飞起一脚,将北极老大踢了个跟跄。老陈啊明天再扑上去,一个上勾拳打去,北极老大被打得吐水,一拳过去,打得它差点儿晕过去。北极老大终于受不了了,将身子猛一下撑起,把老陈啊明天掀飞了一段距离。"飞鱼导弹!"北极老大一下子掏出了六条咸鱼,向老陈啊明天掷来。"哎呀,妈呀!"老陈啊明天赶紧打滚,六发咸鱼飞弹都没有打中他。北极老大一下子扑上来,接着

萝社奇遇记

和老陈啊明天缠斗。

北极老大突然使出一招勾魂爪,将老陈啊明天大战小糖果首领时未愈合的伤口又给抓破了,血液流出。"啊!我的旧伤……"老陈啊明天内心燃起了熊熊怒火,"看到了吧?我的血是红色的!现在——我要看看你的血是什么颜色的!"老陈啊明天开了个不大不小的玩笑,"狂怒火箭拳!"老陈啊明天拿着大炮的那只手燃起了熊熊烈火,他冲上去,只一下就把北极老大打出了百米开外。"狂——怒——冲——击——波!"老陈啊明天飞到半空中,然后疾速向北极老大冲去。"卧……"北极老大还没喊完,就被天神的冲击波打入地壳深处。北极老大,game over。

另一边,夜月皮丘也在和双头花生首领打得火热。"尝尝我的天女散花生!"双头花生首领向天上狂喷花生弹。花生弹像雨点一般落下来。"啊!"夜月皮丘迅速躲开花生雨。"那我倒看看这一招你怎么躲!喜酒花生连珠炮!"双头花生首领向夜月皮丘疯狂喷出冲击花生弹。"糟……"夜月皮丘还没来得及说完,数不清的花生弹就飞了过来,每一发花生弹都引发了一次冲击。夜月皮丘被击倒在一块巨大的冰块前。"哇哈哈!不堪一击——"双头花生首领很得意。"别……以为……你很……厉害……"夜月皮丘勉强掏出等离子枪,向双头花生首领连开几枪。等离子能量让双头花生首领感到疼痛。"呀!你都倒下了还敢猖狂!看我最后一招!"双头花生首领跃起,从上往下疯狂发射冲击花生弹。夜月皮丘被打成了个"八面柠檬"。

最后一发花生弹准确击中了夜月皮丘的脖颈。夜月皮丘突感胸口一闷，差点儿喷血。不过这一击，让夜月皮丘等离子枪内的能量块炸裂，一大波能量涌入夜月皮丘的身体。"感觉身体里有什么东西……很好，看来我的暴走元素也被激活了！"夜月皮丘突感自己体内涌满了等离子能量，瞬间感到一阵喜悦。等离子枪也变了个样子，成了一个激光火箭筒（保卫怪物曾经的发明）狀的等离子控制器。"哇！好帅！"虽然是夜月皮丘自己弄出来的，但她还是觉得好酷。"双头花生，我要把你的壳剥下来喂奶油小泡芙！离子战机队！"夜月皮丘调动等离子控制器，一大队等离子构成的战斗机开始起飞。"什么？这些又是什么？"双头花生首领很惊讶。"全体——开火！"夜月皮丘一拨等离子控制器，所有离子战斗机一齐向双头花生首领发射等离子激光波。一大堆激光波击中了双头花生首领，形成一个巨大的等离子光球，将双头花生首领包在里边。双头花生首领攻击力强，但防御力就差了，直接被等离子粉碎了。"垃圾！"夜月皮丘笑了一声。

攻略在和巨角鹿首领战斗。"三色魔术球，出动！"攻略命令三色球发动攻击。"那是什么？哼哼，反正也没有东西挡得住我的巨角冲撞！"巨角鹿首领信心满怀。红色魔术球从天而降，向巨角鹿首领撞击。"和我比撞，门都没有！"巨角鹿首领和红色魔术球对撞。红色魔术球被撞碎了，分裂成了100个小红色魔术球。"很好，分裂球、掘地球，开始攻击！"攻略命令道。蓝色的掘地球钻到冰面下，紧接着，

萝社奇遇记

巨角鹿首领脚下出现了一个大冰洞，巨角鹿首领落了下去。

"干掉了？太容易了吧！"攻略有点儿可惜。突然从冰面下传来一声只属于鹿的怒吼。一阵冲击波从冰面下震出来，巨角鹿首领破冰而出。100个小分裂球向巨角鹿首领发射束缚光束，渐渐地把巨角鹿首领包在光球之中。"这家伙还挺难缠……可能我习惯对付弱弱的小怪物了吧！"这个大光球有一个地方突然鼓了起来。接着，光球更多的地方鼓了起来。"不可能！"攻略赶紧从蓝伞里抽出魔术棒，为光球增加保护力量。光球的一个地方越鼓越大。突然，光球炸了，所有的小分裂球被反射而回的光波给困住了。"逃脱球，你的特技是最强的，你上吧！"攻略命令。

此时，在一旁闲来无事的奶油小泡芙全身机体忽然极速萎缩，最后连机体都看不见了。而逃脱球的外壳突然开始突出，接着整个开始变大，变成了奶油小泡芙。"这就是逃脱球的模式！奶油小泡芙，快压扁它！"攻略喊道。"你这不是相当于把这只怪物也给我打吗？"奶油小泡芙从天上砸下来。"野蛮回战墙！"奶油小泡芙砸到冰面上，向四面八方散成一道超强冲击墙，将巨角鹿首领冲飞了一段距离。

"别以为你这样就能挡住我！鹿角冲撞！"巨角鹿首领冲撞而来。"野蛮小泡芙！"奶油小泡芙向地上一压，一道闪动波冲向巨角鹿首领。"不好！闪动波挡不住它的！"攻略喊道。眼看奶油小泡芙要被撞飞，突然，奶油小泡芙的外壳再次萎缩，直缩到看不见。与此同时，巨角鹿首领的头上，一个原子突然扩大成了一个机械球。这个机械球开始变大，又变成了奶油小泡芙。"奇怪，逃脱球好像没有这种模式啊……难道我的暴走，是进化在魔术道具上？"攻略顿时充满信心。"野蛮输力浪！"奶油小泡芙把两个磁悬浮拳头向冰面一击，一道回升波就把巨角鹿首领击飞了。

"哇呀——"巨角鹿首领恼羞成怒，再次向奶油小泡芙顶来。"奶油小泡芙！我们来一个传送之战！"攻略兴奋了，用魔术棒和奶油小泡芙进行心灵通话。"好嘞！"奶油小泡芙同意。巨角鹿首领撞了过来。攻略挥舞着魔术棒，一个魔术帽从奶油小泡芙身后闪了出来，奶油小泡芙一个后空翻，跳入魔术帽。巨角鹿首领扑了个空。它不甘心，来了个后空翻，向后方冲去。此时，奶油小泡芙也从后面的魔术帽里跳了出来。攻略一见巨角鹿首领，马上控制逃脱球。奶油小泡芙又在巨角鹿首领身后现身。"野蛮夸克波！"奶油小泡芙发射出一道超强力夸克波，击中巨角鹿首领。夸克波形成一个巨大的光球，巨角鹿首领从里面掉了出来。

"可恶！攻略，我要消灭你！看我的大招旋转冲天顶！"巨角鹿首领向天一跃，旋转着向攻略顶去。"想顶我，没那么容易！狂欢气球！"攻略掏出一个蓝气球，双脚踏上去。蓝气球开始疯狂喷气，攻略踩着气球飞着躲开攻击。"狂欢礼花弹！"攻略掏出一个礼花火箭筒，趴在气球上朝"一飞冲天"的巨角鹿首领狂射礼花炮。礼花炮在巨角鹿首领身前爆炸，炸出的小礼花也随之爆炸。巨角鹿首领"飞得更高，摔得更惨"。

"奶油小泡芙，现在消灭它！"攻略喊道。"是！"奶油

萝社奇遇记

小泡芙移形到了巨角鹿首领身边。"野蛮回战墙!"奶油小泡芙向地上用力一砸,一道回升墙就把巨角鹿首领击飞。"我不用夸克波照样 KO 你!野——蛮——泡——芙——滚!"奶油小泡芙移形到空中,全身起火,疾速飞滚而下。巨角鹿首领被这一充满冲击力的攻击打入地壳深处。

雷达保护胡萝卜阿波和其他昏迷的成员,炮塔和萝卜都在雷达的保护范围内。"天哪……天哪……"阿波被吓得话都说不出来了。"放心,阿波!我的威力可不比导弹小!"雷达安慰阿波。

另一边,小丘比特和猫猫在共同对抗液化水首领。

"该死,感觉这个家伙是除了小糖果首领外最牛的一个……"猫猫拍了拍双爪,向液化水首领射出三个电球。电球击中了液化水首领,这个怪物却没有什么反应。"想吃冰棍了!凝结冰弹!"液化水首领吐出一个巨大的急冻凝结弹。"猫猫快躲开!"小丘比特赶紧用豆芽旋风把猫猫吹开,自己却快速飞上去,给了液化水首领一波旋风波。"你认为这种招式对我有效吗?"液化水首领纹丝不动,还吐出一个凝结弹把小丘比特冻住了。"社长!可恶——"猫猫射出一束电流击碎一半的冰,接着在爪子里积蓄强电能,向液化水首领射出两道闪电冲击波。这次倒是产生了些效果,液化水首领出现电流抽动反应。"很好!这一击看你怎么受!"猫猫汇聚电流,发射出去。超电流形成一条电脉,把液化水首领电成了汽化水。

没错,液化水首领确实直接化为了气体。"咦?这家伙跑哪儿去了?"猫猫察觉到了危险。"猫猫！小心！"小丘比特突然大喊。"什么？"猫猫感到背后的空气有些怪异。小丘比特咬紧牙关，将下半身的冰击碎，拔出一根豆芽，射出一道旋风。旋风将猫猫背后那股怪气流吹走了。这股气流又变回了液化水首领。"该死，这样都能被你察觉到……"液化水首领"咕噜咕噜"喊了几声，就变成了一大块冰。"什……什么？变成固化水了？"猫猫迷惑不解。突然，这块冰上分裂出了一个小冰块。这个小冰块上突出了几条冰刺，向地面击来。顿时，那个地方竖起了一条巨大的冰柱。"糟糕！这个固化水是想把我们困在冰阵里……"猫猫还没叫完，几千个那样的小冰块就飞了出来，无数条冰柱将猫猫和小丘比特封住。"猫猫，快飞出去！"小丘比特提着猫猫要飞走。"你们别想逃！"固化水把冰极一转，所有冰柱合体成一块巨大的冰块，把猫猫和小丘比特封在里面。"好……强啊……"小丘比特虚弱地喊道。"全部消失吧！哇哈哈哈哈——"固化水瞬间升华成了汽化水，大冰块开始变成气体。"你们被凝结核附身了，也会随之变成空气的！哈哈！"冰块升华的速度越来越快，危险也越来越逼近。"这——回——完——了……个头啊！"猫猫心里聚满了超强力电流，只等放出。

　　危险越来越逼近，猫猫的电流也越来越强。"啊啊啊啊啊——"突然，整个天空被雷云笼罩，无数天雷迎面劈来，将巨冰劈成了刨冰。"这是什么?!"汽化水又变回了液化水首领，惊讶地看着解冻了的猫猫和小丘比特。"你可别以为

萝社奇遇记

我是一只猫就好惹!天雷鹰钩!"猫猫把爪子向天空挥了挥,所有雷云便向液化水首领发射雷电。"啊啊啊!"液化水首领被劈得乱叫。"天雷之力!叫你欺负猫!"猫猫的眼珠和尾尖射出无数闪电。那些闪电形成一条无敌电力波,冲向液化水首领。"啊啊啊啊啊——"液化水首领被电成了汽化水。

"该死,这家伙又不见了!"猫猫操控着雷云大军四处巡视。"猫猫!猫猫!"小丘比特一直喊。猫猫没听见。"嗯啊!"小丘比特感觉有点儿使不上力,只好干瞪眼。"嘿……"猫猫突然感到背上有一股凉意。"液……液化水!你休想得逞!豆比龙卷风!"小丘比特突然感到一阵狂风刮进体内,顿时力量爆棚。他头顶的小豆芽超高速旋转起来,一股超强龙卷风席卷而来,把那股气流吹跑。"还没结束呢!豆比旋涡!"小丘比特起劲了,转了转豆芽,在几个方位刮起以球心为风眼的超强大风。汽化水各部位形成的空气被狂风刮散,让汽化水变成了一个个子小小的液化水,就像普通的液化水小兵一样。

"为什么……你能做到?!"液化水首领惊愕地看着自己缩小的身躯。"因为你太弱!"猫猫骄傲地说道。"我……我太弱?!你先打得过我再说!"液化水首领生气了,变身成了固化水。猫猫的雷云劈上去无效。"哦……是吗?变成固化水,真是自投罗网!天雷混沌球!"猫猫呵呵一笑,把所有雷云变成闪电球,一齐向固化水飞去。固化水马上被无数电离子包围。"还有这种操作?!哎呀,完蛋啦!"固化水变回了液化水首领,被超强电流电得"五体投地"。"不行,必须逃掉!不然就真的完了!"液化水首领把自己变成了汽化水,想要逃跑。"别想逃!豆比定风波!"小丘比特注意到大电球里的变化,刮起狂风,在大电球外面又加了一层狂风。这风对其他怪物可能没什么伤害,但是对汽化水来说是致命的,汽化水才突围了一波,身体就小了一圈。"死定了……还是被电死好……"汽化水无奈地变回液化水,直接被电成灰烬。

"很好!这些首领都已经打完了。寒冰怪呢?"老陈啊明天开始点人数。"被我一招打碎了。哈哈!"被子给很得意。"这说明……哈,太棒了!在场所有成员都激活了暴走元素!"老陈啊明天高兴得跳了起来。"个头啊——"雷达和阿波闷闷不乐地举手。"要是我也有暴走元素的话,我就再也不怕怪物来吃我了!"阿波对这件事很关心。

"呼……看来,这帮家伙已经今非昔比了!必须拿出我的绝招干掉他们!"那些小小的碎块又拼成寒冰怪,他很惊讶地看着这些战斗力爆棚的小家伙们。"前面我已经碎了两次,现在只剩一次复活机会了!必须消灭这些小东西!"寒冰怪想完,便拾起寒冰叉,向夜月皮丘他们冲来。"天啊!寒冰怪还活着!离子战机队!"夜月皮丘赶紧命令离子战机挡住寒冰怪的攻势。

"小子们,是我小看你们了!今天就让你们见识我真正的实力吧!"寒冰怪大叫。"坏人废话就是多!哎呀,妈呀!脑壳疼……"奶油小泡芙不留情地嘲笑寒冰怪。"该死的!

萝社奇遇记

冰山大阵，罗星召唤！"寒冰怪大吼一声，把冰叉向地上一戳，一大堆冰山便立了起来，环绕在奶油小泡芙他们身边。"什么情况？！"雷达受惊了。"这是寒冰怪能量领域的中高级阶段！只是，为什么搞了几座冰山出来，就算是中高级呢？"被子给很疑惑。"因为它有毛病——"奶油小泡芙接着嘲笑道。"别理它，它的恼人症又犯了。"小丘比特悄悄和老陈啊明天说。

"寒冰吸引力！去死吧！"寒冰怪舞动着寒冰叉，冰叉上射出一道冰光，将一座冰山吸了过来，向大家砸来。"哇！这才叫中高级呀！"阿波差点儿被吓晕了。"逃！"小丘比特秒下结论。

冰山扑了下来，开始碎裂。"快，跳出这个崩塌区就没事了！"猫猫跳了上去。"呼，果真很麻烦。"被子给只好先顶着。

大伙儿终于逃出了冰山倒塌区。"妈呀，又来一座冰山！"老陈啊明天眼珠都要从眼眶里蹦出来了。"你愣着干什么？快躲开——"被子给一把抓住老陈啊明天的衣领，把他给扔飞了。"哇——不带这么暴力的……"老陈啊明天边飞边叫。"阿波、雷达、夜月皮丘，你们先回去保护昏倒的成员，我们留下对付这个泡芙牌老冰棍！"小丘比特指挥夜月皮丘带着阿波和雷达离开。"这不公平……我也要打那个大刨冰……长豆芽的臭丘比特……"夜月皮丘在一旁默默画圈。

"哈哈！把你们都压成肉饼！"寒冰怪疯狂地叫着，并挥舞寒冰叉，使用冰山阵狂砸大家。"一下、两下、三下……这群小家伙应该被砸死了！"寒冰怪得意扬扬地想。"我要——吃刨冰——"疯狂的奶油小泡芙从碎冰堆里冲出来，扑向寒冰怪，"野蛮回战墙！"寒冰怪一下子被冲飞了。"野蛮夸克波！"奶油小泡芙射出一道高能夸克波，打碎了寒冰怪的手腕。"野蛮泡芙滚！"奶油小泡芙蜷成一团，向寒冰怪狠狠撞去。"啊！"寒冰怪感到自己的眼睛被撞裂了。"我的眼睛！你们完蛋了！"寒冰怪暴怒，举着叉子跳了过来。

"吃我一招！极冻空间！"寒冰怪把冰叉向地上一戳，老陈啊明天他们的头上就出现了一个如黑洞一般的东西。"什么？"老陈啊明天疑惑不解。"这是……哇，不好！快跑！"小丘比特脸色一变，拉着大家要跑出来。"想跑？没门没窗没烟囱！"寒冰怪挥了几下冰叉，黑洞边缘垂下一圈防护网，大家怎么也出不去。"我们还有下水道！挖！"老陈啊明天开始挖地。"下水道也不通！极冻之光——开放！"寒冰怪叉子上的冰光射向天空，从黑洞里冲出一道零下无数度的极冻之光，将大伙儿罩在里面。"啊瑟啊瑟啊瑟啊瑟啊瑟啊瑟阿门……"老陈啊明天的身体分不清是先感到剧烈的疼痛还是先感到刺骨的寒冷，只好来了个"阿门"。连奶油小泡芙的镜片都夹成了脆脆冰片。

"我……快……不行了，喵……"猫猫的爪子被冻裂了。"坚持……住啊……"小丘比特头上的豆芽几乎断掉。"这家伙……真的……太强了……"连被子给都要 hold 不住

萝社奇遇记

了。"叮!"老陈啊明天已经被冻僵了。"哟,还不死!这回看你们死不死!冰力增强!"寒冰怪挥挥冰叉,冰力被增到最大。

此时,在一旁的夜月皮丘目睹了这一场景。"雷达,你做掩护!阿波,你站着!我去帮个忙!"夜月皮丘兴奋了,把雷达一甩就要走。"好……好吧。"雷达无奈地目送夜月皮丘,嘴里喃喃自语,"虽然我身体里有很多能量,但是不知为啥,我就是无法攻击……"

"寒冰老头,给我去死吧!离子战机队!"夜月皮丘指挥所有等离子战机向寒冰怪猛烈开火。寒冰怪有点儿坚持不住了,黑洞里喷出的极冻之光弱了一些。"攻略,攻略!我稳住寒冰怪,你把奶油小泡芙移形出来!"夜月皮丘边指挥离子战机队攻击边喊。

"……谁不知道啊?逃脱球出动!"攻略掏出逃脱球,向上一扔,逃脱球又分子化了。与此同时,奶油小泡芙也开始收缩。"哟吼,我出来啦!野蛮泡芙滚!"奶油小泡芙神奇一撞,把寒冰怪的冰叉给撞断了。寒冰怪也受了重创。"我的冰叉!你……你们……我还没完呢!我要让你们……

血债血还！"寒冰怪怒了。"你没完也得完！明天不发威，你当我是昨天！接受萝社的惩治吧！"老陈啊明天不知啥时候解冻了。差点儿被当成冰棍吃的他也暴怒了，径直跃入大黑洞。

"脑壳疼……呀……"寒冰怪感到脑子快碎了。过了几秒，寒冰怪脑中喷出一道大火柱。"啊——"寒冰怪整个爆炸了，成了一块块碎冰。黑洞消除了，大家终于解放了。

"哟呼！击掌！"老陈啊明天带头击掌。"但是，我还是感觉怪怪的……"被子给小声咕哝着。此时，地上的碎冰开始剧烈地动了起来。"不好，寒冰怪还活着！做好战斗准备，时间不多，必须速战速决！"被子给惊慌地叫道。

"你们……一个也别想逃！"寒冰怪说得越多，恢复得越快，"寒冰叉就是我的命，打碎寒冰叉是你们跳进神林苔塔也洗不清的罪过！那个叫保卫怪物的再也见不到你们了，你们全部给我下地狱吧！""它……它变成了……冰巨人……"老陈啊明天瞠目结舌。"管它是冰巨人、雪巨人还是石巨人，先下手为强！"小丘比特举起豆芽，"全体——冲锋！"

没想到，这个冰巨人还很有实力。"这玩意儿根本……不是正常的冰！它坚硬得难以置信！"猫猫的雷云风暴对它基本没起到作用。"真不愧是寒冰怪，大变身后这么强……离子战机队合攻！"夜月皮丘让离子战机队一齐撞向冰巨人，却只是撞破了它的一处棱角。夜月皮丘同时也被一股超冻寒风刮成了冷月皮丘。奶油小泡芙、被子给、老陈啊明天

萝社奇遇记

也接连发动攻势，最后也只是击破了冰巨人的腹部，但它的腹部很快就修复好了。

"难道没有人可以干掉冰巨人吗？"小丘比特绝望了。"那倒不一定。阿波现在有危险，雷达一定会暴走的！现在我们要拖延时间。能否胜利，就看雷达的实力了！冲啊——"老陈啊明天依然对雷达满怀信心。

"怎么办？怎么办？"雷达很痛苦，"看来，今天……我必须——哇啊！寒冰怪！"冰巨人射出无数道冰冻光波，把大家封在冰里。"寒冰怪！受死吧！"雷达的狂暴力量聚满头顶，一个巨大的激光球射了出来，直飞向冰巨人！一道巨大的冲击波过后，冰巨人被彻底消灭。

"雷达！太棒了！"大家欢呼着冲向雷达。

"没有时间庆祝了。"小丘比特举着豆芽，"把成员全都叫醒。只要打败了红灯机器人，救保卫怪物就有希望了！"

此时已是黄昏，天色渐暗。

第39集 再战红灯机器人

"咦,发生了什么呢?小糖果首领哪儿去了?"刚被催"起床"的炸弹星"星存疑惑"。

"好吧,我也懒得和你们说了。反正,小糖果首领已经被干掉了。"奶油小泡芙做了个耸肩的动作(反正也没人看得出它在耸肩)。

"寒冰怪去哪儿了?吃饭去了吗?为什么这次没遇到它?"不抽到大天狗不改名"狗存疑惑"。"是,它吃饭去了。"老陈啊明天耸耸肩。

"那寒冰怪不是随时都可能回来?"无知的阿呆很害怕。

"太棒了!冰峰涧谷的最后一道防线也近在眼前了!"瓶子炮骄傲地看着不远处的万冰红灯塔。"但是,这最后一道防线,也是最强的敌人的栖息之地。"小丘比特脸色凝重地盯着万冰红灯塔上那盏熄灭的大红灯。"我们能不能绕过万冰红灯塔?"老陈啊明天问。"不能。首先,鼹鼠要塞的入口就在万冰红灯塔内部。其次,就算入口在万冰红灯塔外,红灯机器人也会收到警报。无法逃避的困难,就只能直接去面对!"被子给握住拳头。

萝社奇遇记

"靠近红灯塔了。每个成员和炮塔都做好战斗准备，红灯机器人可是个不好惹的家伙！出发前在萝社的那场战斗大家不会不记得，如今在怪物的冰峰领地，红灯机器人的实力恐怕又会增强！"小丘比特提醒道。"放心吧社长，我们的实力也提升了不止十倍！"老陈啊明天充满自信。"社长不要乌鸦嘴哟——"奶油小泡芙说。

"预备——三——二——一——冲锋！"小丘比特下令。大家一齐冲向万冰红灯塔。突然，万冰红灯塔最顶端的红灯大亮。"哎呀！红灯机器人要出现了！看看我们最后能不能直接冲进红灯塔，这样能避免战斗！"小丘比特快速侧滑向红灯塔的大门，边滑边喊。"砰！"大门是关上的，小丘比特被撞了个鼻青脸肿。"社长！"老陈啊明天也扑了上去，撞了个鼻青脸肿。"咳！白痴。"被子给无奈地摸摸头。

"谁在外面！"此时，红灯塔的顶部打开了一个巨大的口子，里面闪出一道强烈的红光，红灯机器人从里面飞了出来。"咦？怎么又是你们这些小菜？我到你们那儿抢个萝卜，又没吃掉，有必要打到我家门口来吗？"红灯机器人望着萝社的"老熟人"直发愣。"你说得对！就是有必要！再说，我们就是来借个道！是把门打开，放我们进去，两两平安无事，还是我们和你乱斗一场，拼个你死我活？"小丘比特表面上这么说，其实心里挺害怕的。要是红灯机器人选择大打出手的话，谁输谁赢就只能看天意了。

"哦，是吗？嗯……"红灯机器人头上的灯变成了黄灯，似乎正在思考。大家都紧张地等待着。过了几分钟，红灯机器人头上的灯变成了绿灯。10秒之后，绿色又变成了它的代表颜色——红色。"原来如此。"红灯机器人狂笑着，"正好，我最近在万冰红灯塔也学会了几种新的攻击方式。既然你们自己送上门，我就来试验一下我的新技能吧！老朋友老规矩，你们是选择单挑还是群殴？""好啊！我们单挑，我们几十个单挑你一个！"奶油小泡芙很机灵。"群殴呢？"红灯机器人感到很奇怪。"可以啊！我们群殴你。"奶油小泡芙继续怼红灯机器人。"啊啊啊！"红灯机器人似乎有点儿生气了。"老朋友老规矩老回答。我们选择群体战斗！"攻略觉得这个回答很有必要。

"群殴是吧？那好！我的第一招就可以让你们灰飞烟灭！天降激光弹！"红灯机器人怒气未消，举起红灯棒。红灯棒上方的红灯和红灯塔的大红灯一齐向天空发射红灯激光。本来正是夜晚，天色已暗，被这红灯一照，竟映出了些许血光。老陈啊明天有种非常不祥的预感。

果然，这些红云里的红光聚集起来，变成激光球向地面射来。"这……这……是什么操作啊！"老陈啊明天连忙一滚，躲开了第一发红灯弹的攻势。更多的红灯弹如雨点般落下。

"不行，不行，局势不对！再这样耗下去肯定对我们不利！"大家躲在一个"防空洞"里商量对策。"红灯机器人实力更强大了，防空洞过一会儿就会撑不住的。"火箭担心头上的冰天花板会被炸崩下来。"我们必须出去！反正躲在里面也是乌龟。"老陈啊明天擦拭了一下炮管。"反正乌龟

萝社奇遇记

不可能变成乌龟!"多重箭二哥找乐子。老陈啊明天立起身来:"现在只有战斗这一条路可走了!"

"躲到'防空洞'里去也没用!敢私闯我红灯总部的,全都得给我去死!红灯冲击弹!"红灯机器人一晃红灯棒,一行红灯爆弹向"防空洞"飞去,直接把"防空洞"方圆100多米的冰面炸了个粉碎。

"水晶,你和正、负电极好好配合!我给它们增加能量,让正电极和负电极发射短路辐射,把天上的激光球反弹回去!"小丘比特指挥。"遵命!负电极,我们连发短路辐射!直到把能量耗光为止!"正电极兴奋了。"放心吧,有我在,能量不可能不够!"水晶还是很相信自己的实力的。

"先来顶一波试试!短——路——辐——射!"正、负电极同时发起短路辐射,抵挡住了一波攻击。"我们最多只能撑15分钟!你们快点消灭那个大鸡蛋!"负电极喊。"想干掉我?没那么容易!"红灯机器人射出一道红灯激光,向水晶攻去。"你也别想得逞!看我深藏不露的大绝招!野蛮反射面!"奶油小泡芙一个后空翻翻到红灯激光的光路上,接着打开了镜片保护膜。奇迹发生了——那一道红灯激光被奶油小泡芙吸进了镜片里。红灯机器人一看状况不对,连忙停手。

"知道你为什么不知道我还有这种招数吗?因为你长期大脑冰封,孤陋寡闻!"奶油小泡芙把硕大的身体转了几个圈,接着镜片开始发亮,一道透着寒气的光束射了出来,击中了红灯机器人的大眼睛。"啊!我的眼睛的机械部分似乎出现故障了……"红灯机器人捂着眼睛喊。"红灯机器人被拖住了，我们趁机进行强攻！"老陈啊明天发起号召。

"上次攻打红灯机器人的事谁还记得？它的核心部分是它的眼睛！我们的目标是它的眼睛！"被子给叫道。"眼睛？哦！眼睛是吧？那好！"老陈啊明天迅速转动大脑，"大家听我的指挥，让我们给它做一套完整的'眼保健操'！哈哈……"

"报告！材料齐！人员齐！武器齐！敌人齐！可以应战！"奶油小泡芙真会"为他人着想"。"好的！材料预备！武器预备！开　始——战——斗！"老陈啊明天感到很兴奋，终于轮到自己来指挥战斗了。

"第一步——按揉攒竹穴。一、二、三，上！"老陈啊明天极其兴奋。"可恶的毒菜！我的眼睛——掉了一颗螺丝钉……我和你们没完，毒菜！"红灯机器人吼叫着。"现在生气还早得很呢！等我们给你做完'眼保健操'后再生气也不迟！不过……不知道那时候你还能不能气得出来！被子给，预备——出动！"老陈啊明天认为自己基本和小丘比特换地位了。

"明白！"被子给开始疾速奔跑，接着跳到一块巨大的冰柱上，然后飞到空中。"先尝尝这道'开胃菜'——怒火核导弹！"被子给以极快的速度掏出爆烈枪，瞄准红灯机器人头上的大红灯重重开了一枪。说来也怪，这把爆烈枪的威力简直比平时高了几百倍。一枪过去，颇有种小糖果首领卡路里爆破辐射弹的威力。

萝社奇遇记

剧烈的爆炸。

被子给被反作用力推到一座冰峰上，接着使尽全力双脚一蹬，又飞回到红灯机器人的眼前。"话说攒竹穴的位置具体在哪儿？"被子给嘟囔着。"感觉我脸上有什么东西在爬来爬去……"红灯机器人开启红灯棒，向自己脸上砸去。被子给赶紧躲开，结果红灯机器人把自己撞了个眼冒"冰"星。"哇哈哈哈！爽！"大家兴高采烈地观看这场精彩的战斗。

"找到啦！（呼，找个穴还真的不容易……）怒——火——爆——烈——斩！"被子给开启终极蓄力，斧头上冒出熊熊烈火。他用力向红灯机器人暴力一斩，还顺便拧掉了一颗螺丝钉。"真好。"说罢，被子给就滚了下来，静听红灯机器人的眼珠发出爆炸声。"呦呼！干得漂亮！"大家欢呼喝彩。

"第二步——按压睛明穴。夜月皮丘，预备战斗！"老陈啊明天再次指挥。"放心，早就准备好了！离子集结令！"夜月皮丘把头发一撩，控制器一调节，整支离子战机队就整合到了一起，渐渐形成一个巨大的等离子球。红灯机器人举起红灯棒，做出抵抗状。

"你再抵抗也是没用的！看我怎么和你躲猫猫！"夜月皮丘开玩笑。"大姐头为什么要躲我？"猫猫很不解。

"竟敢打我？！"红灯机器人把红灯棒打向等离子球。"向左——转！"夜月皮丘控制等离子球的方向，避开红灯棒的攻击。"哇哈哈哈哈哈——"大家狂笑不止。"向右——转!""齐步——走!""向后——转!""跑步——走!"夜月皮丘戏弄着红灯机器人。

"呼——懒得和你耗了。攻击!"等离子球突然高速向红灯机器人眼睛处飞去。"什么?"红灯机器人没来得及反应,就被等离子球命中眼眶。

剧烈的爆炸。

"好极了!第三步——按揉四白穴。小丘比特、雷达,预备!三——二——一——开始!"老陈啊明天指挥道。"喂,话说你们什么时候这么厉害了?"瓶子炮悄悄问水晶。"谁知道!"水晶耸耸肩。

"雷达,待会儿你主要负责进攻,大神我带你飞,顺便拖住红灯机器人!"小丘比特不愧为社长。"可以!一切皆有准备!连我的超能源都预备好了呢!"雷达还是很有信心的。

"来呀,来呀,你这个大铁皮——"小丘比特戏耍红灯机器人。"为什么今天大家都那么爱耍人?"瓶子炮悄悄问水晶。"谁知道!"水晶耸耸肩。

"豆比旋风弹……豆比旋风弹……"小丘比特疯狂压制着红灯机器人。红灯机器人被打得没有还手之力。"加油!加油!"萝社全体成员充当啦啦队。"你们人再多也没用!"红灯机器人愤怒了。它把红灯棒向天上一举,无数条红灯冲击波就迎面扑来。强大的振动波几乎把大家都震飞了。"拜托!我们只是来打个酱油——"老陈啊明天死死抓住一块冰棱,并大声抗议。

萝社奇遇记

　　小丘比特和风扇联合制造狂暴飓风来抵抗红灯振动波。"雷达,是时候该你出动了!"小丘比特喊道。"放心,时刻待命!炮塔敢死队,出动!"想不到雷达也成"督战司令"了。

　　"导弹,第一步!"雷达学奶油小泡芙,把全身缩成一团。"好!"导弹把雷达举到头上,接着连射导弹,把雷达轰到红灯机器人头上。"大家快开火!掩护雷达!"导弹发布命令。顿时,所有炮塔一齐向红灯机器人各个部位开火。红灯机器人愤怒地咆哮着,边发射红灯激光边摇晃身体。雷达飞到了红灯机器人头顶上,正想射一个大激光球先把红灯机器人的头炸烂时,却发现自己的能源有点儿不足了。"这下该怎么办?"雷达苦恼了。突然,红灯机器人更大幅度地晃动着身子,雷达左一下,右一下,摇摇晃晃中,它扑到红灯机器人头顶的大红灯上。"哈,这可是一个能源补充库呀!让我看看这里的能量多不多。"雷达惊喜万分,一头插进大红灯里。大量的红灯能源进入雷达的电磁波部位。"啊!啊!啊!"红灯机器人摇晃得太厉害了,雷达虽然箍得很紧,但还是被甩了下来。

　　"啊——救命呀!"雷达希望自己下辈子当个警察,给红灯机器人开个罚单,上面写"高空抛物"。"雷达!别担心,我来救你!"拳套跳上前来,使劲挥动拳头。雷达一落地,拳套立马击出狠狠一拳,又把雷达打飞了。"好疼啊!我还没被红灯机器人干死,就要被你们这些猪队友打死了!"雷达希望自己下辈子当个老师,让拳套抄课文,理由是"恶意伤人"。"拜托，要是我这一拳不打你或者是打轻了，你会死得更惨！"拳套比出了小拇指。

"雷达！我接住你了！"飞机疾速飞来，凌空截住了雷达。"小飞机，太棒了！先寻找红灯机器人的四白穴，然后再阻挡它的视线，我会一击轰了它的四白穴！"雷达有条不紊地规划着。"雷达，不好了！红灯机器人来啦！"这时，导弹突然大叫。雷达和飞机转头一看，只见一个巨大的棒子向它们砸来。"哎呀！完了完了完了……"雷达也显得很恐慌。红灯机器人的棒子就要砸下来，雷达、导弹和飞机命悬一线！

就在这时，导弹急中生智，大喊："嘿！拳套，我们来玩石头剪刀布吧！""咦？这又是什么套路？"雷达很是不解。

"什么?! 敢和我玩石头剪刀布?! 啊啊啊啊啊啊啊！导弹，我和你拼了——"拳套虽然会伸展手指了，但是对石头剪刀布这个游戏依然十分敏感。于是，拳套进入发狂状态，挥舞着拳头，"啊啊"叫着向导弹跳来。导弹的激将法果然见效。导弹微微一笑，向右一闪，红灯机器人的灯铁棍便成了拳套攻击的目标。只见拳套一拳冲上去，就抵挡住了强势的红灯棒。"捶死你……捶死你……捶死你……"拳套一拳接一拳地狂捶红灯机器人，红灯机器人毫无还手之力。

"飞机，你趁机带我飞上去！我瞄准红灯机器人的四白穴射击！"雷达指挥。"明白！瞄准穴位，可以射击！"飞机回应。"哼哼，四白穴，看我一弹让你白眼四连翻！准

> 萝社奇遇记

备——射击——"雷达终于将那一个能量巨大的激光球射了出去！

剧烈的爆炸。

"太棒了！四白穴也被炸烂了。"老陈啊明天很高兴。"呼……我们……不能撑……呼……太久了……呼……所以……呼……你们……得……速战……呼……速决……"正电极已经累得不成样了，这一定是连发短路辐射的结果。"放心吧，双电极，我们保证会速战速决的！第四步——按揉太阳穴刮上眼眶。攻略、奶油小泡芙，预备！三——二—— 一——出击！"老陈啊明天下令。

"奶油小泡芙，该是试验新招式的时候了！我们快速突围！"攻略叫道。"好的！来吧！我也想试试我们俩的组合攻击！"奶油小泡芙把两个磁悬浮拳头撞在一起。"开始吧！"攻略把逃脱球向天上一抛，奶油小泡芙和逃脱球就同时化为粒子状。奶油小泡芙粒子向红灯机器人飞去，并在空中一分为二，向红灯机器人两侧的太阳穴部位飞去。接着，两个粒子飞向红灯机器人的太阳穴，并在贴到红灯机器人铁皮的一瞬间分别变成奶油小泡芙两侧的身体。这两侧的身体继续迅速向中间合拢，夹毁了中直线路所有的机械零件，直到双身合体为止。"哈哈！爽！"奶油小泡芙确实感到很爽。

接着，奶油小泡芙又移位到红灯机器人头上。他顺着雷达的老套路，把红灯机器人红灯上的裂缝打到最大，接着大发神力，竟一下子把红灯灯芯给掰了下来。"这……这做得有点儿过头了吧……"雷达目瞪口呆。奶油小泡芙再次移位到了空中，举着红灯灯芯。"奶油小泡芙，一起'刮上眼眶'！"攻略把伞柄转化成旋转刀片。"三、二、一，冲！"奶油小泡芙和攻略，一个持红灯灯芯，一个持旋转刀片伞，一齐向红灯机器人的眼睛上方使劲刮去。红灯机器人的上眼眶多了一条长长的裂痕。

"太棒了！致命性的打击！"老陈啊明天想鼓掌，"眼保健……啊哦，看起来情况有变。"红灯机器人让红灯棒上的灯发出强烈的光。突然，从红灯里钻出来了几十只魁梧的红灯傀儡！"啊……猫猫！快出击风池穴！我们拖住红灯傀儡！"老陈啊明天用炮口对准一只疯狂的红灯傀儡并大声叫喊。"好的！"猫猫准备出动了。

大家围着那一大群红灯傀儡发起攻击。红灯傀儡行动敏捷，力量也非常大。就算大家的能量得到超级增强，也很难维持局势稳定。猫猫从红灯机器人的背上开爬。有两个红灯傀儡向猫猫冲来。"啊！你……你们不要过来！"猫猫被吓了一大跳，赶紧连环射击十万伏特。没想到这红灯傀儡特别机灵，翻了几下身，直接避开了猫猫的电流。"这下棘手了……算了，不管那么多了，赶紧消灭红灯机器人要紧！"猫猫一咬牙，向上攀爬的速度更快了。

突然，一只红灯傀儡向猫猫射出了一串红灯激光。"啊！糟糕……"猫猫集合电网防御。令猫猫没想到的是，另一个红灯傀儡想要争功，并没有发现队友发射的红灯激光。它一扑上来，就被自己人击中了。上面的红灯傀儡愤怒了，向自己的同伙扑了过去。于是，两个棘手的家伙就这样

萝社奇遇记

互干了起来。

"呼——刚才好险。"猫猫擦了一把汗，把电盾收了回来，接着向上快速攀爬。"别以为你有可能靠近我！"红灯机器人一发力，它的铁皮背上就生出了一大批虚拟红灯针，"看你这虫子还有没有机会再活下来！"说罢，红灯机器人的背上，除了红灯针以外的地方都源源不断地产生寒冷，铁皮上的温度慢慢地降低了。"不好……哧哧哧哧……红灯机器人……祝你这招在冰峰涧谷不管用！"正中猫猫的诅咒，这种冷不久就消失了。"这是怎么回事？"红灯机器人很不解。"笨蛋！在冰峰涧谷用冰，我们萝社的人都知道不行。"猫猫嘲笑红灯机器人。

猫猫终于找到了红灯机器人的风池穴位置。"和这家伙打架真的不够爽……看我输送电流！十万伏特！"猫猫把充满电的爪子插进红灯机器人风池穴的位置，接着尽全身之力放电。巨大的超额电流涌进红灯机器人的体内，形成了强大的短路！

剧烈的爆炸。

"好！现在只剩下最后一项了——揉捏耳垂，脚趾抓地。终于到我亲自上阵了！全体成员，把它的脚趾打进地里，我去揉它的耳垂！"老陈啊明天终于亲自出马。"小心点儿！"被子给对老陈啊明天还是不太放心。

"我……实在……撑不住了……啊！"负电极终于累趴下了。正负电极能量不足，短路辐射连发也停止了。无数红灯激光球继续如雨点般落下。"糟了，正电极那边撑不住了！"不抽到大天狗不改名受惊了。"放心吧！狂——怒——冲——击——波——飞——天——模——式！"老陈啊明天全身又出现了一个威力强大的能量场，红灯激光弹炸上去毫无反应。"起飞吧！"老陈啊明天一跃而起，加速向高空飞行，一路避开了所有的红灯激光弹。那些红灯傀儡反而全被红灯弹炸成碎片了。"大家一起！发动全力配合战斗！我数到三，大家一起进攻！"老陈啊明天嗓子都喊哑了，"三——二——一！"所有的成员和炮塔一齐使出全身之力将红灯机器人"碎膝斩"，老陈啊明天也猛烈冲击下来，将红灯机器人的整个身体给击穿了！"红灯机器人终于被灭了！"老萝卜阿达忍不住跳了起来。"哟呼！"阿波和阿呆击掌欢呼。

　　没想到，红灯机器人的眼睛里居然闪出一道强烈的红光！这红光愈闪愈强，大家渐渐都昏了过去……

　　"噢！咦，这里是哪里？大家……都在这儿？"老陈啊明天揉了揉眼睛，醒了。他看了看周边，晕倒的伙伴与炮塔们都在这儿。老陈啊明天又端详了一下这个地方：这里的颜色有点儿特别，不管是地砖，还是高耸的墙壁，都是由淡青或淡蓝色的砖头构成的，而且上面显然有不少裂痕，这个巨型密室显然是有天花板的，就在离地砖三四百米的高度，也是由淡青或淡蓝色的砖头建成的。最怪异的是，这个地方明明没有任何照明的东西，而巨型密室内又是亮堂堂的。"怪了。"老陈啊明天心想。四个萝卜都被铁链固定在一面墙上，正打呼噜呢。老陈啊明天又巡视了一圈地板，忽然瞳孔

萝社奇遇记

放大，原来这个地方是一座"孤岛"，这座"孤岛"的中间有着一道深不见底的巨沟，保守估计也有几万米深。老陈啊明天被吓得魂飞魄散，赶紧把大家都给叫醒。四个萝卜也终于醒了，看着眼前的情况也不知该如何是好。

"我们先吃点东西吧！吃饭能提神，增强对危险的防范！谁想来一碗萝卜咖喱饭？"奶油小泡芙操起大锅，又开始了日常的炒菜模式。"我！""我！""还有我！"大家争着要吃。"唉！这种时候还有心情吃。"阿波苦笑着耸耸肩。"别忘了给我留一份儿！"传来阿呆的声音。

"都吃饱了？没吃饱的，我这里还有萝卜咖喱饭。或者谁要饭后小点心？干粮萝卜饼、糖醋萝卜条、甜糕白糖萝卜馅饼，这里统统有！另外，今日主汤——白煮萝卜汤，也各来一份吧。还可以再吃点香油萝卜丝、羊肉炖粉肠、辣肉炒萝卜。还有特制甜品——萝卜杯蛋糕……"奶油小泡芙一直在介绍新菜式。"嗯……只要是奶油小泡芙做的食物，我吃多少也不会腻！"老陈啊明天大口吞吃着干粮萝卜饼和甜糕白糖萝卜馅饼。"只要是奶油小泡芙做的食物，我吃多少也不会饱！"瓶子炮已经快速吃下一大盘萝卜咖喱饭，现在正在品尝萝卜杯蛋糕和萝卜炭烤烧饼。

大家终于都吃饱喝足了。"呼——紧张的情绪一点都没有了。"老陈啊明天有点儿想睡觉，毕竟为了大伙儿的安全，他已经连续几天几夜没睡了。"你们这些小菜！哇哈哈哈——你们已经是我的网中之鱼了！"一个熟悉的声音响起来。大家回头一看：怎么可能是红灯机器人？它、它不是死了吗?!""哈哈哈……我还没死呢!我甚至能通过我的力量将你们传送到这个空间!哈哈哈哈……"红灯机器人仰天长笑,"被子给……你知道这个地方吗?""我……我不知道。我怎么可能知道?"被子给此时居然显得有些慌张。"我……哈哈哈!我就知道你会这样回答。那么,你总不会忘记我和你,和整个萝社的关系吧。"红灯机器人的话似乎有点儿幸灾乐祸的味道。"我和你就是……就是敌人的关系!"被子给整张脸都发紫了。"哈哈哈!这可真有意思。那么,墙上的老萝卜,你认识这个地方吗?"红灯机器人将矛头转向老萝卜。"唉,你终究还是想起了这个地方呀……唉,果然是从什么地方来,就该回到什么地方去呀……'昔日的广场,今日的刑场'……红灯机器人,不要再受大脚怪的摧残,快点从梦里醒过来吧……"阿达似乎灵魂出窍了,不停地喃喃自语。"你……你们都在说些什么啊?"老陈啊明天一时间反应不过来。

"红灯机器人,你不要再蛊惑人心了!"小丘比特大喊。"呵呵……作为萝社的社长,相信你知道的也不少吧?只可惜,你们一点也没有向你们的成员泄过密……"红灯机器人表情很严肃,不像是在说谎。"什……什么广场刑场的,我什么也不知道!"连小丘比特的表现都有点儿怪怪的。"社长……老萝卜……被子给……你们都在说些什么啊……"老陈啊明天隐约意识到这些事绝对是一个局,一个惊天大局。

"哈哈,没错!自从你们第一次击败我开始,你们就已

萝社奇遇记

经步入这个大扣了！保卫怪物，你们永远也救不回来！这个大扣，你们也永远解不开！你们终究会在这个扣里接连丧命！不管你们变得多强，最终都只是一场梦、一场空！"红灯机器人疯狂地大笑着，举起红灯棒砸了下来。"大家快闪开！"猫猫惊叫一声，大家立马逃跑。红灯棒砸碎了平台的一部分。红灯机器人又来一棒，又砸碎了平台的一部分。"平台快没了，萝社的小绵羊！"红灯机器人又来了一棍，平台连一半都不剩了。"大家快叠罗汉！我们已经无法回去了！"小丘比特赶紧下命令。

"哈哈！就只剩下这最后一棒了！"红灯机器人将平台砸得只剩一小块地盘，"最后一击！"说罢，红灯机器人就要挥棒砸下来……

"大家别怕！我来挡着。"突然，水晶从"罗汉阵"里跑了出来，挡在大家前面。"水晶！可是你……"老陈啊明天吃了一惊。"没事！如果我一个人的命可以换大家的命，那我的这一挡就是值得的！"水晶毅然决然地挡在大家前面。红灯棒快速砸了下来，一击锤到水晶身上！顿时，水晶的脸被敲得四分五裂，一大股强能量爆了出来。刹那间，每个成员和炮塔都充满了力量！"水晶……成员们！冲——锋——！"老陈啊明天带着哭腔怒吼着。大家一齐嚎叫着扑向了红灯机器人，这个结界被破坏了！

"你……你们这些人，还有点儿实力……总之，你们是不可能逃出那个扣的，接受命运吧……我们后会有期……"说罢，红灯机器人眼睛一闪，变回原状，再次飞走。"水晶……该死，又让红灯机器人逃了！"老陈啊明天把自己的嘴唇都咬破了。这时，被子给面无血色地走了过来。"老陈啊明天……刚才，红灯机器人那番话……你都听进去了？"他轻声问。"被子给，这到底是怎么回事？"老陈啊明天终于问出了这个大问题。"这些……等你以后自然就知道了。"被子给说完这句话，就黯然地走开了。"难道……红灯机器人所说的'扣'是真的？"老陈啊明天面朝升起的朝阳暗想道，"难道，眼前的神林苔塔，将会是这个'扣'的'死亡之秋'吗？"

　　经过7集的冰雪奇缘，怪物群岛的冰峰涧谷被毁灭。阵亡3名成员：火巨龙、小魔女、水晶。

萝社奇遇记

第40集　保卫怪物、神林苔塔、线条信件

怪物群岛，阴森的永夜丛林。

在这规模极其巨大而又几乎无人前往的恐怖丛林，有一座用苔藓、石头和无数强力机关陷阱构成的恐怖鬼楼，它同时也是丛林怪物们的秘密总部——神林苔塔。在神林苔塔里面，也发生着一些事情。这不，在神林苔塔的一间密室里，就发生着一些对怪物们十分重要的事情……

"喂，蟹老板！你那边到底好了没有啊？我真搞不懂，为什么你研制药品的速度那么慢！"一只戴着一副星星牌耳机的奶瓶状怪物不满地喊着。它是谁啊？它就是我们的老熟人——音乐奶！就是它，曾经带着一批怪物闯进萝卜林，还差点儿让老陈啊明天客死异乡。如今又是它，再次背上了一个"终极大Boss"的名号，想要把大批萝社成员引向死亡的深渊……

"音乐奶啊音乐奶！你自己来看看，这种情况怎么可能把药调好？"房间里传出了蟹老板郁闷的声音。音乐奶破门而入，发现自己好不容易找到原料的药剂已经溢出来了一半，而蟹老板在一旁手忙脚乱地收拾着残局。"唉！调药还

是我来吧，你对这行不擅长。"音乐奶痛心地把魔药调试器拉到自己身边，开始增加药粉。"你看你看！原料有：一大捧萝社的新鲜泥土、两朵萝卜林的雨林蓝蘑菇。这些原料可是珍贵无比的！"音乐奶把试管里的药水倒进锅炉，"烹制魔药需要十分钟，我们去看看活人实验品吧。"

音乐奶和蟹老板来到一道苔藓墙前。音乐奶调了调自己耳机播出的音乐，调到一种奇怪的音乐时，两边的墙居然分开了，显露出内部的密室。"我都和你们说了，我什么也不知道。你们为什么一直这样对我？从浮铜园林到你们这儿，你们到底抓我来干吗！"里边传来保卫怪物的声音。"我们本来就不需要你知道些什么，就是想把你送到章博士那里去。到时候，博士大人自有安排。本来可以直接把你送到博士那儿的，就因为你那群烦人的同伴一拖再拖！不过——"音乐奶冷笑一声，走进密室，"我想他们残留的好运气也不多了。他们再想通过神林苔塔这一关，难如登天！"保卫怪物一脸不服地被藤蔓绑在一根石柱上。

"还不止这些。待会儿你喝下药水，就会昏迷两天，两天后章博士多年以来的报仇计划就可以展开了！"音乐奶果然是只可怕的狂兽。"嗯，老大，那我干吗？"蟹老板悄悄问音乐奶。音乐奶假装没听见，自顾自地哼着曲子。

"音乐奶！你出来一下！"外面传来一只怪物的叫声。蟹老板被吓到了。音乐奶则从容地走了出去。外面是一只长得像朵大蘑菇，菇盖有红黄斑点，两根触角位置上分别是一朵小毒蘑菇的怪物。"音乐奶！要你处理保卫怪物的事，你

263

萝社奇遇记

这进度也太慢了！什么时候计划才可以如期进行？"蘑菇怪生气地问。"蘑菇怪大姐，我也要照顾我的宝宝啊，对付那个保卫怪物的时间就少了一半！"音乐奶为自己辩解，"再说，我的进度也挺快的了。今天把药煮好喂他喝下去，等到后天我们就万事大吉了！"说完，音乐奶掏出一个戴着一副迷你星形耳机的怪物蛋。"随你怎么说喽！有个新闻已经在怪物群岛传开了，说萝社成员在冰峰涧谷的战斗中大获全胜，打败了红灯机器人。不过红灯机器人最后那一番话，似乎有可能对萝社埋下了心理暗示。只要多加洗脑，萝社内乱必将爆发。既然他们消灭了冰峰涧谷，下一个目标就该是我们了！"蘑菇怪提醒道。"呵呵，放心。听了那个新闻，我已经有对付那些小朋友的方法了。"音乐奶很聪明，一下子就发现了萝社的破绽。

"听草鸡萌说待会儿会有个包裹，你觉得会是谁的？"蟹老板突然问。"包裹快递！"这时，密室的入口墙响起一只怪物的声音。"是芽芽！"音乐奶赶紧去开墙。只见外面是一只长有四条小蓝色短腿的怪物，它全身蓝色豆状，长着两只萌萌的大眼睛，一张萌萌的小嘴里长着两颗吸血鬼尖牙，头上有一串朝天的豆荚。它用一条凭空出现的藤蔓托住包裹，还做了个拉风的动作，道："我是芽芽。每时每刻，

准时送达！""我说芽芽，你动画片的毒也中得太深了吧！分身怪中排行第一的你，可不能这样落后了哟！"音乐奶接过包裹还不忘打趣。

"这个包裹是章博士寄来的。据说除了大脚怪国王、红灯机器人和被子给，还没人见过章博士的真实面容，它给你寄来什么我也很好奇呢！"芽芽介绍自己带来的包裹。"希望里面装着个老陈啊明天，分分钟把你们全消灭！"里面传来保卫怪物不和谐的声音。音乐奶不理他，自顾自地边听《怪物之歌》边拆包裹。

包裹里面是一封信和一个更小的包裹。音乐奶打开信件一看，里面是章博士写的内容。

最忠实的部下音乐奶：

你好。

首先，祝你怪物节快乐。其次，我想询问一下保卫怪物现在到底有没有被处理好。如果好了的话，就尽快送到我们海洋神迹总部来。我的病毒药水已经基本研制成功，鬼魂毒针也制成了，只等保卫怪物那家伙来做一号傀儡。另外，对付那些萝社的小鬼，我也自有打算。打开更内层的包裹，里面是我研制的病毒药水的最初版本，对你一定是有用的。我等着你上演一出好戏。

祝

反萝社成功！

信任你的章博士

萝社奇遇记

"呜……章博士果然是信任我的!"音乐奶打开了更小的包裹,里面是一个药瓶和一个更小的包裹。音乐奶又打开一层,里面又是一个更小的包裹……最后一个小包裹里有一张纸条。音乐奶把这张纸条放到怪物显微镜上一看,上面写着:包裹型套娃玩具,限量版。

玩家音乐奶差点儿吐血身亡。

"那么,这小小的一瓶药,又应该怎样使用呢?"音乐奶苦苦思索着。"要不,就用你最喜爱的耳机作为介质传播吧?"蟹老板这几天一直跟着音乐奶,学会了一些专用词。"嗯!蟹老板,你这个建议很好!我们就使用耳机!"音乐奶眼睛一亮,"在我的每个耳机里放入一毫克药粉,呃……除了我的五个备用耳机和我的宝宝的出生礼物小耳机。另外,下令让各地剩余的小怪物把秋霜汽水、没心没肺、火巨龙、小魔女、水晶的尸体带到我这儿来,让他们一个个变成我的傀儡!当来到神林苔塔的萝社战队有任何一人掉队或被机关宰杀,不要犹豫,在他头上套上一副耳机。还有,让最终之门内的怪物迅速抓捕米米。抓住之后,就把她送到章博士面前!这个小姑娘进入过最终之门,就一定知道所有秘密,如若放过,后果不堪设想!"音乐奶完美地安排着行动。"那就祝你整个计划掉链子,顺便让米米把所有秘密都告诉我!"里面传来保卫怪物不和谐的声音。

"最后——死亡机关,全体启动!"音乐奶狂笑着,按下了死亡开关,"萝社小鬼们,欢迎来到死亡盛典,享受无穷无尽的痛苦吧!"

第41集 死亡之旅开始

一天之后，萝社成员们才找到鼹鼠要塞通往神林苔塔的出口。"终于找到这里来了！"小丘比特总算释怀。"我很不放心，在神林苔塔的战役中，萝社到底能不能赢……"被子给很忧虑。"最终之门……我总有一天会回来的！"猫猫暗下决心。"大家注意，只要踏入了这个门，我们就再也没有回头路了。大家慎重考虑！"小丘比特提醒道。"不救回保卫怪物，我这一生都安宁不了！"老陈啊明天带头喊口号。"没错！"大家一齐呐喊。于是，小丘比特带头，大家走进了永夜丛林的入口……

"嗯……这里就是丛林地域了吗？为什么天色那么暗？"老陈啊明天很不舒服。"确实，神林苔塔的属地——永夜丛林，每个时刻都是午夜状态。"被子给回答。"呵——觉得好困啊。"猫猫使劲打了个哈欠。"要不，我们先在这个地方小歇一下？"夜月皮丘建议。"可以是可以，只是我们得加强戒备，让更多的人来轮流守夜！"小丘比特同意了。"那好吧——我可以睡吗？"老陈啊明天早就累坏了。"不行——你值班。"奶油小泡芙坏笑着。

萝社奇遇记

老陈啊明天边值夜班边打瞌睡。突然,旁边大树上飞下来一条套索状的藤蔓,直接缠住了老陈啊明天的手腕!才一秒工夫,老陈啊明天就被吊到大树枝上。霎时间,他只觉得神情恍惚,只有手腕处是冰凉的,仿佛置身另外一个世界。"明天!"被子给眼疾手快,一斧飞去,切断了那条藤蔓。"好危险啊!差一点儿你的手就被扯断了。"被子给庆幸着。这时候,两只细歪歪突然朝大家的营地扑来!奶油小泡芙双拳一挥,就把它们打趴下了。"哼哼!一群未进化的垃圾。"奶油小泡芙很自信。

"喂喂!大家快起床!外边发生变故了!"小丘比特大喊道。这时,真正吓人的事才发生:营地外面围着一大圈细歪歪,而细歪歪圈外还有一大圈大食怪!"天哪!怪物那么多!"老陈啊明天一时反应不过来。"大家快逃啊!这回硬战是万万不可能的!"还是阿波最先反应过来。于是,大家都开启了多日不见的逃亡模式。

"快逃呀!再不逃就真的完了呀!"阿波大喊大叫着。

"阿波，别乱喊……"老陈啊明天被阿波这么一喊，也有点儿慌了。突然，地上突起一根藤蔓，绊倒了老陈啊明天。"啊！啊！哎呀呀呀呀呀……"老陈啊明天一跤滑倒，滚下了树丛陡坡。"咦？奶油小泡芙？"瓶子炮很疑惑。老陈啊明天正滚着，突然，一条巨大的藤蔓从地底钻出来，向大家砸来。"天……天哪！这神林苔塔究竟是有多可怕呀！"老陈啊明天吓坏了，四处躲避着。巨型藤蔓越长越多，包围圈越来越小，有好几个炮塔已经受伤了。"大家快！趁乱杀出一条退路！我们必须逃出这个地方，否则必死无疑！"被子给喊着。"好，看我的！忍者镖，快刀斩乱麻！"飞镖飞速旋转起来，发射出几十发忍者镖，把一大片藤蔓斩断了。"大家快趁乱逃出去！"被子给喊道。这时，好几条大藤蔓砸下来，把飞镖震得有点儿踉跄，跑步摇摇晃晃的。

"小心，前面是条独木桥！"小丘比特一跃而起，飞了过去。"大家要以很快的速度冲过去！想活着就只有这一条路了！"被子给叫道。于是，不会飞的飞速蹿过了独木桥。桥这边只剩下老陈啊明天和飞镖。"完了……摔下去就彻底完了……"老陈啊明天内心很慌乱。"算了，就此一搏吧！"想罢，老陈啊明天就一闭眼，一咬牙，快速冲上独木桥，后面跟着摇摇晃晃的飞镖。老陈啊明天本来快冲过独木桥了，突感到一阵重心不稳，就要掉下去了！此时，一条巨型藤蔓砸了下来，不偏不倚，正中独木桥的中心！"啊！"老陈啊明天被击飞了，正好落在了岸上。飞镖可就不那么幸运了，虽然也被震飞，但是只是擦着了岸边。"飞——镖——"老

萝社奇遇记

陈啊明天正要用手接住飞镖，突然，巨型藤蔓再次拍来，一击把飞镖的盖骨拍碎，使它落入咆哮的流水中。

"飞……镖……"死亡来得太突然，以至于老陈啊明天一时还没有反应过来。刚入神林苔塔，就瞬间折损了一员猛塔。这种突变，让大家都没有反应过来。神林苔塔到底是一个多凶险的地方啊？突然，夜月皮丘喊道："大家没时间犹豫了！细歪歪大军追上来了！"大伙儿回头一看：一大群细歪歪连成一座桥，让剩余的所有细歪歪和大食怪冲了上来，然后自己飞身渡河。"不好了！逃！"大家又进入逃亡模式。

"不和它们正面对抗吗？为什么一直在逃避？呼……累死我了……"老陈啊明天跑得气喘吁吁。"不知道，我也想冲上去干。但是腿就是不听指令！"被子给累倒是不累，但他也非常惊奇。"我……也是……"老陈啊明天跑得更卖力了。"看！前边有一座木屋，我想我们可以冲进去！"小丘比特远远一指。

"我感觉很诡异。木屋里明明没人住，但还亮着灯光……"猫猫颤抖着打开门。木屋里有几盏被破坏得异常惨重但又能发出光亮的老式吊灯，还有几个粘满蜘蛛网的书架，墙上有几扇摇摇欲坠的玻璃窗，地上还铺着破旧的地毯。"这里……真的安全吗？感觉进入这里后更加恐怖了。"看不到的抚摸着书架。"咦，上面有些什么书？让我看看。"老陈啊明天拿出书架上的书。"《怪物大乱斗》《乐豆联盟出海记》《全栋总运员》……全是这一类的书……"老陈啊明天翻阅着书本。突然，一本书从书柜上掉了下来。老陈啊明天一看那本书的书名，突然脸色大变，上面用烫金字印着《萝社奇遇记》。"这……萝社不是我们的大本营吗……这本书为什么……"老陈啊明天突然感到脊背发凉，全身不由自主地颤抖。忽然，这本书如灰尘一般随风飘散了。

"刚……刚才发生的事情是……真的吗……"老陈啊明天被吓了个半死。"大家小心！大批的怪物冲上来啦！"粉萝卜防伪突然喊道。大家再仔细一看，木屋的四周早就被大波的细歪歪给包围了。"我带炮塔去突围，大家赶紧想办法逃生！"猫猫叫道，并带领炮塔们出了门。外面顿时响起了怪叫声。"让猫猫在外面抵挡怪物，我们得想想逃生的方法！"不抽到大天狗不改名急了。"注意！有怪物要从窗口冲进来了！"老陈啊明天一把把窗户给拉了下来，向窗外一砸，一列细歪歪就被砸垮了。

突然，一只细歪歪从树上像机关枪一般飞过来，扑到老陈啊明天的脸上。"啊！什么……"老陈啊明天本来站在书架上，被这么一撞，重心不稳，从书架上摔了下来，一下子把地毯给掀起来了。地毯下面露出了一个活板门。"这是什么？"奶油小泡芙走过来，捶了几下这扇门。"啊！"书架上掉下来几本书，砸在了老陈啊明天的脸上。刚醒过来的老陈啊明天又被砸晕了。"不行啊……这个门根本就打不开……"奶油小泡芙和被子给用了大半天的工夫也打不开这扇门。"啊！"天花板上的吊灯掉了下来，砸在了老陈啊明天的脸上。本来晕过去的老陈啊明天又被砸醒了。"为什么房间里那么暗……"老陈啊明天爬起来四处晃悠，结果

萝社奇遇记

"嘭"一声，他的额头撞了个"礼包"，一头栽到书架上，把几本书撞了下来，而其中，夹带着一本《萝社故事发展图谱》。这本书一落地，就凭空消失了。这个细节正好被老陈啊明天捕捉到了。

"这里有一把钥匙。"奶油小泡芙把一把钥匙从掉落的书中取了出来，"生锈了。没事，看我夸克极效修复！"奶油小泡芙捏造自己的新技能。"可苦坏我了……"老陈啊明天的脸被"连中三分"。"大家要保持警惕，细歪歪说不定会在黑暗的环境中突击过来！"夜月皮丘提醒道。"好，让我来打开这扇门……纳米泥巴？！没有钥匙扣？！"奶油小泡芙尝试着打开这扇门。这时，空中凭空出现了一行文字：请说出现在这个房间里一共有几本书。

"什么？没想到到了这种地方还需要玩计算。那好，是我大展身手的时刻了！"老陈啊明天来劲了。"首先，把整齐的、皆有的算一算。三堵墙，每面墙有相同的 20 个书架。每本书的厚度基本是一样的，每个格子里有 10 本书。所以每面墙有 $20 \times 10 = 200$ 本书。三面墙就有 600 本书。而第二面墙上面多了 3 个半格和 1 个 1/5 格，一共有 $3 \times 5 + 2 = 17$ 本书。目前的总量是 617 本书。那么还有第四面墙。这面墙是带着门的，一个门占了 $2 \times 3 = 6$ 个格子。所以，这面墙的书本数是 $(20 - 6) \times 10 = 140$ 本书。而墙上还补了 9 个半格，所以加 $9 \times 5 = 45$ 本书。消失的 2 本书也加上。所以，一共有 $600 + 17 + 140 + 45 + 2 = 804$ 本书。答案出来了，是 804 本书！"老陈啊明天自信心满满地说出了答案。

没想到，警报声响起，并传来一道声音："答案错误。""什么？怎么可能错了？"老陈啊明天不明所以。"你自己看……"被子给无奈地指向胖萝卜阿呆。"哦？哦！这本食谱是我带来的……"阿呆挠挠头。"阿呆——"老陈啊明天快被气炸了。"陷阱要启动了！快开门！"阿达喊。"是！扣……扣……"老陈啊明天急切地寻找着钥匙扣，可是没有找到。"完了……看我大绝招！狂——怒——钻——地——冲！"老陈啊明天怒气加急性爆棚，直接就激发了自己的暴走能量，一下子打出来一个"钥匙扣"。活板门打开了。"大家快进来！"老陈啊明天率先跳入密道，大家也随之进入。

此时，一队炮塔急匆匆地向原来木屋的位置跑去。而猫猫，却不在它们之中。

萝社奇遇记

第42集 恐怖的地下室

没想到,这么高的通道,居然连一架梯子也不设。"啊啊啊啊啊——"老陈啊明天摔了个大屁墩儿。"还会有什么吗……"他刚说完,其他成员和萝卜就都摔了下来,把老陈啊明天压在了最底下。"啊——奶油小泡芙好重——"传来了老陈啊明天的呻吟声。"现在你知道我被锅砸的痛苦了吧……"被子给表示无奈。"那口锅被我炸掉了……"奶油小泡芙乐了。"不要在意这些细节!"被子给怒了。"啊啊啊啊!不改名你太讨厌了!"夜月皮丘突然尖叫起来。"我也是迫不得已啊……"不抽到大天狗不改名表示无奈。

"这个地下室又有些什么呢?"老陈啊明天四处张望着。这个地下室还算宽敞,不过四处散布的苔藓似乎给这里增添了许多阴冷的气息,令老陈啊明天感到很不舒适。"天啊……神林苔塔这个地方,简直比地狱还要可怕几百倍啊。"老陈啊明天头一次有被幽灵抚摸的感觉。他定了定神,从石砖墙上取下一盏破油灯,照亮四周。"你们快点起来!我总觉得,这个地下室很不正常,我们一定要小心!"老陈啊明天还是第一次当"催命鬼"。

"这个地下室难道没有出口吗？咦？这些是什么东西？"老陈啊明天一手摸到墙上。他碰到了一摊黏糊糊的液体。"这……是血！是血！"老陈啊明天看到那摊液体后，受到的惊吓不是之前的经历可以比拟的。虽然血这种东西他见多了，但是巨大的心理压力使他的恐惧程度倍增。"啊？怎么了？干吗喊那么大声？"被子给满不在乎地走了过来。当他看到墙上的一摊鲜血的时候，也被吓得身体一颤。"这……一定是音乐奶布置的心理障碍。不要理会，不要理会。"被子给表面保持着平静。"最重要的是，这个地下室没有出口。难道需要我们动手夫凿一个吗？"不抽到大天狗不改名老出歪点子。"别想了。别说是你这种没开启暴走元素的，就连我们也拿这种墙没办法。"小丘比特也很无奈。没想到，一到神林苔塔，不知是什么原因，大家全都莫名其妙的地怂了。

"嘿，我就不信了！看我泡芙无敌拆墙大法！砰……"奶油小泡芙居然开始玩命地撞墙。"你慢慢撞……依我看，我得想办法上去看看。"老陈啊明天走到了落下来的那一条光滑石道的底部，"应该怎么上去呢……"老陈啊明天正想着，突然，上方响起了一阵"啊啊啊"的叫声。接着，一大批炮塔从天而降，把老陈啊明天压了个严实。老陈啊明天已经是第N次中头彩了："我的天哪……"

"是你们！咦？猫猫……哪儿去了？"夜月皮丘有种不祥的预感。"我们……不知道发生了什么。我刚刚还在和猫猫清理包围圈外的细歪歪，那时候它还在我身边，突然，一

萝社奇遇记

只细歪歪就蹿了出来，把我撞得翻了个跟斗。就一个跟斗的时间，我再看，猫猫已经失踪了。"冰锥回答道。大家瞬间沉默下来。在这种地方离奇失踪，猫猫恐怕凶多吉少！"我撞出洞来了！快过来看一看！"奶油小泡芙突然在一旁喊。老陈啊明天过去一看，这个地方果然被奶油小泡芙的硬壳撞出来一个洞口。

"这么个洞啊……奶油小泡芙，亏得你的站位准确。这次就让我来探路吧！"老陈啊明天自告奋勇进入洞口。"嗯，那你先进去，我们在上面看看有没有其他路可走。"被子给认同。老陈啊明天一不做二不休，直接进入洞口。洞里面黑漆漆的，老陈啊明天只得一步步地探索。"这个洞是有台阶的啊，底下说不定会有些什么东西……会不会是地下室的出口呢？"老陈啊明天想得入神，并没发现台阶已经到头。他一脚踩空，跌了下去。

"啊啊啊——救命啊——我总不会栽在这里了吧——"老陈啊明天想象力倍增，都已经遇难了还不忘喊这些。值得庆幸的是，这个崖并不高，老陈啊明天连骨折都没有。老陈啊明天突然感觉脚下有点儿奇怪。他往脚下一看，下面是一层铁丝网。至于铁丝网下面……居然是熔岩流！老陈啊明天被吓了一大跳。此时，熔岩流开始释放出强烈的热量，铁丝网正在升温。突然，一条火柱从熔岩流里面喷出，直接让老陈啊明天全身开始燃烧！"啊啊啊啊啊——好烫啊——"老陈啊明天疯狂地在铁丝网上打滚，可惜这只会让身体热度继续升高。终于，老陈啊明天滚离了铁丝网，来到了一块

"新大陆"。"啊啊——烫死我了——"老陈啊明天不停地打滚。这时，他看见了一个锅，而锅里似乎有一锅奇怪的水。已经火烧眉毛，老陈啊明天也顾不了那么多了，滚向了这一锅"水"。

这时，响起了一个声音："别碰它——"与此同时，一双脚踹了过来，把老陈啊明天踢离了这个锅。原来是被子给。"雪球，快来帮忙！"被子给喊。"明白！"雪球闻讯赶来，向老陈啊明天的身体发射雪球，把老陈啊明天身上的火给扑灭了。"这锅里面装的是虚废药水，你应该不会不记得它的危险。这附近不可能有任何水源。如果你不小心和虚废药水接触了，就真的没人可以救你了。"被子给解释道。"狡猾的怪物，先在铁丝网那里让我全身着火，使我在慌忙之中泼上虚废药水，想要借此害死我！"老陈啊明天彻底明白了怪物的阴谋。"没错。你一直都是音乐奶最大的威胁。在这一路上，它一定会想尽办法拐走你或者除掉你。如果你在这丛林中遭遇了什么不测，我们就得全军暴尸神林苔塔了。这一次征途是我们萝社最大的挑战。不论发生了什么，你一定要坚持到最后！"被子给给老陈啊明天分析局势。老陈啊明天被吓傻了，尤其是"你一直都是音乐奶最大的威胁。在这一路上，它一定会想尽办法拐走你或者除掉你"引得他思考：我为什么成了音乐奶最大的威胁？如果我真的被音乐奶擒住了怎么办？音乐奶那样的"笑面虎"，策划阴谋时诡计多端，拐骗别人时不择手段，残害别人时心狠手辣！自己如果真的一不小心落入它的手中，那就……被子给

萝社奇遇记

看出了老陈啊明天的恐慌，安慰道："不过你放心，有我们在，量它有一百个胆也不敢碰你一根毫毛！""那还没赵云厉害，赵云一身是胆……"

"好了，大家都来齐了。一起来找出口。"被子给发令。"这里有个奇怪的壁炉！说不定里面会有出口！"小丘比特有新发现。"这里面？"老陈啊明天把身子探进去。"嘿，壁炉里有一道题。"老陈啊明天观看着。"写着'♗♨☯☾×☽=☽☀♨♗。♗=？'这种题？哈哈，简直不要太简单。这个问题我正好听说过，答案是 $1089 \times 9 = 9801$，♗=1！哈哈，太简单了。大家跟上来吧！有出口了！"老陈啊明天乐了。

大家从出口钻了出去。没想到，里面居然又是一个密室。灯光依旧昏暗，四周的蜘蛛网和苔藓令人十分不安。"啊……为什么这个地方也全是书架？"现在，书架对老陈啊明天来说比很多东西都恐怖。至于地板，地上的四个瓦斯棒虽然有照明效果，但依旧感觉气氛怪怪的。"这里是一个柜台？难道这个地方曾经是一个图书馆？"老陈啊明天发现了一个用栅栏围起来的柜台。他翻过栅栏，开始研究柜台。老陈啊明天先是发现了一个收银柜。打开一看，里面居然还收藏着怪物群岛的一些通用货币呢。老陈啊明天又开始研究计钱机。这个机器早已废弃了。可是从旁边的收银单记录可以看出，这个地方曾经是神林苔塔的一个图书馆，但后来因某种原因而被废弃了。"看来，怪物群岛对萝社来说还有许多未知的秘密啊……"老陈啊明天喃喃自语着。

突然,他的手摸到了一个硬硬的东西。老陈啊明天转头一看,是一张铺着白床单的床。他心头猛地一惊:这难道是手术床?可是,当他真正看清床上是什么时,才开始尖叫起来——床上横躺着一具被切得支离破碎的怪物尸体!这具尸体全身碎裂、血肉模糊,难以看清到底是哪只可怜的怪物。大家被老陈啊明天的尖叫声引了过来,都过来围观。其他成员、炮塔和萝卜看到这个场面,也都被吓住了。老陈啊明天定了定神,又去观察这只怪物:"这,这不是绷带猫吗?!"当初它被萝社打败,老陈啊明天等人饶了它一命,后来它去看守小怪物们了。"它不是在黄沙基筑的遗迹待得好好的吗?为什么就被人残害于此了?"想到这儿,老陈啊明天不禁感到毛骨悚然。"看,这里面有一封信!"眼尖的瓶子炮突然叫道。老陈啊明天哆嗦着打开了这封信:

看到这封信的朋友:

很荣幸你有实力闯到这个地方来。

我猜,看到这封信的你,一定是远从萝社而来的朋友。我就是你们的老朋友——音乐奶。那么,我先来给你们介绍一下如今的形式。

你们走到这个地方,说明你们已经正式步入神林苔塔的领域。现在对你们发起攻击可就不能怪我不仁义了,是你们先踏入我们怪物的领土的!

那么,你们所看到的这具尸体是怎么回事呢?相信你们已经发现,这是绷带猫的尸体。为什么杀它呢?原因很简

萝社奇遇记

单：绷带猫背叛了我们怪物，投奔了你们萝社！于是，我们的特工小组不惧艰苦，大老远来到了黄沙基筑，把没心没肺的尸身带了回来，也顺便把那个失去力量的逆种抓到这里，让芽芽亲手宰了它这个不争气的二弟。你知道这家伙临死前还在说些什么吗？"……不管你怎么说，我都是效忠于萝社的！正义终会战胜邪恶！大哥你就死了这条心吧……"气得芽芽连昏迷毒气也没放就直接杀了这个逆种。以前分身怪五兄弟之间多和气，芽芽作为大哥也待小弟极好，特别是绷带猫。它本以为绷带猫是最有能力的一个，谁知却成了这么个叛徒！

作为萝社成员的你们，就没有一丝的畏惧吗？连同类我们也可以如此对待，何况是你们！就算你们之中有老陈啊明天、被子给或者夜月皮丘，那我也奉陪。我就是想和你们较量较量，到底谁是最强的！至于保卫怪物，他已经喝了我调的魔药，会在不久后被送到海洋神迹，正式开始章博士的最终试验！

在这封信的最后，我再提醒你们：请做好心理准备！如果你们的人被擒住了，后果会跟绷带猫一样，甚至更加严重！

当你看到这一行字的时候，我们之间的较量就正式开始了！游戏——开始！

压轴大 Boss：音乐奶

"游戏……开始了？"老陈啊明天不明白这是什么意思。

突然，不远处响起了爆裂声。大家被吓了一跳，回头一望：4个瓦斯棒突然炸裂开，毒气源源不断地冒了出来！"糟了！唔……"被子给火速冲向入口，没想到，这个小洞早已关闭，任被子给如何敲打也打不开了。奶油小泡芙尝试着把毒气吸入机器内，谁知自己身体里的一根管道鬼使神差地开始泄漏，反而让毒气效果更强。

"唔唔唔唔唔唔唔唔唔（大家快来，我这里有防毒面罩）！"攻略在毒气中使用特殊传声方式。大家迅速把防毒面罩套在脸上。"咳咳……风扇、社长，能不能把毒气吹走？"攻略终于可以正常发音了。"不行啊……房间本来就是封闭的，再吹也没有用……"小丘比特早就尝试过了。"这里毒气太浓，呼吸气体也供应不足，只能撑2分钟！我们的谈话已经消耗了30秒，必须迅速找到出口！"攻略下达指令。

40秒后，剩余时间为50秒。

"我找到了！"魔法球突然喊道，"这有本填名书：《宠物学院□□记》。嘿嘿，难不倒我。能契合这个题目的，只有《宠物学院争雄记》！"魔法球"唰唰"两条电弧飞去，焦黑的"争雄"二字被填入。这个书架翻了个面。另一面上有一道题：填入可使算式正确的符号，3□6 + 6□4 = 10。"只剩30秒了！快点把题解出来！"攻略喊。"这……加号不行，减号不行，乘号不行，除号更没戏，没办法了啊！"老陈啊明天傻了。

"时间到了！"攻略惨叫一声。

> 萝社奇遇记

"我知道了！明天让开——"这时，奶油小泡芙大叫着冲过来，用磁悬浮拳头，在两个空格里各打出一个印子。式子变成了 3.6 + 6.4 = 10。这种毒气也真够厉害的，才 5 秒的时间，大家已经感到胸闷气短、头晕脑涨、七窍积血，就差没休克过去了。

墙打开了。"大家快出去——"小丘比特一声长啸，大家一窝蜂冲了出去，总算脱离这个恐怖的地下室了！

有几个炮塔被挤到了后面，冰冻星星是最后一个。其他炮塔都跑出去了，冰冻星星刚想一步跨出去，突然，地砖里钻出一条藤蔓，缠住了冰冻星星的脚腕！与此同时，墙壁快速合拢，在 5 秒内，出口已经完全变回了一堵墙。密室里的毒气依然在增加，原来就昏暗的灯光也渐渐暗下去。冰冻星星惊恐地呼救。可惜，这面墙是完全隔音的，不论多惨烈的呼救，也无法被大家听到。

"救命！救命！放我出去——"冰冻星星的哀嚎弥漫整个密室。

第43集 黑暗丛林夜

大家不停地没命地跑，不知过了多久。"停——停！大家别跑了。"奶油小泡芙让大家停下。"怎么了？"老陈啊明天很不解。"你看！"被子给指向前方。这里似乎是一个巨大的悬崖的中端空间，对面则是另一边悬崖。整块土地上全是树木和苔藓，绿得简直令人发毛。"这……这又是个什么地方啊？"神林苔塔的一切都使老陈啊明天瞠目结舌。"可以说，这里就是神林苔塔了。不过只是神林外圈，离神林内部还很远，离保卫怪物也很远。"被子给下意识地拔出爆烈枪，"在这里，怪物和机关会变得异常多和强大。一路上必须小心，万一哪里脱了节，我们一个也活不下去！"大家心里顿时增添了几分紧张。

"算了，以大家现在的实力来看，就当我没有说这句话好了。"被子给把自己的警示收了回去。"被子给说得没错。光是在通往神林苔塔的路上，我们就已经失去几名成员了。从密室事件也能看出，这次的敌人非同小可，我们必须联手全力以赴！"老陈啊明天举手赞同。

大家头顶上飞来了几只黄蜜蜂，但是大伙儿并没有发

萝社奇遇记

觉。一只黄蜜蜂叮了夜月皮丘一下。"啊！小小黄蜜蜂，懒得跟你们计较。"夜月皮丘嘴上这么说，心里还是挺怕的。她早就发现，邻近的树上挂着无数蜂窝，要是她攻击了哪怕一只黄蜜蜂，所有蜂窝里的黄蜜蜂就会一拥而上，把大家全蜇成大头儿子。"蜜蜂，蜂蜜——我要吃——"奶油小泡芙被没心没肺附体了，他没心没肺地冲向黄蜜蜂，没心没肺地打了一只黄蜜蜂。此时，没心没肺的代价就出现了：所有的蜂窝开始疯狂躁动，无穷无尽的黄蜜蜂从里面涌出，疯狂地向成员们发起进攻！"讨厌！蜜蜂不应该跳萝八字舞吗？这是什么舞？"被子给很蒙圈。"曳步舞……"老陈啊明天快被蜇成大头儿子了。

"反击！反击！我受不了了！"老陈啊明天快被蜇成气球了。"糟了！我们目前的武器没有任何能力去攻击体形如此小的对手！"被子给平日叱咤风云的斧头此时毫无用武之地，而有爆破性武器的成员和炮塔，也很难对付这么多的黄蜜蜂。大家节节败退，阿秋和阿波甚至被咬了几口，情况十分危急。

"啊！短路辐射！"正电极和负电极受不了了，发射短路辐射冲击波，直接消灭了大片的黄蜜蜂。即使如此，还是有大波大波的黄蜜蜂继续发起猛烈的攻势。"这黄蜜蜂为什么打不完啊？再蜇下去我就真得完了！"老陈啊明天全身都被黄蜜蜂的毒针给覆盖了。"明明蜂窝只有那么点大……我明白了！"老陈啊明天大喝一声。"怎么了？"被子给专心致志地"享受"黄蜜蜂的按摩。"这些蜂窝就是一个个小型的怪物产出堡垒！里面会产出无穷无尽的黄蜜蜂！要想摆脱黄蜜蜂大军，就必须先摧毁怪物产出堡垒。"老陈啊明天突然智商爆表。"啊！老陈啊明天不正常，那么聪明，一定是被音乐奶附体了！"奶油小泡芙夸张地喊。"死泡芙，想些啥呢？"老陈啊明天恨不得把奶油小泡芙给煮了。"……又变回来了……"奶油小泡芙随时开玩笑。

奶油小泡芙发起一阵野蛮振动波，把蜂窝全部震落到地上。接着，它再来一招野蛮泡芙滚，把所有蜂窝碾成了蜂蜜薄饼。没有了怪物产出器，剩余的黄蜜蜂分分钟就被风扇刮到九霄云外去了。

"哈……就光是对付这蜜蜂，也够折磨人的了……没人被蜇死，也算是奇迹了……"老陈啊明天全身上下大概被蜇了几十万下，月亮被蜇成重病号了。此时，丛林里又传来一阵"淅淅沥沥"的声音。"又会来些什么啊？……"瓶子炮要崩溃了。丛林里出现了几只胖怪物的身影。"啊，真的有怪物！大家快开火！"本来被咬了的阿波，暂时把疼痛化成了恐惧感。"不行啊，没有任何能量来对付其他怪物了……"没人愿意去接这个打怪的副本。

怪物更靠近了，它们的模样像海狮，是蓝色的。"再不起来打怪这里真的会无人的！"胡萝卜阿波焦虑万分。"明白了……"老陈啊明天勉强站起来，向那几只怪物开了几炮。没想到那几只海狮怪一点儿反应都没有，依然向大家进军。"这……这东西皮挺厚的啊！大家起来！"老陈啊明天如今不在危急情况中，施放不出暴走能量，唯一的办法就是

萝社奇遇记

以数量压制敌人，"再不起来我就开炮啦！"经历了那么多的战斗，老陈啊明天如今的战斗力连大脚怪也会怕三分。在队友的威胁下，大家不情愿地站了起来。

雪球和雪花联手，减缓了海狮怪的移动速度。被子给、奶油小泡芙和不改名（简称）冲上去对怪物一顿毒打，总算干掉了海狮怪。"呵……这个地方也太危险了，躲机关，考数学，还要去消灭那么多的怪物！"老陈啊明天终于开始感叹"生活是如此艰难"。"别啰唆。我感觉似乎有个大家伙要来了。"被子给连忙封口。"你自己也很啰唆。"老陈啊明天小声说着。

一阵树木倒下的声音传来。"看吧，说过会有个大家伙要来的！"被子给连忙举起爆烈枪，"大家做好战斗准备！这个敌人的战斗力不在我们的实力之下！"大家眼前的一片树木瞬间倒下，两根象牙和一条象鼻显露在大家眼前，一声长啸惊天动地。"丛林象！"大家高声惊叫。话音刚落，一条象鼻就横扫而来。大家直接被扫飞了。要是再被扫一次，骨头都得被扫断。

"大家快开火！这个家伙实在太强了！"小丘比特喊道。一阵猛烈的反击过后，丛林象却镇定自若，没有受到任何明显的伤害。象鼻再次砸来，山林间顿时出现一道大裂缝。

"啊！"便便不小心被象鼻压住了，动弹不得。"正面攻击根本抗不过丛林象，先且战且退，等占了优势再干掉它也不迟！"大家开始撤退。"不要啊……先来救我……"便便感觉自己全身上下已经散架了。看到目标溜了，丛林象大叫一声,四只大脚开始奔腾,每一只脚都狠狠踩了便便一下。也不知道便便的死相是什么,反正绝对不会太好看。

丛林象把两根象牙插入地里,接着用力一掀,一大片树木就被连根拔起,向成员们砸来。"啊!"大批树木砸到地上,大家全部被震飞了两三米高。"啊——我忍不住了!狂怒冲击波!"老陈啊明天实在忍不了了。他冲了上去,蓄力于炮中,发起了一次攻势。狂怒冲击波惊天动地,连丛林象也直接被冲了一个大跟头。"呼……这个大家伙总算被搞定了。毕竟是连小糖果首领都可以秒杀的狂怒冲击波,不负这种威名。"老陈啊明天擦了把汗。突然,丛林象的鼻子晃了晃。接着,丛林象睁开了眼睛。"嗯?"老陈啊明天感觉到了不对劲。一声长吼,丛林象重新站了起来!"这怎么可能!连小糖果首领都畏惧的狂怒冲击波,居然打不过丛林象?"老陈啊明天傻眼了。就在他傻眼的几秒内,丛林象的鼻子已经把他卷到高处,等到老陈啊明天反应过来时,已经

萝社奇遇记

被丛林象拍到石头上，顿时血肉横飞。也算老陈啊明天命大，这么狠的一击并没有造成致命伤，连行动都不怎么受到影响。"救命啊！"老陈啊明天赶紧逃窜，丛林象穷追不舍。

"糟了，是绝壁！"突然，一座巨大的山崖挡住了大家的去路。大家再回头一看，丛林象马上就要追上来了。"能炸山吗？"老陈啊明天心急如焚。"想太多了……"奶油小泡芙对这句话表示无奈。"嗯……有了！大家快从那里爬上去！"小丘比特突然看见山崖壁上有一条藤蔓小道，赶紧对大家喊道。

当最后一个成员爬上藤蔓时，丛林象刚好来到悬崖边。他看见萝社成员们居然在这种情况下都能逃脱，愣了一下。这点时间给了大家一个好机会，大家爬得更快了。

丛林象反应过来，开始疯狂用象鼻攻击悬崖。整个悬崖开始剧烈抖动，大家几乎要被丛林象抖下来了。月亮不知所措地爬在最上方。当它向上爬时，碰到了一条怪异的藤蔓。"这种手感……这真的是藤蔓吗？"月亮正感到奇怪之际，这条"藤蔓"开始运动。啊，原来是只细歪歪！月亮一惊讶，双手就脱离了藤蔓，向下面坠落。丛林象刚好一鼻子打了过来。月亮本来就被黄蜜蜂蜇成了重伤，这一鼻子下去，也不知道月亮是否还活着。不过，丛林象又在月亮身躯上踩了一脚，这道生死大题的答案就公布了。

已经有两名炮塔同伴倒在丛林象的脚下了。还好，大家已经陆续来到悬崖顶部。"终于安全了！"被子给吁了口气。丛林象看到自己的攻击无法伤害到大家，愤怒地叫了几声，随即掉头离开。"呼……终于结束了吗？我们走吧。"老陈啊明天催着大家。可是，成员们才刚行动了半分钟不到，丛林象就折返回来了。他把鼻子对着悬崖顶部，长鼻一卷、一喷，一注水流就喷泻而出。这还不是普通的水流，是浓度很高的特殊酸水！这注酸水极速腐蚀着土地，大块大块的泥土从悬崖顶端塌下来。

"不好！丛林象……"奶油小泡芙还没叫完，自己已经塌了下去。它一下子压到丛林象的鼻根，像滑滑梯一样从丛林象的鼻子顶滑到了地上。丛林象用惊讶的眼神望着奶油小泡芙。"啊！不小心从悬崖上摔下来了。小丛林象！让我们大战三百回合吧。"奶油小泡芙摆出战斗姿势（也没人看得懂它这个战斗姿势）。"奶油小泡芙哪儿去了？"攻略向悬崖底部望了一眼，顿时慌张起来，"天哪！这家伙是不是不要命了！"攻略赶紧把奶油小泡芙移位上来。没想到奶油小泡芙才刚移上来没一秒，就又纵身跳下悬崖。"我的天！它还真的不要命了！"攻略发愣。

跳崖的奶油小泡芙又体验了一次免费滑梯。丛林象也不含糊，一招横扫千军就攻向奶油小泡芙。奶油小泡芙趁机把两个磁悬浮手臂插到了丛林象的鼻孔里，接着狠命一甩，丛林象就扑倒在地。不过丛林象鼻子上的力气也不一般，奶油小泡芙也被掀了个大跟头。"很好！第一回合，本泡芙胜利！"奶油小泡芙击了一下双拳。丛林象明显不服，又一鼻子卷过来，要把奶油小泡芙给拔起来。奶油小泡芙由于没有任何防备，被丛林象给卷飞起来，直接拍倒了几棵树木。奶

萝社奇遇记

　　油小泡芙也是毫不含糊，才刚回头就回了一拳。奶油小泡芙的回手掴让丛林象很难受，只好拔了几棵树来消消火气。"好！第二回合，平手！"奶油小泡芙彻底玩嗨了，准备大显身手一番。

　　第三回合开始了。大家在悬崖上看得过瘾，居然还当起了裁判。丛林象把长鼻子一卷，又喷出一大片酸水。奶油小泡芙迅速接招，用野蛮回战墙把对手的攻击全部奉还回去，浇了丛林象一头的酸水。丛林象怒了，把两根象牙插入地里，接着使尽全身之力一掀，一整块土地就飞了起来，奶油小泡芙也被掀飞了。不过毕竟是奶油小泡芙，它双脚一碰到崖壁，再使劲一蹬，就被反弹了回来，用力蹬了丛林象一脚！蹬完这一脚，奶油小泡芙还不放弃，再次反弹到崖壁上，回头再一蹬，又一个深深的脚印印在了丛林象的身上。奶油小泡芙又来了第三脚、第四脚……蹬过二十脚之后，奶油小泡芙依然精神抖擞，可是丛林象已经不太能撑得住了。看来它会的也就这几招了。奶油小泡芙飞跃到丛林象的头顶，用双拳紧紧攥住丛林象的大耳朵，身体不停地跳蹲结合，以重量压制着丛林象。丛林象也愤怒了，开始不停地跳跃，想摆脱这个"驯兽小泡芙"。可是奶油小泡芙怎么可能那么容易被摆脱？只见它把丛林象压得动弹不得，还用脚夹住丛林象的脖子。奶油小泡芙的两只手也没闲着，不停地暴打丛林象的头。丛林象居然开始像小猫一样翻滚起来，欲把奶油小泡芙反压住。这种战斗，让人看着像是在看相扑比赛。

奶油小泡芙双手向丛林象头上一夹,身体使劲一压,就又跳了起来。"野蛮泡芙滚!"奶油小泡芙在天上反转方向,使出大绝招——野蛮泡芙滚,向丛林象极速飞去!"砰砰砰"几声,丛林象竟然被撞飞了!它重重地摔在树林间,惨叫着逃跑了。

"耶!""萝社又赢了!""万岁!"大家欢呼着。"不一定。"老陈啊明天心里依旧忐忑,"或许,这只是一切的开始。"

萝社奇遇记

第44集 惊魂大捕杀

收拾掉了丛林象，奶油小泡芙爬上悬崖，大家准备继续前进。

"这个地方离神林内部还有很长的一段路，遇到怪物先发疯，头脑简单向前冲！"奶油小泡芙冒充导游。"走神林苔塔的难度，简直比走蜀道要难上无数倍啊！"老陈啊明天感慨。"蜀道？蜀道是什么？"夜月皮丘表示不解。"唉……算了，不解释了。"老陈啊明天认为解释了也不会有人懂的。

"停！趁着现在周围没有威胁，赶紧来清点一下人数。"小丘比特拦住了大家，迅速地开始清点。"嗯……好像哪里有些奇怪？除了飞镖和猫猫……"小丘比特哽咽了，"……好像……还少了几个。""哎呀！我哥哥不见了！"炸弹星忽然惨叫一声。"便便和月亮也找不到了！"瓶子炮瞬间发现了问题。"有可能……是掉队了吧？"看不到的往好的方面想。"看不到的，你再不说话我还以为你也掉队了呢。平时多插点嘴，否则没人知道你在这里！"小丘比特发出最后通牒。

"就算是真的掉队了,能活下来的概率也非常小。"被子给直接给大家泼冷水。大家一片沉默,整个丛林一片死寂。"……大家不要气馁!我们要将牺牲者们的尸体,变成我们的垫脚石,以实现更大的目标!我们可是曾经击败过绷带猫、小糖果首领与红灯机器人的英雄,还有什么是我们做不到的?"老陈啊明天化身"打气筒",为大家念了一篇无敌的加油稿。

这时,丛林里出现了一个黑影。这个黑影不停地快速移动,似乎在瞄准什么目标。突然,这个黑影极速冲出树林茂密区。伴随着"啊"一声惨叫,老陈啊明天身旁的负电极倒下了。"啊啊!"老陈啊明天和所有的炮塔都被吓得猛退几步。只见扑在负电极身上的怪物长相犹如蛋黄鸡,只是大了一些。它的左眼上有一只海盗眼罩,右手持着海盗钩子,头上戴着条红色头巾,看起来无比凶悍。"难道是……永夜丛林的云游杀手——草鸡萌?"被子给非常不安。"没错,我乃蛋黄鸡总司令草鸡萌,奉命前来追猎萝社入侵者!"草鸡萌的头巾被风吹动,隐约有一种江湖游侠的气势。此时,负电极挣扎着睁开眼睛,用最后一点力气嘶哑地喊:"大家……快逃!你们……不是……它的……对手!""叫什么叫!"草鸡萌对着已经濒死的负电极又狠狠地戳了一钩子。就在负电极倒下的一刹那,一道强烈的短路辐射波喷涌而出。草鸡萌毕竟厉害,只被掀飞了十几米。

"天哪……负电极可以自己释放短路辐射?"老陈啊明天被惊呆了。"先不要管那么多!快点跑啊——"瓶子炮一

萝社奇遇记

把拉住老陈啊明天，拽着他跑了起来。"啊！啊！快逃啊——"几秒内，就变成了老陈啊明天拽着瓶子炮跑。"呸！"草鸡萌狠狠踩了一脚负电极的遗体，"你们一个都别想逃！"

想要逃脱草鸡萌的追猎，还真的是件不容易的事。草鸡萌的战斗力已经是难以想象，再加上丛林地形极为复杂，给他们造成了极大的干扰——不逃就会被剁成肉泥，逃了就容易分散，一分散，整个队伍就得完蛋！

还好，萝社成员们可不是吃素的。"快快快！快走这边！尽量迂回闪避！"被子给在前面跑得最快，负责引路。"哈！它敢追上来就吃我一拳！"奶油小泡芙殿后，尽量拖住草鸡萌，使其无法伤害更多人。大家的计划还是很周密的。草鸡萌再次发起了冲锋，却被奶油小泡芙给打了回去。草鸡萌不服，又连续发起几次冲锋，居然和奶油小泡芙缠斗起来。"它根本没有负电极说的那么难对付嘛！"奶油小泡芙越打越轻松，敌人来一招它就接一招，还顺带着捎去两拳头。"啊！杀手之力！"草鸡萌火了，直接就使出了杀手之力，"唰唰"两下把奶油小泡芙的机身割出了两条深深的裂痕，又一横砍差点儿就把奶油小泡芙的机身系统摧毁了。"啊！快逃呀——"奶油小泡芙身受重伤，赶快逃命。

"这样逃是个办法吗?"老陈啊明天受不了了。"没办法,要想逃过这一劫,优势就在体力上!"被子给手一指,"登上那个地方,应该就差不多了!"说罢,被子给就开启了冲锋模式。一临近山崖,被子给就把一个藤蔓套索套在自己身上。那个崖壁结构是这样的:上面有一块大石头,两边分别缠着一根藤蔓,其中一根有套索。"老陈啊明天,快拉一把藤蔓!"被子给喊道。老陈啊明天傻傻地拉住了被子给的套索。"谁让你拉这里了!另一边!"被子给急了。"哦……"老陈啊明天连忙把绳子一拽,被子给就升了上去。

到了上面(还只是悬崖中段),被子给把套索解开,向一边的石阶跳去。另一边的石阶迅速开始旋转,被子给赶忙往另一边一跳,单手死死抱住一块突出的石头。这块石头突然开始向外移动,被子给一个翻身,手脚攀住一条藤蔓,开始向上爬行。"快!快上来!"被子给边爬边喊。

小伙伴们跟随被子给的节奏,一个一个地登上悬崖。此时,草鸡萌也追了上来。待在悬崖下面的成员越来越少。四个、三个、两个……最后只剩下了冰锥。冰锥慌慌忙忙系上绳索,刚想拉绳,它就愣住了:已经没有人可以帮它拉绳索了,而自己的小短手又无法够到另一边的绳子!草鸡萌冲了上来,高高抬起钩子。"别……别……别……"冰锥吓得连话都说不出来了。草鸡萌却毫不留情,一钩子就砍了下去……

悬崖上方是一堵墙。"嘁!是墙?难道……大家快上来!再过不久就可以决战草鸡萌了!"被子给不知从哪儿看

萝社奇遇记

出了什么端倪，激动地对小伙伴们喊。"快，快上！沿着藤蔓爬上去。"被子给迅速地进入爬梯模式。

"这种神林藤蔓的承重力也太强了吧，奶油小泡芙踩上去都不会有反应……"老陈啊明天刚想向上爬，大半堵墙的藤蔓突然疯狂移动，直接把老陈啊明天佩戴大炮的那只手给缠住了。"啊！我动不了了！救命啊！"老陈啊明天不管怎么使劲都无法摆脱藤蔓的束缚。这时，上方更多的藤蔓开始动了，不停地向小伙伴们发起攻势！"哎呦！"老陈啊明天直接一下子被戳穿了手臂，鲜血直流，他疼得直抽搐。此时，草鸡萌已埋伏在其身后，准备使劲扑过来……

千钧一发之际，老陈啊明天突然狂性大发，双手猛一发力，把大批藤蔓给连根拔起，然后自己身子一闪，就躲开了那致命的攻击。草鸡萌就倒霉了，不仅一头撞到墙上，还被无知的藤蔓给卷成了一团。"很好！这下能把它给拖住了！"被子给已经爬到墙顶。

"拉我一把！我上不来了！"奶油小泡芙两只磁悬浮拳头挂在墙顶上，身体和脚在下面扑腾。"兄弟，这儿没人拉得动你！你自求多……"老陈啊明天还没说完，这面墙就被奶油小泡芙给压塌了。"早知道让奶油小泡芙第一个上了……"瓶子炮目瞪口呆。

向前边再跑一小会儿，就是两个神林崖壁的交界悬崖了。"过了这一关，草鸡萌就不在话下了！"被子给向悬崖踏出了一小步。"可是我们怎么过去？"夜月皮丘苦恼了。"看！"被子给向悬崖一指，原来这上面交错着无数藤蔓，

"就靠这些!""这条是什么?"老陈啊明天指着一条粗粗的藤蔓问。"怪物缆车,这条缆绳就是用来过崖的!"被子给忽然向后退了几步,接着向前冲去。他快速使劲一跳,双手就紧紧握住了缆绳,然后双脚向空气中一蹬,自己就顺着缆道向下一直滑去。"哇!太刺激了!"老陈啊明天也开始滑。"真希望这个不要又被奶油小泡芙压断。"小丘比特喷了一声。

被子给接着向下滑。突然,他滑到了一个长了四根棘针的地方。被子给的手瞬间放开了缆绳,向左使劲一跃,双手又抓住了一条自上方垂下的藤蔓。被子给利用那根藤蔓使劲一荡,双手再一松,又抓住了另一条藤蔓。如此重复了三四次后,被子给又用力一跳,跳到一根两头被藤蔓锁住的细木头上。接着,被子给以最快的速度冲过这段细木头,向悬崖纵身跃去。被子给的双脚才触碰到悬崖,就弹了回来,落在了从悬崖里"横空出世"的一棵树上。被子给望着这棵树,心中万分感慨:"这棵树和老陈啊明天是如此相像。他在萝怪斗争的白热期加入了萝社,如树苗般横空出世。接着,他又在一次次的战斗中使自己比任何敌人都更加强大。这棵树苗也会因此继续成长。可是,如今要面对的对手并不像之前……如若音乐奶利用老陈啊明天的好奇心和对萝社仍存在的疑问来控制他,恐怕就……"被子给突然意识到自己想多了,尴尬地拍了几下自己的脸。

其他小伙伴们也陆续"登陆"了。只是大家的身手哪有被子给那么好呢?他们全部都七零八落地挂在不同的藤蔓

萝社奇遇记

上。老陈啊明天的四肢都卡在藤蔓上了。"我们的情况已经这样了,怎么去对付草鸡萌啊!"老陈啊明天大声嚷嚷着。"我们完全处于被吊打的劣势啊!"奶油小泡芙被一大坨藤蔓缠成了一个球。"救命!救命!救命!救……"炸弹星只用一只手抓住一个藤蔓的尖儿,另一只小短手不停地左右甩动。"这……"被子给也蒙了。

此时,草鸡萌的身影出现在大家前来的那一崖口。"草鸡萌来了!大家快准备迎战!"被子给连忙掏出爆烈枪。"不行,打不了了……"大家异口同声地回答。"攻略呀攻略,你就别装了!"被子给急了。"我说的是真的……"攻略的小蓝伞的伞柄挂在了藤蔓上,攻略死死抓住伞尖不放。"你们……"被子给抓紧爆烈枪疯狂开火。谁知草鸡萌特别狡猾,左一闪右一闪,爆烈枪根本打不到目标。草鸡萌正在慢慢接近大家。

被子给一咬牙,用爆烈枪扫射对岸,才击中了几次草鸡萌的身体。可惜效果不明显,草鸡萌依然在快速前进。"算了,赌一把!怒火核导弹!"被子给一咬牙,能量爆发,射出一发爆破性极强的爆裂弹。可惜了,草鸡萌此时正好一荡,躲过了被子给的大招。这一发爆裂弹打在了怪物缆车上。被子给也被强大的反作用力向后冲去,后背重重地撞到了悬崖壁,重心还差点儿不稳。还好被子给在最后关头抓住了树枝,不然就要掉下去了。草鸡萌离大家更近了。老陈啊明天急了,不停地扭动身体,结果把奶油小泡芙给扭了下来,把他压了个半死。草鸡萌顺势冲了上来,对着藤蔓堆乱砍一通。

　　草鸡萌也算倒霉,没有一钩子达到致命效果。缠住老陈啊明天的四条藤蔓,草鸡萌砍断了三条,就剩左腿上的一条。草鸡萌欲挥手去砍,老陈啊明天赶紧把力气用在左腿上,使劲荡着,向草鸡萌开了一炮。草鸡萌一闪而过,这一炮打到了缠住奶油小泡芙的藤蔓上,一根缠住奶油小泡芙的藤蔓掉了下来,正好缠住了草鸡萌,让它也来了个倒挂金钩。老陈啊明天和草鸡萌都这样被倒吊着,相互怒目而视。其他成员被劈在了一边。

　　"被子给!快拿你的爆烈枪把草鸡萌打下去!"老陈啊明天大喊。"我根本就瞄不准啊!"两根藤蔓离得太近了,被子给和老陈啊明天也确实隔了很长的距离,很难精准打到草鸡萌。要是不小心有一弹打歪了,老陈啊明天就……"快开枪!不然就……"老陈啊明天还没喊完,草鸡萌就开始试图运动自己的脚,要向老陈啊明天荡去。"哎呀!"老陈啊明天也赶紧开始运动,不停躲避着草鸡萌的攻击。一人一怪不停地互荡、旋转,上方的藤条也随之交叉分离,虽然只有两颗"星",这运动方式却比三星运动还要复杂。被子给陷入困境。

　　被子给远远一看,就知道老陈啊明天已经脑充血,体力不支了,再撑下去必定遭遇不测。被子给闭合双眼,心中默念全部萝社牺牲者的名字。祈祷大神保佑后,被子给只好赌一把:向左射。谢天谢地,草鸡萌此时也是向左一荡。这一发子弹命中了草鸡萌,使它在原地不停地打转儿。被子给精

萝社奇遇记

神大振,又连发了三枪。三弹全部攻击到了草鸡萌。第一弹击中了草鸡萌的眼罩,第二弹击中了草鸡萌的铁钩,最后一弹把吊住草鸡萌的藤蔓给炸断了。草鸡萌大叫着掉入深渊……

"耶!胜利!"大家欢呼着。"太棒了!以后我对自己的运气有足够的信心了!"被子给对自己充满自信。"快、快救救我!我、我受不了了!"老陈啊明天依旧在倒挂着扑腾。被子给想跳到老陈啊明天那边去救援,却愣住了:"这距离太远了,我根本跳不过去啊!""那我会被吊死的!"老陈啊明天依然在扑腾。

"啊!看上面!"突然,一个炮塔惊叫起来。大家顿时意识到了不妙,纷纷抬头。只见蟹老板立在悬崖顶部,举着大钳子呵呵冷笑着。"嘿嘿……都说你们有多厉害,其实也不过如此,最终还是中了我的'连环扣'!通通给我下地狱吧!"蟹老板举起大钳子,"咔咔"几下把缠住小伙伴的藤蔓根部统统剪掉了!"啊——"大家尖叫着坠入无底深渊……

第45集 潜伏的死神

"啊……"老陈啊明天睁开了眼睛,向四周左顾右盼。"这里是哪儿啊……"老陈啊明天用力地想把自己从地上撑起来,"我的眼睛好痛……嗷!我的头流血了……"老陈啊明天再次扑倒在地。"我是谁……我为什么会在这里……"老陈啊明天死死抱住自己的头,"对……对了……我是老陈啊明天……我和同伴们掉下了悬崖……这里就是悬崖底部吗……大家都哪儿去了……"老陈啊明天硬撑着让自己站起来。一起身,他立马感觉自己好多了,虽然头依然很痛。

"咦……这里……好像是个封闭的房间。"老陈啊明天四处望了一下,发现四周都是藤蔓和石砖,还有一张床、一个书架和一个老式的破吊灯。老陈啊明天拿着吊灯,用来照明。"这样看来,我不可能是直接掉下来的,一定是有人把我带到这里来的……会是音乐奶吗?如果是那样的话,它为什么不像被子给说的那样,趁我昏迷的时候直接干掉我呢……"老陈啊明天陷入沉思,"……难道,音乐奶早有准备,不让我死只是因为想要把我们萝社成员当猴耍?这怪物果真是太狡猾了!"老陈啊明天又感到头一阵剧痛。

萝社奇遇记

"啊……"老陈啊明天赶紧跑到床上,迅速躺下。他感觉头痛有所缓解了。老陈啊明天忍不住把眼睛合上了。"咦?这个床垫下面好像有什么东西。"老陈啊明天摸了摸床垫,确定了下面是有东西的。于是,他掀开了床垫,从下面抽出了一些东西——一封信、一个瓶子和一本书。老陈啊明天摇晃观察几下那个瓶子,确定了里面装的是虚废药水。他又翻看了一下那本书,突然全身使劲哆嗦了一下——书的封面上赫然印着五个大字——萝社奇遇记。"这、这不可能!这本书不是从小木屋里消失了吗?"老陈啊明天急忙翻开这本书。越看,老陈啊明天头上的汗(血)珠越大——书里面所有的记录都是完完整整的,和真正的冒险旅程没什么两样!连怪物不可能知道的许多细节都被记录在这本书里了!"该不会……这一切的幕后所为者另有其人?"老陈啊明天越想越觉得诡异,脑袋又不自主地疼了起来。

"这封信……里面又有什么?"老陈啊明天想拆开这封信一看究竟。这封信的开口似乎被什么液体粘住了。老陈啊明天想用手把它掰开,结果把手粘在了上面,好不容易才挣脱开。这回老陈啊明天多了个心眼,没有用嘴去和怪胶硬碰硬,而是把信封的另外一角给撕开了。老陈啊明天把里面的便笺给扯了出来,开始阅读上面的字:

老陈啊明天：

我很荣幸你可以看到我给你们萝社写的第二封信。因为，在你看到这封信的时候，萝社真正的威胁就来临了！

相信你并不了解目前的局势。现在你所处的地方，已经是神林苔塔的内部了。你所处的这个房间，其实就是神林苔塔的一个入口。而你的一群伙伴都已经分散到了别的地方。事到如今，被子给也一定提到过：落单的人在神林苔塔是一定会死的。所以——你就做好心理准备吧！

话说回来，让你死好像也没什么益处。你难道不想知道被子给以及整个萝社背后的秘密吗？现在，在你面前有两个选择：一、了解被子给和萝社背后的所有故事；二、继续征伐怪物，但最终只有死路一条！

祝

做出正确选择！

音乐奶

9999.99.9

老陈啊明天的双手颤抖着握住这封信，迟迟未能放下。现在他已经真正认识到了神林苔塔的凶险。这封信给老陈啊明天的精神造成了严重打击。确实，一切都在怪物的预料之中。被子给的话完完整整地嵌在他的心里，而且被子给对之前落伍的伙伴的形容也是恰当的。另外，用老陈啊明天强烈的求知欲来诱惑他，也确实抓住了他的软肋！这小小的一封

萝社奇遇记

信,把老陈啊明天从前埋藏在心里的问题一并唤醒:为什么我穿越到了这里?那个大炮传送门的秘密是什么?这里是哪里?这是个怎样的时空?萝社和怪物为什么会有如此深仇大恨……无数问题涌入老陈啊明天的大脑,向他的心理承受极限发起了猛烈攻击!此刻的他,就算明知会成为音乐奶的阶下囚,也要不惜一切获知真相!

"不!"老陈啊明天用力遏制住脑中的反面想法,咬紧牙关挤出一句话,"我非要在这个问题上做出第三个选项!""哈哈哈!你倒是有点儿志气!如果你想创造出第三个选项的话,那么迎接你的就只能是答案B——死路一条了!不过,我依然可以给你机会哟——"空气中传来一丝怪笑,音乐奶的声音像幽灵一般萦绕在老陈啊明天的耳际。

突然,床爆炸了,放在床上的虚废药瓶也被炸开了,虚废药水爆了出来。"糟了!"老陈啊明天赶快翻身,以免虚废药水溅到身上。老陈啊明天刚翻完身,墙上的大部分藤蔓就开始动了起来,向老陈啊明天猛攻而来!老陈啊明天急忙闪避。藤蔓的攻击越加疯狂。"完了完了完了!"老陈啊明天无法抵抗,只好连连后退,一不小心撞倒了书架。书架后面居然有一个暗道。老陈啊明天大喜,把暗道的铁丝网撞开,爬了进去。"啊——"老陈啊明天爬到一个空洞中,又掉了下去。

下面依然是过道。"天啊,这里怎么会这么黑……"老陈啊明天才发现自己的吊灯已经被炸毁了,现在眼前一片漆黑。"这下可糟了!"老陈啊明天四处摸索着。"哈哈哈——

现在知道害怕了吧！在黑暗里待宰的小小羔羊，是永远无法知道黑暗世界的辽阔的！过来吧……来到我们怪物军团，你就再也不会害怕黑暗了……"音乐奶鬼魅般的声音在老陈啊明天的耳边回荡着，像催眠曲一般让老陈啊明天几乎进入梦游状态。"……百日之内，血光之灾……背叛萝社，逃过一劫，知晓一切……攻伐怪物，鬼怒天罚，死路一条……"这三十二个字像魔咒一般印在了老陈啊明天的脑子里，根本无法驱散。"是……是……"老陈啊明天现在已经完全不受自己的控制了。

黑暗中突然伸出了一只"手"，老陈啊明天下意识地握住了它。这只"手"拉着老陈啊明天向左走。此时的老陈啊明天正沉浸在音乐奶创造的黑暗世界中。突然，他清醒了一点：这只"手"好像做了一个一般的手无法做到的动作。老陈啊明天又清醒了一点，他眯起眼睛使劲想看清这只"手"的庐山真面目。他大吃一惊：这其实是一根恐怖的神林藤蔓！老陈啊明天极为恐慌，不停地想要挣脱这根藤蔓的束缚。这时，从后方伸出了更多的藤蔓，一根缠住老陈啊明天的腿，一根缠住老陈啊明天的身体，还有一根勒住了老陈啊明天的脖子！"难道你想违背指示吗？是想落得一个死的下场吗？"空气中飘荡着音乐奶冷冷的声音。"我我……"老陈啊明天被勒得喘不过气来。

"……我……我……唔哇哇哇哇哇哇！"老陈啊明天体内的洪荒之力突然爆发，把几根杀人藤蔓击了个粉碎。"这里不是久留之地！"老陈啊明天看清了状况，赶快跑路。

萝社奇遇记

他沿着走廊的墙开溜。突然，有一堵墙好像翻了个个儿，让老陈啊明天跑到了一个怪异的地方。"这是……哎哟！"老陈啊明天走着走着就被绊倒了。这时，四周的墙发射出很多箭矢！"啊，是机关！"老陈啊明天赶紧翻筋斗。即使如此，他还是中了两箭，一箭射中了他的炮管，还有一箭射中了他的肩膀。这时，老陈啊明天感到周身疼痛。原来，这还是一支毒箭！从天花板上掉落下来大块大块的石头，也被老陈啊明天闪开了。

老陈啊明天身旁似乎闪过一个人影，一阵凉凉的风刮过。"谁？"老陈啊明天疑惑地望向四周，"是你吗，被子给？"突然，又刮过一阵风，老陈啊明天的腰部被两只手臂夹住了。他慌张地踢腿、开炮，这个家伙却没有任何受到伤害的迹象，反而还把老陈啊明天反手抱起，扛在肩上。"呀！快放开我！"老陈啊明天不停地挣扎。这时，他摸到了一副冷冰冰的耳机。"耳机？难道这家伙是……不可能啊，音乐奶手短又没腿，这家伙是人形的……"这个生物跑动起来，老陈啊明天通过仅有的一丝光线（此物眼睛发着光）惊恐地发现：这个东西的脑袋碎了一大块，一摸就是一堆脑汁和一摊血。这个生物抬头，用仅存的一只眼睛（另一只顺带着头盖骨不见了）看了一眼老陈啊明天，嘴角露出一丝令人毛骨悚然的笑。

"这……"老陈啊明天惊愕地发现，这张脸有些似曾相识。这东西的头也碎了……老陈啊明天的思绪飘回了浮铜园林：秋霜汽水头朝下从飞船上被扔到一块尖利的礁石上……

现在这个家伙，还残留着几圈长头发，身上的衣服也是女生用的。秋霜汽水的头因为从高空摔落，所以碎了……老陈啊明天心里冒出一个恐怖的猜测：莫非这家伙就是逝去多日的秋霜汽水？想到这儿，老陈啊明天使劲打了个寒战：秋霜汽水不是已经被摔死了吗？莫非这死人在神林苔塔还能复活不成？而且，秋霜汽水的死亡地点明明是在海上的一个小石头岛，为什么会出现在这儿……

"难道，它们把没心没肺的尸体拖到这里，也是因为这个？"老陈啊明天猛然回想起在绷带猫尸身里发现的信件，顿时明白了，"那么，小魔女、火巨龙、水晶和没心没肺的尸体一定也在神林苔塔了……"如果这个想法是成立的，那就太可怕了。那几个在前路先行阵亡的成员战斗力都很强，特别是萝社最强成员没心没肺。要是这几位也在这个死神的祭坛狩猎的话，他们被吊打的局面就难以挽回了……

此时，秋霜汽水已经把老陈啊明天抱到胸前，接着把他横放在一块平整的石床上。这里似乎是一个小房间。"嘿嘿……老陈啊明天，你还记得我吗？"一阵邪恶的笑声传来，接着是一个让人产生梦魇的声音。"记得，太记得了……"老陈啊明天在心中回复，"让萝社陷入黑暗深渊的神林统治者——音乐奶……""哼，你记得就好。这是我第二次把你抓住了吧，而且这次非同寻常！连我自己也没想到，整个萝社已经被我控制住了！"音乐奶慢步行向老陈啊明天。它的一只手里寒光一闪，老陈啊明天心一紧：这是手术刀……

萝社奇遇记

"对了,你不是一直想知道被子给和萝社背后的秘密吗?其实,这些事和我关系并不大,但是我知道这些事。如果这次手术你能撑住,我会把你带走的。到时候,如果你能离开萝社,我会把一切都告诉你。"音乐奶说着,举起手术刀,"不好意思,神林苔塔没有麻醉剂,见谅。"说罢,音乐奶手起刀落,手术刀就捅进了老陈啊明天的心窝!他瞬间昏死过去……

第46集 迷失的冤魂

"我……我……我这是在哪里?"老陈啊明天睁开眼,第一眼看到的就是一个大肉包子。"肉包……奶油小泡芙!"老陈啊明天跳了起来,又看了看自己的心口处:"这是怎么了?""你忘了吗?音乐奶差点儿把你给杀了!还好我及时赶到!"奶油小泡芙埋怨道,"幸好我有医学秘籍,及时为你做了治疗,否则你就再也看不见我了!"

"音乐奶……难道你干掉音乐奶了?"老陈啊明天立即询问这件事。"怎么可能!它毕竟是最终领导者,战斗力还很强!更何况它还有强大的援兵!"奶油小泡芙遗憾地耸耸肩。"援兵?你是指在音乐奶身边的那个女生吗?"老陈啊明天立刻想起了秋霜汽水。"她倒是的,不过她很弱,被我第一个撂倒了!音乐奶倒是撑了一段时间,不过也被我打倒了!我刚想把音乐奶压成平板,天花板上就又飞出来一个音乐奶的同伙!它长得和没心没肺很像,只不过头上戴了个耳机!它飞过来撞我,把我撞得翻了个大跟斗!我刚要发射夸克波,它又抬起仅余的左臂,向我发射钛化散砂弹!对,就是钛化散砂弹!我的身体被打穿了一个窟窿!那个女的也站

萝社奇遇记

起来打我！那些藤蔓也开始向我发起攻击！我只好先带着你逃了……这个世界上除了没心没肺，没人可以做到这个！"奶油小泡芙列举着自己的伟大战绩。

"没心没肺……"老陈啊明天的心凉了下去。他知道，自己的猜测成真了！"奶油小泡芙……我怀疑，那个女孩就是秋霜汽水！"老陈啊明天脱口而出。

"你的意思是，那些之前死去的成员都已经变成僵尸了？"奶油小泡芙明白了。"嗯。而且我想，那个耳机可能就是变异体的控制源！"老陈啊明天点头道。"所以只要我们把耳机给毁了，就能让它们恢复正常？"奶油小泡芙开始分析。"按道理说……这种想法是对的。"老陈啊明天依然烦恼，"但是敌人的战斗力太强了，我们几乎没有办法对它们造成任何伤害呀。"

"放心！其他小伙伴我们都还没找到呢！人多力量大，咱们走！等到大伙儿都聚齐了，再强的敌人也没什么好怕的了！"奶油小泡芙把老陈啊明天从地上扶起来，继续向通道走去。"嘿嘿，真是天真……就算你们把神都找来，也不可能有办法的！"音乐奶得意的笑声传遍了整条走廊。

"你的伤口还撑得住吗？"奶油小泡芙背着老陈啊明天，还不忘关注他的伤口。"放心，应该没什么大碍……"不问没感觉，一问老陈啊明天才感到胸口依然隐隐作痛。"你的情况有点儿糟啊。"奶油小泡芙背后似乎装着电子眼，"音乐奶的匕首是涂了细歪歪毒液的，被刺了心的必须在20小时内进行治疗。在短时间内必须找到攻略，我可没有什么办法。"奶油小泡芙把老陈啊明天说得心凉飕飕的。

奶油小泡芙一脚踩中一个东西。"这是什么？"它捡起来一看，是一块电路元件，顿时就兴奋了，"说不定这是正电极留下的线索呢！我们朝这个元件的方向走吧！"说完，奶油小泡芙就兴冲冲地要往前走。"当心！可能有机关！"老陈啊明天虚弱地喊完，奶油小泡芙就踩到了一段树枝。"什么？你说这个吗？"奶油小泡芙被没心没肺附体，开始逗弄起那根树枝。"哦，不是吧——"老陈啊明天有预感要大祸临头了。

果然，一声巨大的"嘭"声响起，似乎有什么东西脱节了。奶油小泡芙这才抬起头来。突然，地板似乎开始向上升，入口没了。"糟糕，出不去了！"奶油小泡芙这才意识到发生了什么。"死泡芙，你这反应力怎么修炼的！"老陈啊明天狠狠地敲了奶油小泡芙一栗子。

墙体上突然飞出石砖和箭矢。两块石砖被奶油小泡芙接

> 萝社奇遇记

住,再被扔出去撞毁了两支箭。剩余的箭和砖被奶油小泡芙的野蛮回战墙给掀飞了。虽然这家伙反应慢,但当护卫还是挺靠谱的。从墙上又喷射出了几注虚废药水。奶油小泡芙猝不及防被喷到了,被喷溅到的那几块金属瞬间开始萎缩。老陈啊明天发出了呻吟声,他也不小心被喷溅到了。"唰唰"几声,从天花板上戳下来了十几根藤蔓,把地板给戳破了。奶油小泡芙翻滚一下躲过强攻,这些藤蔓又追击上来。地上莫名开出一朵鲜红色的怪花,开始吐出花蕊。这些花蕊还会散播花粉,让人的皮肤进入感染状态。老陈啊明天由于被喷到虚废药水而无法行动,全程靠奶油小泡芙一人抵抗,情况非常危急!

在如此情况下,奶油小泡芙发现了一个细节:有一面墙比其他墙多凹进去一点!"说不定有戏!那儿可能就是出口!"奶油小泡芙似乎看到了一线生机。它把老陈啊明天背紧些,就扑上去向那个地方猛撞。老陈啊明天的皮肤受花粉感染开始变红肿了。"野蛮泡芙滚!"情势危急,奶油小泡芙管不了太多了,一招野蛮泡芙滚把那一面凹墙撞碎,然后不顾一切,背稳老陈啊明天就跳了进去。

里面是一条充满水的石滑梯。老陈啊明天的虚废之毒被水解了,但是细歪歪毒素和花粉感染还在继续蔓延。"好爽快啊!"奶油小泡芙和老陈啊明天顺着石滑梯一路下滑。底部是一个普通的水池。"呼,太好了,应该没什么危险了。"奶油小泡芙舒了口气,捅捅老陈啊明天道。想不到它这话说早了:四面的墙壁开始疯狂向池里喷水,水池里的水飞速上涨,开始没过老陈啊明天的腰部。不好,这是要把他们俩淹死的节奏呀!老陈啊明天想向上游以寻求空气,却被天花板上坠落的石板挡住了去路。

老陈啊明天开始难以呼吸了。他突然冒出一个想法:通道兴许在水下面?他赶紧招呼奶油小泡芙,奶油小泡芙把圆手伸入水底一拨,一块苔石就被拨开了,露出了被掩藏的出口。老陈啊明天大喜,和奶油小泡芙游进了那个出口。

这条水路还有点儿长度,老陈啊明天几乎已经憋没气了才钻出水道。奶油小泡芙在后面把他拱了出来。前面似乎有点儿亮光。"前面有人吗?"老陈啊明天很疑惑。感染导致的红肿已经覆盖了他的整个后背。"你们……终于来了!"是正电极的声音。"啊!是正电极!"一人一机冲上去,看到了负了伤的正电极。

"正电极啊,这是怎么回事?"奶油小泡芙上前询问。"你们看……"正电极指向一旁。老陈啊明天和奶油小泡芙转头一看:天哪,是毒针。它已经阵亡了,整个后背碎了个稀巴烂,里面的毒液也流出来不少,少许毒液上还微微烧着火焰,一片惨状。

"不要去碰它,毒针的毒液很厉害的。"正电极看老陈啊明天有碰一碰的意图,连忙阻止他。老陈啊明天端详着正电极,发现它的伤口内部也燃着小火,忙问情况。"这个说来话也不算长。"正电极淡淡地回答,"你们先说说你们怎么了。"于是,老陈啊明天和奶油小泡芙就开始各自讲起自己的遭遇来。

萝社奇遇记

原来，奶油小泡芙一开始摔下来时并没有晕倒，而是摔下悬崖后，一翻身就起来了。它把几只怪物给打晕之后，发现了一个入口，就冲进里面。此时，空中一团黑雾逼来。奶油小泡芙被吓到了，向那团雾发射了夸克波，却没有用。那团黑雾突然消失了。在奶油小泡芙的身后出现了一团影子，里面钻出个半黑半白的人。奶油小泡芙向它撞击，它却一个分身，变成了一个白人和一个黑人。其中白人向奶油小泡芙抛出了一个罗盘，把奶油小泡芙劈出一道大裂痕。白人还摆弄起一个铃铛，让奶油小泡芙渐渐失去了意识。后来他醒来了，在神林苔塔里横冲直撞，误打误撞地闯进了那个密室，救了老陈啊明天。

"原来你们俩经历了这些事。"正电极听完后直摇头，"你们知道我听完之后有什么想法吗？我感觉，奶油小泡芙提到的那个人物，一定不是个一般角色！""确实如此。不知为何，我从它身上感受到了一种前所未有的强大的邪恶气息。"奶油小泡芙点头道。"听起来……似乎有点儿像第五人格里的黑白无常？"老陈啊明天小声嘀咕。不过奶油小泡芙和正电极并没有听见。"所以我想：造成神林苔塔恐怖气息的真正的幕后操控者也许并不是音乐奶，而是它！"正电极提出最后的观点。"太可惜了！一次碰上猜测中的幕后黑手，一次碰上敌方的领导人，结果我都没逮着！"奶油小泡芙十分懊恼。

"所以，接下来该讲述我的遭遇了。"正电极干咳两声。

原来正电极在坠落过程中连续撞着好几根树枝，所以并没有完全丧失意识。它只记得一股阴气扑面而来，然后自己也晕了过去。醒来之后，它所在的房间发生了崩塌，是毒针把它从石头堆里拉了出来。两炮塔就一起在神林苔塔里游荡，中途碰到瓶子炮和炸弹星。不过瓶子炮不久后就突然不见了。后来，一支怪物大队前来追杀。炸弹星为了保护同伴，只身与怪物群交战，让正电极和毒针先行撤离。这两个炮塔在逃窜的路上，遇到了一个与火巨龙非常相似的家伙，外表、盔甲、剑都一模一样，只是头上多了个耳机。它们因为无法打败这家伙，被逼得躲入机关层下方。然而就算如此，毒针还是被这家伙给干掉了。因为那家伙使用了火龙剑，所以毒针流出的毒液才会带火。正电极在反抗中也被火龙剑砍伤了。此时，被子给突然冲了进来，把那东西打退了。本来它想和被子给同行的，然而，被子给把它推开了，用一种它不能理解的悲哀的眼神看了它一眼，就走了。

奶油小泡芙听得如痴如醉，然而老陈啊明天却陷入思考："这里面是不是有一些可疑的地方？那股阴气会不会就是奶油小泡芙遇到的神秘生物？瓶子炮明明好端端地跟着队伍，怎么会突然消失掉？还有一点，在这段描述中，被子给的举动尤其令人不解。难道……他还有我们不知道的隐情？"老陈啊明天觉得，被子给变得越发陌生了。而且，火巨龙的尸体算是保存得最完好的了吧，毕竟它是被闷死的。于是，他就顺口道："正电极，其实那个家伙，就是火巨龙！"

三个小伙伴正聊得起劲，不知不觉，一只叼着耳机的细

萝社奇遇记

歪歪正在慢慢逼近他们。它爬到了毒针的头顶上，迅速将耳机放下。"不好！"老陈啊明天猛然发现不对，"奶油小泡芙！快阻止它！"奶油小泡芙一招野蛮回战墙，把这只细歪歪打飞了老远。可是已经晚了，耳机已经套在了毒针头顶上。它睁开两只眼睛，闪出令人恐惧的白光，眼神和秋霜汽水的一模一样！毒针站立起来，向大家猛喷毒液。"毒针……"正电极依然在喃喃自语。"快起来！它已经不是你认识的毒针了！"老陈啊明天拉着正电极就溜。

毒针的攻击越来越猛烈，一发发毒液还带着火，凶悍无比。正电极中了毒液，身体内的火又燃烧起来了。奶油小泡芙向毒针发射出一阵夸克波。毒针被击中了，但它打了个滚，又站了起来。"这个家伙是不怕疼的吗！"奶油小泡芙大叫。"也许是感染源给感染体带来的特殊作用！"老陈啊明天向毒针射出几发炮弹，但对它毫无作用。"这么看来，这也许还是个好作用呢。"奶油小泡芙嘟哝着。

毒针的攻击更猛烈了。"不太可能有这种情况吧？耳机是不会提升战斗力的！"老陈啊明天对这些还是很清楚的，"难道是……"他向前一看，不远处确实微微闪着点紫色的亮光。他一下子就明白了。"奶油小泡芙！你拖住毒针，我和正电极去'灭根'！"老陈啊明天喊完，就领着正电极开始向前冲。"好嘞！"奶油小泡芙向毒针滚去。毒针被撞了个底朝天，奶油小泡芙又冲上去，一跳坐在毒针背上，不停地用拳头击打毒针。打完之后，奶油小泡芙从毒针身上站立起来，两只磁悬浮拳头把毒针扛了起来，一个后背摔把毒针击倒在地上。

老陈啊明天刹住脚步,用带炮的手臂向一块苔石狠狠一砸,石头碎了,下面藏着一只破碎的半块六角体紫水晶,它头上戴着耳机,两只闪着白光的眼睛呆滞地望着上方。"果然是你……水晶……"老陈啊明天的喉咙似乎被噎住了。水晶看了看老陈啊明天,怪叫一声,就要往反方向逃跑。"别想逃!狂怒冲动炮!"老陈啊明天愤怒了,一个大型强力炮发射出去。水晶无法躲闪,强力炮弹爆炸了,天花板上的一堆石头坠落下来,把被炸得够呛的水晶又给砸了个半死。不过,水晶并没有被石头压住,它跑了。

老陈啊明天和正电极"吭哧吭哧"地搬开石头,却发现水晶已经逃跑了,只好先返回。奶油小泡芙正把毒针甩来甩去,看到他俩回来了,就把毒针扔到一旁,过来迎接。"你们又去干吗了?"奶油小泡芙"先发制人"。"刚刚是水晶在捣乱,没抓住它,让它给逃了。"老陈啊明天遗憾地耸耸肩。"毒针怎么样了?"正电极真正关心的是这个。"被我暴打了一顿,应该是完了。"奶油小泡芙对自己的暴力很有自信。"最好把耳机给破坏掉。"老陈啊明天提意见。"我早试过了,这耳机太坚固了,无法破坏。"奶油小泡芙没办法。他们都没注意到,毒针又立起来,悄悄离开了。

突然,正电极感到自己全身无力,自己的闪电技能不知道被什么东西给吸掉了。它不由自主地有些瘫软。"正电极,你怎么了?"老陈啊明天顿时察觉到了异常。正电极也很恐慌:自己这是怎么了?这时,它突然想到了什么,变得

萝社奇遇记

更加慌张了。"她……她……"正电极连说话都有些吃力了。

这时，天花板上的一块石头掉了下来，一只感染体立在上面。她披着残破的魔法长袍，头上戴着一顶魔法帽和一副耳机，手里是一根魔法棒，身上似乎有个地方破了个不大不小的洞，现在都还在滴血。"完了！"奶油小泡芙拉着正电极和老陈啊明天就要溜，"她是目前来看最可怕的！千万不能被她攻击到！"

老陈啊明天在跑的途中被一阵冲击波打到，摔了一下。"没事吧！快起来！"奶油小泡芙吓了一跳，不小心被一根突袭的藤蔓给绊倒了。正电极急归急，却没有任何办法。后面的小魔女已经追了上来，把一只脚踏在老陈啊明天身上。"啊——你别过来！"老陈啊明天拼命挣扎。"被女生关注难道不好吗？"奶油小泡芙取笑老陈啊明天。"死泡芙！你还有心情开玩笑！快……啊！"老陈啊明天的脖子被小魔女掐住了，一道冲击波把他的脑袋打得昏沉沉的。

奶油小泡芙扑了上来，狠狠给了小魔女一拳。小魔女嘴里喷出一股血，溅了老陈啊明天一脸。奶油小泡芙手揍着人，嘴还不老实："该死的家伙，不准XX我的好兄弟！""奶油小泡芙你个大污鬼……哟哟……"被喷了一脸血的老陈啊明天看着比小魔女还像鬼。小魔女又施了道魔咒，奶油小泡芙飞了起来，重重摔地到地板上。小魔女又给了它一道冲击波，让它短时间内消减力量。老陈啊明天突感体内一阵失力，全身的狂怒之气顿时消失得无影无踪。"完了。"他暗自叹息,"我还是中了这招!"

小魔女又向老陈啊明天扑来,把他压在身下。她的星空长袍遮住了老陈啊明天的视线,他只能看到一片漆黑。老陈啊明天知道,小魔女的魔法是杀不了人的,她一定会用别的手段。果然,她从身上摸出一把短刀,就要向老陈啊明天身上捅!就在这时,老陈啊明天全身猛一发力,一个鲤鱼打挺,就把小魔女掀倒在地。他又抡起炮筒和拳头,用八辈子的力气向小魔女身上暴打。小魔女也不示弱,单手抱住老陈啊明天的腰,几下翻滚就又占了上风。她持起刀就要扎下去。老陈啊明天一手凌空接来,把小魔女持着刀的那只手臂抓住,使尽力气将那只手往回扳。两人距离非常近,几乎要脸贴脸了。小魔女两只大大的白眼瞪得老陈啊明天毛骨悚然,冰凉的长发使老陈啊明天透心寒。

最终,还是这具僵尸力量更甚,一把尖刀刺了下来。幸好老陈啊明天及时闪开,才没被伤到。他使劲一挣,身体立起,再一拳过去,把小魔女打倒,然后扳醒奶油小泡芙,提着正电极就开溜。

他们来到一条长长的廊道。"这里那么长,有什么用意吗?"老陈啊明天嘟哝着。突然,最前面的奶油小泡芙感到两边的墙壁一紧,似乎意识到了什么!"糟了!这两边的墙壁正在收紧,必须快点从这条走廊里出去!"奶油小泡芙拿两只磁悬浮拳头死死顶住墙,大叫道。这时,小魔女追了上来,也挤进了压缩廊道里。

奶油小泡芙近乎疯狂地向外爬去,却被墙体所限制。这

萝社奇遇记

两堵墙之间的距离还是儿太窄了。后面的老陈啊明天和正电极也快被逼疯了。小魔女因为身体纤瘦,所以走得还算比较顺利。奶油小泡芙确实力量过人,硬是把墙给顶住了。

最终,奶油小泡芙还是从这条廊道里挤出来了。没了奶油小泡芙的顶撞,墙壁一下就失去了反作用力,肆无忌惮地开始变窄。老陈啊明天离出口只有一步之遥,却已经被挤得快要吐血了。在他身后的正电极大喝一声:"你快出去——"它一脚踹上来,愣是把老陈啊明天也挤出了廊道。正电极正想出来,在它身后的小魔女却一把将它抱住!它正想喊些什么,"轰"一声,两面墙合上了。老陈啊明天和奶油小泡芙呆呆地望着墙面。

十秒之后,一团紫色的雾从合并的墙面中散了出来。"这团紫雾到底是……"老陈啊明天有点儿想哭。"说不定是小魔女用自己的魔力逃了,也说不定她已经被夹死了。"奶油小泡芙提出了自己的猜测。"哎哟!"老陈啊明天突感心脏一阵绞痛,难以起身。"你的细歪歪毒素还有十八小时会发作,再加上你又感染了花粉,情况有些不妙啊。"奶油小泡芙急忙开诊。

"对了,这附近是哪里啊?"老陈啊明天环顾四周。不看不知道,一看老陈啊明天就惊呆了——

神林内部,音乐奶隐藏地。

"气死我了!没想到萝社的小鬼头还有那么强的实力!"音乐奶不停地发着牢骚。"老大,别急!其他成员和炮塔已经被我们变成感染体了,按照这种速度,萝社总会被我们灭掉的！还有，被子给那小子已经表现出二号人格了，萝社的内乱指日可待！"蟹老板倒是很兴奋，"另外，最终之门的'黑白魔尊'已经把部分魂体留在最终之门捕猎米米。我们还是有胜券握在手里的！""你还好意思说？好几个感染体都被那小子打退了，草鸡萌和丛林象也被打败了！"音乐奶依然很沮丧。"老大不慌，那只是意外！"摔得鼻青脸肿的草鸡萌走过来。

"一个奶瓶还妄想毁灭萝社？做梦去吧！"传来了保卫怪物不和谐的声音。"哟，这小子也醒来了。看来是时候把他交给章博士了。"音乐奶看向秘密房间，"蘑菇怪、芽芽，都过来吧。""时刻准备着！"芽芽不知从哪儿冒了出来。"又怎么了？"蘑菇怪一副不耐烦的样子。"保卫怪物已经起来了，是时候把他交给章博士了。这件事我和蟹老板负责就行，你们仨啊，"音乐奶眼里闪过一丝寒光，"可以去狩猎了……"

萝社奇遇记

第47集 阴森的猎场

老陈啊明天和奶油小泡芙一回头,居然看到了一条石砖铺成的火车轨道!

"这……这是怎么回事?难道是我眼花了吗?神林苔塔里怎么会有火车轨道?"老陈啊明天用手揉了揉眼睛,以为自己的眼睛疲劳过度了。"也许是有点儿眼花。"奶油小泡芙也不肯相信自己的眼睛。不过接下来,一阵灯光闪烁,真的从远处开来了一辆原石大火车!"哇啊啊——闹鬼啦!"老陈啊明天尖叫着扑到奶油小泡芙身上。"好吧,也许这些东西是真的。"奶油小泡芙的观点动摇了。列车开了过来,在站台边停住了。老陈啊明天和奶油小泡芙屏住呼吸,想要看看这列车里会钻出什么古怪的东西。

果不其然,列车门一打开,一群大食怪和灰老羊冲了出来。老陈啊明天想开炮,却发现自己连发炮的能力都消失了,只能先退到后面,让奶油小泡芙单独抵挡这大批的怪物。奶油小泡芙表现出了强大的战斗力,左一夸克波右一泡芙滚,把这一波怪物全部放倒。"太简单了,还有没有怪物?咦,老陈啊明天,你为啥不上阵了?"奶油小泡芙总算发现了奇怪之处。"你说呢？我的狂怒之力全被小魔女吸走了，现在连开炮的能力都没了！"老陈啊明天显得非常难过。"哦——那惨了，这力量说不定得从头练起了。"奶油小泡芙非常同情。

这时，从列车里又冲出来两个敌人。不过它们不是怪物，是两只被感染的炮塔。老陈啊明天细看发现，一个是身上裂开了个大洞、五脏六腑都垂在地上的多重箭，而另一个是眼珠布满血丝、七窍流血的冰冻星星。老陈啊明天心一凉：完了，又有炮塔遭遇毒手了！多重箭嚎叫着，疯狂向一人一机发射重箭。而冰冻星星一直发射着寒冰星星弹和冰冻星光。这两个炮塔的攻击太猛烈了，奶油小泡芙被冰冻星星打得速度慢了下来，又被多重箭的重箭满天星打得难以还手。躲在后面的老陈啊明天也难逃一劫，十几支重箭插在身上，他本来就脆弱的伤口更加严重了。

就在这时，头顶传来一声大叫："当心它们几个疯了！"接着，一个炮塔飞了下来，身上还坐着两个炮塔，是导弹、瓶子炮和拳套。瓶子炮射出子弹，分散多重箭和冰冻星星的注意力，导弹则在后方狂轰滥炸。当两个炮塔被炸得无法还手时，拳套冲了上去，给了它们一人一猛子！多重箭和冰冻星星的速度顿时慢得不成样，奶油小泡芙也恢复了。三炮一机一起扑上去，"嗵嗵嗵嗵"一顿毒打，把两只感染体打得不成样。这是大家第一次把感染体打得这么惨，尽管它们是不死的种。

"导弹？拳套？瓶子炮？你们怎么会在这儿？"一旁的

萝社奇遇记

老陈啊明天很不解。"老陈啊明天？你也在这儿？你怎么了，为什么看着那么虚弱？"原来瓶子炮才刚注意到老陈啊明天。"你才发现啊！"一边的导弹和拳套撞了瓶子炮一下。老陈啊明天用眼神示意奶油小泡芙一下：把我们的经历告诉它们吧。鬼知道奶油小泡芙看没看见这个眼神，反正它是开始讲了。

……

"哇！精彩啊！"拳套以暴打冰冻星星代替鼓掌。"那我们也把我们的经历讲讲吧。"

原来瓶子炮一开始在一朵大大的蘑菇上面醒了。它当时饿极了，也不管这个蘑菇是否有毒，抓起来就啃。结果啃到一半，它发现自己已经中毒了，就摇摇晃晃地向前冲，不知道被什么东西捂住了嘴，一下子就彻底晕了。醒来之后，它发现一面薄薄的木墙。它把墙轰开，发现正电极和毒针在墙后面走着。于是，它就随着这两个炮塔一起走。中途，一个地板整个转了过来，把它们仨掀到下面一层，在那里逮到炸弹星。后来，四个炮塔在中途行走时，瓶子炮突然被一股力量向后猛拉了一下，一把黑伞挡在它面前。接着，它就被传送到一个封闭的房间里。它把墙壁给轰开了，走了一段路，碰上导弹和拳套。

"瓶子炮，你看清

把你传送走的那个人的长相了吗?"老陈啊明天提出疑问。"我没看清楚。"瓶子炮很疑惑。"那个人说不定就是我遇到的黑白怪人了。"奶油小泡芙深有感触。"那好吧,导弹,我就顺便把你的故事讲了。"拳套给了导弹兄弟一个休息的机会。

原来拳套从悬崖上摔下来时,直接用拳头(真的是头)把石板给砸破了,直入神林内区。导弹也从破口那里钻进来了。两个炮塔在路上被机关攻击了,幸好导弹把出口炸开,它们才逃过一劫。在路上碰见瓶子炮后,它们居然误打误撞地遇到蟹老板!蟹老板似乎在逃跑。导弹和瓶子炮开始远程射击,蟹老板却突然消失了。它们这时碰到追击蟹老板的多重箭。它们来到一个怪异的火车站,正在惊叹时,戴着耳机的冰冻星星和没心没肺(它们那时当然不知道)就从后面冲了出来!冰冻星星减慢了它们的速度。没心没肺几发钛化散砂弹就把多重箭的内脏从身体里打了出来!一只细歪歪给多重箭套了耳机,3个感染体就一起向3个炮塔发起进攻!此时,被子给从火车里冲了出来!他两下就把冰冻星星和多重箭扔进火车里,车门关上了。被子给被没心没肺射穿了好几个洞,却依然死撑着。没心没肺双眼发射出激光,射穿了被子给的两肋。超强的回旋铁钳和无数钛化散砂弹把他打得皮开肉绽,但他依然抵抗没心没肺的攻击,还让它们快逃。仨炮塔不停地逃,在上方听见下面的打斗声,就飞了下来。

"这就是你们的故事啊?感觉新鲜感不足。"奶油小泡芙有点儿失望。"哦,这倒没有,倒还有些可以挖掘的地

萝社奇遇记

方……"老陈啊明天还没说完，身后的原石火车传来声音："本次列车的终点站——鹿藤已到达。五分钟后，列车将往回行驶。""噢，太好了，我们还有点儿时间谈谈。"老陈啊明天努力控制自己伤口的疼痛，顺便把炮缩小入袋，反正他也开不了炮了，"首先，你们遇到蟹老板了？""对啊，怎么了？"瓶子炮很诧异。

"听说蟹老板是和音乐奶一起负责运送保卫怪物的，怎么会在这种时候出现在那儿？另外，蟹老板的行踪也很神秘，那么短的时间它又能躲哪儿去？"老陈啊明天抛出一系列问题。"这……这些……似乎是无解的啊……"导弹蒙了。"被子给再次出现了。这时出现了一个小问题：你们逃跑的时间一定有点儿长，但是被子给两次出现的时间是差不多的。可是，那么长的路程，被子给的速度再快也不可能做到！"老陈啊明天顿了顿，"音乐奶不是 Mirror，它不可能实现镜面空间折叠，更不可能对别人施加移形术。这一切，也许都是那个黑白怪人在作祟。"老陈啊明天一口气说完，没有拖泥带水。"哇，厉害啊！以前看不出你那么聪明啊！"奶油小泡芙拍了拍老陈啊明天的背。"呸，死泡芙！"老陈啊明天一嘴顶回去。

此时，列车响了："列车还有一分钟就要启动了，请乘客们准备上车。""正好！来，我们来坐一趟怪物专车吧！"老陈啊明天一声招呼，"我们上！"

车上倒还有点儿舒适，也没感觉到有机关什么的，暂时当一个小避难所吧。"列车已关门。下一站——秋恩。下一站——秋恩。"实在听不出列车的播音员到底是哪只怪物。"真是有意思，没想到神林苔塔还有这种东西！"导弹躺得很舒服。"我去看看列车驾驶室在哪儿。"老陈啊明天起身要行动。"你没了能量，一个人实在太危险，我陪你去！"奶油小泡芙坚决要求陪同。

现在，大家是处于6号车厢。老陈啊明天和奶油小泡芙一直向前走，一路上也没遇到危险。"这儿就是1号车厢了！按理说，墙后面就是驾驶室了！"奶油小泡芙一拳头过去，把墙砸出一个小洞，他向里面一看，傻了：墙后面什么东西也没有！"这……这怎么可能呢？"老陈啊明天非常疑惑。"难道说……驾驶室在6号车厢，也就是尾车厢，我们乘坐的地方？"奶油小泡芙提出猜想。

他们俩赶紧赶回去，却发现导弹和拳套都不见了，只剩下瓶子炮在座位上呼呼大睡！"这……这又是发生什么了？"老陈啊明天赶紧摇醒瓶子炮，"瓶子炮！这里发生了什么？""唔……唔？我……我一开始和导弹它们觉得困，就都睡着了，什么感觉也没有啊！"瓶子炮表示非常无辜。"你……我们进了神林之后就根本没睡过觉好吗？你小子倒是挺清闲！"老陈啊明天不由分说地给了瓶子炮一顿毒打。奶油小泡芙几下把6号车厢的墙打碎，向外面一看，惊呆了：后面也是什么也没有！"怎么会这样？"奶油小泡芙彻底慌了。

"怎么？我看看！"老陈啊明天使劲挤过来向外边瞅。"嗯？"老陈啊明天似乎发现了什么端倪，"为什么这列车没有轨道呢？""难道是磁悬浮的或者自动驾驶的？"瓶子炮

萝社奇遇记

问。"不可能，怪物岛不兴这些高科技。"老陈啊明天在天花板上打一个洞，发现上面也没有东西吊着。"不过，火车摩擦铁轨的轰鸣声还在啊？"奶油小泡芙极度不解。"难道说……导弹和拳套失踪也是因为这辆火车有问题？"老陈啊明天开始研究火车的地板。突然，他在地板上发现了几条直直的条纹裂痕！"原来是这样，原来是这样！泡芙，快把这块地板给轰掉！"老陈啊明天恍然大悟。

"砰"一声，地板碎了，下面居然还是一层车厢！"怎么会这样？"奶油小泡芙傻了。"我猜得没错，看来这是一辆双层火车！导弹和拳套一定是被关到下面的车厢里了！"老陈啊明天猛一拍板，"我们上！"此时，列车也响起了声音："秋恩站——已到达，秋恩站——已到达。""6、5……对，一定是4号车厢！"一人一机一炮从4号车厢的车门口冲出去，正好撞上了一支怪物小队。领头的那只怪物手上提着根钢叉，长得像一个大毒蘑菇，菇盖上还长出了两朵小毒蘑菇。导弹和拳套被绑在两只怪物的背上。"蘑菇怪？"三个小伙伴大吃一惊。"老陈啊明天，是你？"蘑菇怪也愣了一下，显然是有点儿怵老陈啊明天。

就在蘑菇怪发愣的一瞬间，一群小怪物被奶油小泡芙给打趴下了。导弹和拳套也被救了回来。"咳，咳……大家小心，这个家伙非常厉害！"导弹咳嗽着提醒大家。"……"蘑菇怪不知道怎么了，一言不发。"……蘑菇怪，我们也算是老对头了吧？"奶油小泡芙先发话了。"……冤有头，债有主，我终于等到这一天了！"蘑菇怪突然脸色一变，举起钢叉恶狠狠地向奶油小泡芙大喊。"来吧!"奶油小泡芙做出了战斗姿态。"奶油小泡芙和蘑菇怪……又有什么关系呢?"老陈啊明天及时注意到了一些东西,"还有,蘑菇怪的背后好像偷偷藏着两个蛋……"

他还没想完,蘑菇怪就率先动手了。一排颜色鲜艳的毒蘑菇迅速开始蔓延,随即开始爆炸。大片大片的毒雾从蘑菇里涌了出来,将整个通道给笼罩住了。"当心!哪怕是吸进一点魔鬼菇的毒雾,就会被种下大绝症萎骨炎的细菌!"毒雾中奶油小泡芙的声音飘飘荡荡。导弹的炮弹虽然威猛,但是在毒雾里也明显显得丝毫没有威力。隐隐约约有打斗声从毒雾中传来。"啊啊啊!"老陈啊明天屏住呼吸,向传来声音的地方狠狠打了一拳!

"哎哟!"哎,不对,这分明是奶油小泡芙的声音!"老陈啊明天,你发什么神经!打我做甚!"奶油小泡芙嘶声怒吼。与此同时,一只钢叉插入老陈啊明天的左臂!他悲鸣一声,摔到地上,还吸进一大口毒气。"钢叉……有了!"老陈啊明天使劲忍住疼痛,向射出钢叉的地方一个饿虎扑食……一个圆滚滚的东西被老陈啊明天抢到了,只听见蘑菇怪怪叫一声,收起了毒气。

老陈啊明天仔细一看,自己捧着一枚怪物蛋。"哇——把蛋还给我——"老陈啊明天举头一看,蘑菇怪正气势汹汹地拿钢叉对着自己。"老陈啊明天躲开——"奶油小泡芙惊叫。突然,他怀里的蛋开始裂开!"哇——要生了!要生了!"老陈啊明天慌了。蘑菇怪也愣住了。老陈啊明天趁机

萝社奇遇记

一个翻滚躲开了钢叉,还顺势给了蘑菇怪一脚。蛋壳裂开了,一声欢叫从碎壳里面传出,一只怪物宝宝钻了出来!这只小怪物长得非常像音乐奶,只不过没有戴耳机,体格也小于音乐奶。在场的都惊呼了一声。

"啊……小宝宝!这回我怎么跟那臭奶瓶交代啊?你们完了!蘑菇迷阵!"蘑菇怪发怒了,开启大招。地面上一下子长出了遍地的毒蘑菇,然后,它自己也变成了一朵毒蘑菇,混在万菇丛中。"糟了!哪一朵才是蘑菇怪?"瓶子炮急得开始跺脚,结果踩爆了一朵蘑菇,一团毒气散出。与此同时,瓶子炮身后的一朵蘑菇变成了蘑菇怪!一条钢叉飞来,把瓶子炮击晕了。蘑菇怪再次消失不见。"蘑菇怪的知名绝招——蘑菇迷阵!大家一定要万分小心!"奶油小泡芙把老陈啊明天护到身后。"好的!"老陈啊明天心里暖暖的,点了点头。

蘑菇怪再次出其不意地从两个随机地点出没,打倒了导弹和拳套。蘑菇怪再次出现。"终于轮到你了,死泡芙!"蘑菇怪一条钢叉飞来,奶油小泡芙腾手一接,却没有握住,让它飞走了,伤到了老陈啊明天。蘑菇怪再一出现,一条钢叉重新飞来,奶油小泡芙措手不及,被钢叉打了个正着。这时,小音乐奶放声大哭起来。蘑菇怪的攻击越来越频繁,越来越凶猛,两个小伙伴根本没有还手之力!!奶油小泡芙终于用一招野蛮回战墙接住了钢叉,但也被钢叉的冲击力带动着往向撞,直接撞飞了老陈啊明天!虚弱的老陈啊明天直接被撞晕了过去……

第48集 终结的战役

"老陈啊明天！快醒醒！"一阵催促声使老陈啊明天的眼睛缓缓睁开。老陈啊明天渐渐清醒过来，可是这次他第一眼看到的却不是社长，而是奶油小泡芙。"奶……奶油小泡芙？是你吗？……社……社长大人呢？"老陈啊明天虚弱地问。一说到小丘比特，大家的眼眶都红了。"它……死了……"奶油小泡芙小声地说。"社长……死了？"老陈啊明天吃了一惊。"对……被砍头机关……"奶油小泡芙喃喃道。老陈啊明天起身一看，炮塔少了很多，而成员更少，只有自己、奶油小泡芙和不抽到大天狗不改名三个。

"这……这到底是怎么回事？大家……大家都怎么了？"老陈啊明天努力支撑住自己虚弱的身体。这句话一出，大家就热闹了一些："看不到的被暗箭射死了……""赵云被吊死了……""火箭被磨碎了……""粉萝卜防伪被闷死了……""连阿秋都被吃掉了……"大家越说越伤心。"还有……你中的毒太深了，只能再活两个半小时了……"阿波缓缓地说。话一出口，老陈啊明天瞬间就蔫了。"攻……攻略呢？"老陈啊明天喘着气问。"唉……攻略失踪了……"

萝社奇遇记

阿呆摇了摇头。

"看来我的毒是谁也解不了了……就算是这样，也请让我、让我们在死之前，和神林苔塔来做一个最终的了断吧！"老陈啊明天勉强坚定地攥紧拳头。"好！"大家一齐高喊。音乐奶的嘲讽声在空气中传来："嘿嘿，想要打倒我们？这可没有说说那么容易哦。"

"大家务必当心，音乐奶十分奸诈狡猾，而且又收到了我们的挑战书，肯定会在路上摆下什么阵列或者陷阱。我们人数已经不多，连被子给都不知所踪，要是中了圈套恐怕就是九死一生！"奶油小泡芙悲壮地转向老陈啊明天，"明天，你也说过，这次也许就是你生命中的最后一战了……让我们拼尽全力，让小怪物们知道我们萝社的厉害！"老陈啊明天听了这番话，心里又充满了永不泯灭的热情，用力点了点头："嗯！"

队伍一直向前走。带头的奶油小泡芙被什么东西撞了一下。"是……一堵墙？神林苔塔的直道应该是全畅通的，哪儿来的墙？"奶油小泡芙感到有点儿奇怪。突然，大家背后传来一声"轰隆"。瓶子炮扭头一看："完了，后面的走廊被封死了！"大家哗然。与此同时，好几十条神林藤蔓从地板下伸出，向大家发起猛烈的进攻！"哈哈！好一个'请君入瓮'！"音乐奶邪恶的笑声飘荡在虚无里。"老陈啊明天，怎么办？嘿噢！"拳套被藤蔓击伤，大声喊叫。"无论如何，先杀出包围圈吧！"老陈啊明天使劲用腿去踢藤蔓，踢不过还用牙咬，这藤蔓竟真给他咬下一层皮来。奶油小泡芙武功高强，但是它被几条藤蔓同时围攻，也是双拳难敌四手。

正当大家被神林藤蔓打到濒临危机时，天花板居然打开了一个洞。小伙伴们求生心切，也不想想是不是怪物的陷阱就爬到了上面。回旋镖是最后一个。它正想爬上去，天花板就闭合了。可怜那回旋镖，就这样被神林藤蔓慢慢蚕食。

上面一层是个封闭的房间。"呼……吓死我了！音乐奶果然想置我们于死地呀！"奶油小泡芙坐着感叹。"放心，置之死地而后生嘛！"老陈啊明天现在倒是挺乐观。突然，对面的墙喷出一条熔岩柱，直向炮塔们射去！"哇啊啊！"雪球被熔岩柱击中，全身瞬间开始灼烧，身体赤红，眼球爆裂，外皮溃烂，顷刻间死去！"啊啊啊！"炮塔们大声尖叫起来，向四周散开。

又一条熔岩柱射了出来。"呀！让我来！"奶油小泡芙怒吼着挺起身来，挡在熔岩柱前面。"嗞啦嗞啦嗞啦！"熔岩扑到奶油小泡芙的身上，奶油小泡芙的外皮渐渐熔化，不过它毫不退缩。"哈哈哈！酷热温泉是不是很有劲儿？"又是音乐奶的冷嘲热讽，不过这次不是飘忽的魔音，而是实音，甚至感觉这声音就来自隔壁！"导弹！把这堵墙轰开！"老陈啊明天指着一堵墙大喊。"明白！"顷刻间，那堵墙出现了一个大洞。"奶油小泡芙，别顶着了！快！大家都进洞里去！"老陈啊明天招呼大家进入房间。

那房间里居然真的站着音乐奶！"你终于来了……"是音乐奶的声音。"好啊！你再给我装神弄鬼啊！"老陈啊明天气极了，一拳打过去。"音乐奶"被打碎了！里面是一个

> 萝社奇遇记

录音机！大家瞬间面如土色，老陈啊明天更是吓得脸都白了。"这……这个音乐奶是……是假的！"风扇吓得声音都变成颤音了。就在此时，地板碎裂开了，大家掉进万丈深渊！空气中，音乐奶幽灵般的声音再次响起："你们不是要和我决斗吗？等着吧，决斗可以开始了……"

深渊下面是一潭水，所以大家没有摔伤。大家从水里游上岸，发现了一个非常巨大的厅子。老陈啊明天晃了晃脑袋，定睛看看不远处的一行人：啊，是音乐奶！它旁边的是蟹老板！后面的是蘑菇怪！旁边有一个大蓝豆子，头上顶着一串豆荚，想必是芽芽了！怎么，草鸡萌也在？它居然还活着？后面那一大串，想来就是被控制的僵尸成员和僵尸炮塔了……想到这儿，老陈啊明天心中无限绞痛。那个在苔石上坐着的是谁？老陈啊明天一看，是戴着耳机的被子给！没想到……连被子给也遭遇毒手了！老陈啊明天感觉像有无数毒蛇在啃咬自己的心。不过，被子给的举动和别的僵尸成员不太一样，真是奇怪！

"呵呵呵，老陈啊明天！我们是第三次碰面了。不过只有这次，我是要和你进行正式对决的！不过，看今天我们双方的阵势，我与你的正式对决也许可以避免了。毕竟……我还是有点儿怵你的！哈哈！"音乐奶狂傲地一挥小短手，"小的们，先干掉这些炮塔！"所有的感染体（除了奇怪的被子给）一齐扑向炮塔们和不抽到大天狗不改名，一场恶战开始了。

"你……你！"奶油小泡芙愤怒了。"蘑菇怪、草鸡萌，把这两个小子干掉。"音乐奶不紧不慢地说。"是!"蘑菇怪冲上前去,"草鸡萌,你别出手,让我亲手干掉这两个暴殄天物的家伙!蘑菇迷阵!"蘑菇怪杀气腾腾地直接使出了大绝招。一大排毒蘑菇蔓延开来。"不好了!"奶油小泡芙和老陈啊明天做出防御姿势。蘑菇怪发起攻击了!一条钢叉飞来,奶油小泡芙想接住,没想到这削铁如泥的钢叉的力度竟如此之大,奶油小泡芙向后一摔,钢叉脱手了。蘑菇怪显身,再来一叉。奶油小泡芙勉强使了招野蛮回战墙,把钢叉给冲了回去。蘑菇怪再射,奶油小泡芙再挡。不过奶油小泡芙的暴走能量也是有限的,用野蛮回战墙挡了十儿发钢叉之后,奶油小泡芙终于没有力气了。钢叉的攻击越来越威风,越来越频繁,奶油小泡芙身上多处皮甲破损,老陈啊明天也挂了彩。蘑菇怪出现,再次抛出强力的钢叉,两人已命悬一线!

就在这时,坐在岩石上的被子给怒吼一声,把耳机从头上扯了下来,闪电般地冲到钢叉面前,双手欲接住飞速旋转的钢叉。十秒之后,钢叉稳稳地落在被子给手中!"被子给!"老陈啊明天激动地大喊。被子给转过头,笑了笑,说:"嘿,我们终于又见面了。"蘑菇怪没有反应过来,又从另一地方出现。当它反应过来要溜走时,被子给已经冲了上去,将钢叉插入它的菇盖!蘑菇怪大叫一声,倒地身亡。被子给又使出一招怒火剑气波,将草鸡萌打了个四脚朝天。草鸡萌本来就受了重伤,再被暴走之力打一下更不得了了。被子给不给草鸡萌喘息的机会,又飞起一脚把草鸡萌踢得伤

萝社奇遇记

口爆裂。被子给再使出一招怒火核导弹,让草鸡萌当场一命呜呼。

连损两员大怪,音乐奶沉不住气了:"被子给?你怎么也来掺和?""我的事情,不需要你来管,也轮不到你来管!章博士我都不放在眼里,你这个章博士手下的小卒子,我怕你做什么!"被子给不屑地望着音乐奶。"好吧!既然如此,那就让我瞧瞧你的实力吧!刚刚那只是两道热身菜而已!芽芽,把这三个乌合之众给撕成碎片!"音乐奶似乎疯了。"早就等你这句话了,老大!"芽芽向前迈了两步,"天罗地网!"一瞬间,无数的神林藤蔓从地底下钻了出来,开始向三人发起猛烈的进攻!老陈啊明天发挥不出什么实力,被子给和奶油小泡芙各自一招放倒一条藤蔓。不过这藤蔓越长越多,他们也已难以招架。"神林苔塔的藤蔓,全都是我操控的!"芽芽冷笑道。

"豆芽扫射!"芽芽头上的豆荚里射出了100颗豌豆。豌豆打在奶油小泡芙身上,发出"叮叮当当"的响声。豌豆裂开,又分裂出了100个小芽芽。"这些小芽芽会在一定时间内长成大芽芽,到时候,神也救不了你们了!"芽芽非常得意,"天外魔花!"顿时,地上又长出了无数其他的特殊植物。被子给一招怒火剑气波斩断了所有藤蔓。椰子树扔出一个大椰子,正中奶油小泡芙的唯一弱点——镜片!"啊!"奶油小泡芙的镜片基本全部裂开,它大声惨叫。老陈啊明天第一次听见奶油小泡芙的惨叫声。这还没完:几朵鲜花射出的导弹把老陈啊明天炸了个措手不及;猪笼草差点把老陈啊明天和被子给一齐吞掉；弹厥把奶油小泡芙弹了十米高；食人树差点儿扯下老陈啊明天的一条腿……

三人头顶突然出现一片巨大的叶子。"不好！是它的绝招——榴莲陨石！"被子给一眼就瞧出了招数。果然，一个巨大的榴莲开始坠落！"被子给、老陈啊明天，我们可不能倒在这儿。这一招——"奶油小泡芙自信地向天做防御姿势，"我来挡！多重超级野蛮回战墙！"奶油小泡芙一下子召唤出10层野蛮回战墙。前三层，榴莲势如破竹。到了第四层，榴莲速度减慢。到第十层野蛮回战墙时，榴莲已经基本不动了。"被子给！"老陈啊明天喊道。"明白！"被子给一道蓄力怒火剑气波，将榴莲劈成两半。"万岁！"三人击掌。

"芽芽，终于轮到你了！"三人将矛头指向芽芽。"想灭掉我？没那么容易！疾速生长！"100个小芽芽开始迅速成长！"野蛮泡芙滚！"奶油小泡芙一招消灭掉99个小芽芽，最后一个吓得屁滚尿流，落荒而逃。芽芽启动了藤蔓蜘蛛网，在自己面前结成一面藤蔓防护墙。可惜这对被子给无用，他一招怒火连斩就把藤蔓蜘蛛网给击破了。三人一齐冲向了芽芽。被子给和奶油小泡芙用暴走能量暴揍芽芽，芽芽要逃走时，老陈啊明天又补上几拳几脚。不一会儿，芽芽就站不起来了。

"老陈啊明天，剩下的这两个家伙，你自己可以对付！"被子给和奶油小泡芙去对付感染体大军了。"呀呀！"蟹老板提着大钳子冲了上来，要夹老陈啊明天。说时迟，那时

萝社奇遇记

快，老陈啊明天闪身到蟹老板背后，狠狠给了它一脚。蟹老板一个趔趄，举着钳子反身去夹。老陈啊明天突发神力，一把抓住蟹老板的钳臂，将它锤来锤去。蟹老板被撞了个半死。老陈啊明天再狠命一甩，蟹老板飞到了感染体和炮塔他们的交火圈中，想来必死无疑了。

"老陈啊明天……现在这里只剩我们俩了。"音乐奶邪笑道。"对啊……我最后的一点生命力，就用来和你决战吧！"老陈啊明天咬牙切齿道。"不是你死……"老陈啊明天重新将大炮装在自己手上，"就是你亡！"音乐奶掏出一条荆棘棒。"来吧！"一人一怪对起阵来。

老陈啊明天举起大炮就要向音乐奶头上打，音乐奶闪在一旁躲开了。音乐奶一条荆棘棒打来，老陈啊明天用铜炮挡住了。音乐奶拍拍耳机，一道音波发射出来，把老陈啊明天给击退了几步。音乐奶一看，好机会，连忙发射诱式次声波，欲蛊惑老陈啊明天。没想到老陈啊明天决心已定，诱式次声波竟无法迷惑他。"咦？这是什么情况？诱式次声波居然对他无效？"音乐奶暗暗诧异。"看到了吧？这，就是我的决心！"老陈啊明天的嘴角浮现出一丝刚健的笑。

"既然如此，那就让你见识见识，什么才是音乐！θ星最强禁曲'堕落者的圣典'！"音乐奶开启了终极绝杀模式。顿时，老陈啊明天的脑中充满了这首歌诡异的旋律，他全身酥软，精神颓废，甚至产生了自杀的念头……在这支曲子里，再强的决心也失效了！

这时，竟有无限的能量涌入老陈啊明天的体内！这是他的暴走能量!"为了你抗争怪物的未来,这次就帮你一个忙……"老陈啊明天听到了一阵神秘的声音。"这……这是什么?不……不可能!"音乐奶大惊失色。"看见了吧?这……就是奇迹!狂怒冲击波——"狂怒力量无限暴击在音乐奶身上,音乐奶终于毙命。

所有感染体的身体使劲一震,都倒下了。"终于……一切都结束了……"老陈啊明天跪在地上。被子给走了过来:"老陈啊明天。"老陈啊明天抬起头,发现被子给居然一脸悲戚。"你在这一路上,好像发现了不少东西吧?对不起,我现在已经无法和你们同行了,再见。"还没等老陈啊明天开口,被子给已经转身离去了。老陈啊明天满脑子都是被子给怪异的神情和他离去的背影。

突然,老陈啊明天心脏猛烈绞痛,全身酸痛无比,他倒在地上,不停地抽搐。"老陈啊明天!你怎么了?"雷达冲

萝社奇遇记

了过来。"糟了！老陈啊明天体内的毒发作了！这种毒非常厉害，不管什么人都会在三分钟内死亡！老陈啊明天，你先听好：在萝社的你，只是一个精神体而已。如果这个精神体死了，那么在现实世界的你也就不复存在了。如果你回到了你自己的世界，你在萝社的所有记忆都会保留的。现在，我们会想办法让你回到原来的世界的。"奶油小泡芙叮嘱道。

说罢，奶油小泡芙跪在地上，大声说："感谢你，让萝社得到生存的机会！"一股能量竟从奶油小泡芙体内钻出，输入老陈啊明天的大铜炮中！见此，众炮塔皆跟着做。雷达率先做："感谢你，给了我勇气和力量！"导弹接着做："感谢你，从怪物手中把我救了出来！"所有的炮塔一齐来："感谢你……"无数的能量涌入大炮里，大炮逐渐变成一个大传送门！老陈啊明天的身体开始发光，并渐渐消失……

临走之际，老陈啊明天听到了奶油小泡芙留下的最后一句话："明天，你放心去吧……营救保卫怪物的任务，交给我们了……"

王者归来

萝社奇遇记

一切都是开始

"啊……"老陈啊明天缓缓睁开眼睛，发现自己已经不在恐怖的神林苔塔了，而是身处一个黑黑的洞穴里，身后有一个大铜炮。"我……我真的回到原来的世界了？！"老陈啊明天开始四处眺望。没错！这里就是在他穿越到萝社前的那个洞穴！这一刻，老陈啊明天欣喜若狂。不过马上，他的眼泪又充满了眼眶，他朝大铜炮使劲拜了三拜。"谢谢你们……被子给、奶油小泡芙……所有的伙伴们……帮我回到了现实世界……我一定会记住你们的……"老陈啊明天喃喃自语完了，擦掉眼泪，从这个洞穴里钻了出去。

终于，老陈啊明天看到了只属于现实世界的阳光！回忆瞬间在他的心中涌起：自己一出生就没有见过爷爷奶奶，父母也在他四岁的时候集体失踪了，从此，他就一直和比他大三岁的姐姐白雪（和老陈啊明天一样，这只是个外号）相依为命。因为这些经历，他一直显得有些内向，只在遇到刺激或有趣的事时才会活泼起来。不过现在，老陈啊明天已经变了！他如今是一个外向的人，再也不会孤僻了！

"在萝社的你，只是一个精神体而已。如果这个精神体死了，那么在现实世界的你也就不复存在了。如果你回到了你自己的世界，你在萝社的所有记忆都会保留的……"奶油小泡芙最后留下的一番话在他的脑袋里重新浮现。老陈啊明天在父母失踪的那天晚上，也在梦中听到过一个声音："萝社的少年拯救者，身边是不能有任何成人陪同的……只有拥有这样的一些条件，精神体才能进入高次元时空，开启属于自己的旅途……'天罚炮手'黑白之子，老陈啊明天，总有一天我们要见面的……"现在，老陈啊明天似乎略微明白这段话的意思了。

从古城走出来后，老陈啊明天给白雪打了一个电话。"天啊！小恺恺，真的是你吗？探险团通知说你已经失踪五天了！我本来以为以后就只剩我一个人了，你还活着，真是太好了！你快去飞机场吧，我会坐飞机过来接你的！"白雪在电话那头带着哭腔说道。"咦？我已经在萝社待了近五年，为什么白雪会说五天呢？"老陈啊明天感到很疑惑。

过了一晚，白雪终于到了。姐弟俩在飞机场里的相遇格外让人动情。当天下午，飞机载着两人回到家里。看着那久违的家园，老陈啊明天不禁号啕大哭。"怎么了，想家了？哦，没关系的！以后就再也不会发生这样的事情了！"白雪轻轻地为老陈啊明天擦去眼泪。她哪里知道，老陈啊明天怀念的其实是那个童话般的萝社呀！

老陈啊明天好不容易在现实世界过上了几天安稳日子。一个星期之后的一个夜晚，白雪已经睡着了，老陈啊明天还在灯下看书。突然，一条信息发到老陈啊明天的手机上。

萝社奇遇记

"是谁呀?"老陈啊明天嘟哝着,看了一眼,就惊住了:发信人是米米。"米米?她还活着?"老陈啊明天大吃一惊,点开聊天栏。那边发来的一条信息:"老陈啊明天,你回到现实世界了!"

老陈啊明天觉得事情实在有些超乎想象,于是回了一条:"米米,你还活着?""那当然了,我虽然被卷入最终之门,可我还活着呀!"米米发来一条信息。"你怎么知道我回到地球了?你不是一直没有从最终之门出来吗?"老陈啊明天又抛出一个疑问。"最终之门里边其实隐藏着θ星这个星球所有的秘密,甚至能知道萝社的一切冒险历程。但是我不能说出来,不然必会遭到惩罚!"米米的这条信息让老陈啊明天有点儿吃惊!

"米米,那萝社如今怎么样?"老陈啊明天赶忙追问。"我不能跟你说太多,因为我正受到黑白魔尊的追击。不过,萝社现在即将面临大危机。你可以通过传送门再次回到萝社帮助他们。同时,我发现,你的那个姐姐白雪也十分有潜质,或许也可以来为萝社出一分力。"米米一口气发了很多话。"好,那我现在就赶过去!"老陈啊明天一口答应下来。

老陈啊明天把手机关掉,把白雪从床上拉了起来。"唔,怎么了?这是晚上哦!"白雪打着哈欠。"好好好,我知道,但这件事情真的很急!我们快去飞机场!"老陈啊明天半拉半拽地把白雪拉出房门。"去……去飞机场?小恺恺你怎么了?"白雪吓了一跳,马上清醒了。"叫我老陈啊明天！我们订两张去我不久前去的那个古城的机票！"老陈啊明天硬是把白雪拽上一辆出租车。

"古城！你去那儿干什么？"两个多小时后，在飞机上的白雪感到十分惊讶。"到了那里你就知道了！"老陈啊明天十分兴奋。

古城到了。这时已是早上。"白雪，我们快走！"老陈啊明天急匆匆地跑出飞机场，急匆匆地冲向古城。白雪在后面气喘吁吁地跟着。"老陈啊明天，你要干吗？"两人已经冲入古城，白雪气喘吁吁地问。"你不是想知道我为什么会失踪吗？你马上就会知道了！"老陈啊明天已经冲进树林子里，找到洞穴的入口。两人爬了进去。

又是那熟悉的土雕长廊，又是那熟悉的地板大翻盘，又是那熟悉的兵器阵列，又是那熟悉的大铜炮传送门。"白雪，就是这儿！"老陈啊明天把头探入大炮里，看见的依然是萝卜岛的影像。不过此时的萝卜岛已经变得破败不堪。老陈啊明天探出头来，欣喜地大喊一声："萝社，我又回来啦！"